U0500702

NEOCOGITO

阅读即行动

Discours du récit,
Nouveau discours
du récit

Gérard Genette

叙事话语·
新叙事话语

[法]热拉尔·热奈特　著

王文融　译

北京联合出版公司
Beijing United Publishing Co.,Ltd.

图书在版编目（CIP）数据

叙事话语；新叙事话语 /（法）热拉尔·热奈特著；
王文融译. -- 北京：北京联合出版公司，2025.4（2025.6重印）
ISBN 978-7-5596-8186-7

Ⅰ.Ⅰ045

中国国家版本馆 CIP 数据核字第 2025JU2096 号

Discours du récit
By Gérard Genette
© Éditions du Seuil, 2007
The Work includes "Discours du récit" initially published in «Figures III» in
1972 and «Nouveau discours du récit» published in 1983
Current Chinese translation rights arranged through Divas International, Paris
巴黎迪法国际版权代理（www.divas-books.com）
Simplified Chinese translation edition copyright © 2025 by Neo-Cogito Culture
Exchange Beijing, Ltd.

北京市版权局著作权合同登记　图字：01-2024-0449

叙事话语·新叙事话语

作　　者：［法］热拉尔·热奈特
译　　者：王文融
出 品 人：赵红仕
出版统筹：杨全强　杨芳州
责任编辑：孙志文
特约编辑：金子淇　綦文多
装帧设计：彭振威

北京联合出版公司出版
（北京市西城区德外大街 83 号楼 9 层　100088）
北京联合天畅文化传播公司发行
北京启航东方印刷有限公司印刷　新华书店经销
字数 202 千字　1092 毫米×870 毫米　1/32　12.625 印张
2025 年 4 月第 1 版　2025 年 6 月第 2 次印刷
ISBN 978-7-5596-8186-7
定价：68.00 元

版权所有，侵权必究
未经书面许可，不得以任何方式转载、复制、翻印本书部分或全部内容。
本书若有质量问题，请与本公司图书销售中心联系调换。电话：010-64258472-800

译者前言

《叙事话语》是法国学者热拉尔·热奈特运用结构主义观点分析叙事作品的一部力作。

众所周知,1910—1930年间,俄国学者什克洛夫斯基、特尼亚诺夫、艾亨鲍姆、普罗普等人提出了形式主义的批评理论,他们致力于研究诗歌语言和小说、神话的叙述结构,探寻文学的特殊性。可以说,他们研究的不是文学,而是"文学性";不是作品,而是使作品成其为作品的文学话语的潜在性。这些学者的论著在1955和1965年先后被译成英文和法文,开始为西方所了解。这些论著的观点是复杂多样的。但在当时,由于初为俄国形式主义的领袖、后为布拉格学派的重要理论家之一的雅各布森声望日增,因此,大家只注意了这些论著中符合雅各布森的语言功能理论和隐喻/换喻理论的一些论断。雅各布森把很快被视为"结构之同义词"的"手法"变成"文学性科学"的"唯一主角"(见1921年《俄国新诗歌》一文),提出文学作品只是一种结构。这一观点在 20 世纪 60 年代的法国大受欢迎。法国批评界很晚才认真对待马拉美的名言："诗不是用思想而是用词句写成的。" 20 世纪 30 年代英、美的"新批评派"、奥地利的文体批评家斯皮泽等都走在他们的前面,但他们后来居上,在 20 世纪 60 年代中期形成了一个高峰,影响扩大到西欧、北美,甚至苏联、东欧等地,汇成一股国际性的文学批评思潮。一些批评家,如雅各布森、塞缪尔·列文、让·科恩、尼古拉·吕伟等,致力于研究诗歌的格律、韵律、文体或语言的结构,试图按照构成诗歌的诸成分之间的结构关系来分析作品;另一些批评家,如 A. J. 格雷马斯、托多洛夫和布勒蒙等对普罗普的民间故事分析理论不断加以改善,力图建立一套散文叙事的诗学。托多洛夫于 1969 年发表《〈十日谈〉语法》一文,他进行叙事分析所利用的与其说是逻辑模式,毋宁说是语法模式,换言之,他从分析文学作品的语法结构入手来研究其文学性。《〈十日谈〉语法》是一部阐发叙述语法的著作。传统语法研究的最大单位是句子,叙述语法则根据句子特有的动词类别(时间、语体、语式、语态)和主语类别(施动者、被动者、行动者)来研究叙述作品的结构。正是在这部著作中,托多洛夫首先提出了"叙述学"这个术语,给叙事研究添上了一道科学的光环,为完成新诗学的规划——对叙事永恒范畴的抽象分类,奠定了基础。

顾名思义,叙述学就是叙事的学问,研究"叙述性"的科学。虽然这个术语仅仅在 20 年前才出现,但叙事却是和人类的历史同时开始的。法国学者罗兰·巴特在《叙事作品结构分析导论》(1966)中指出:"叙事可以用口头或书面的有声语言、固定或活动的图像、手势以及所有这一切井然有序的混合体来表现;它存在于神话、传说、寓言、故事、小说、史诗、历史、悲剧、正剧、喜剧、哑剧、图画、玻璃彩绘、电影、连环漫画、社会新闻、交谈之中。"正如叙事的存在源远流长一样,对叙事的研究也可以上溯到古远的年代。早在 2500 多年前,柏拉图在《理想国》第三卷中便给"纯叙事"和"模仿"下了定义,把这两种叙述方式对立起来,并认为史诗是一种"混合"的形式。亚里士多德为了调和二者的对立,在《诗学》中把纯叙事和直接表现视为模仿的两种不同的方式。迄至 20 世纪,距今半个多世纪以来,各国学者在俄国形式主义,尤其是普罗普和雅各布森的影响下,发表了一系列有关叙事的理论著述和批评文论。他们有的研究叙事作品中故事时间、叙述时间、作者的写作时间和读者的阅读时间之间的关系;有的分析叙述者、作者、读者的地位、作用和相互间的关系;有的阐释叙述者视角的变化、视野的限制以及叙述者与叙事作品中其他人物的关系;等等。其中,法国结构主义批评家热拉尔·热奈特对叙述学这门新学科的发展作出了至关重要的贡献。

热奈特于 1930 年生于巴黎,现在巴黎高等师范学院和法国高等社会科学研究学院任教。他早年毕业于巴黎高等师范学院,并取得了大、中学教师资格的高级学衔。执教数年后,他转而从事文学批评,1959—1965 年间在《新法兰西杂志》《原样》

《评论》等文学评论杂志上发表了大量文章，1966年结集出版，名为《辞格一集》。古典修辞学认为使用修辞格，即用同一个词语的两个含义包围一个空间并标明两个含义间的距离，是今天所说的文学功能的特点之一，文学作品的文学性便隐隐约约地与这个内部的空间联系起来。热奈特把文学空间和文学作品界定为"有如一连串修辞格"的文本，他以诗学家的身份着手研究各种"话语可能性"的文学形式的普遍理论，如修辞学准则、叙述技巧、诗歌结构等。1969年他又出版了《辞格二集》一书，在该书中，他沿着互相交叉或互相交接的两个主要方向，即从叙事理论和语言诗学两个方面继续进行《辞格一集》开始的研究。书中既有对巴尔扎克、司汤达、巴洛克风格、《克莱芙公主》、《追忆逝水年华》（以下简称为《追忆》）等作家或作品的评论，又有对文本空间、叙事与话语、随意与动机，以及间接语言的理论探讨。文学批评与文学理论在此既分又合，相辅相成，旨在寻求一种新的诗学。

我们这里翻译的《叙事话语》是他于1972年发表的《辞格三集》的主要部分，占该集四分之三的篇幅。热奈特本人称它是一篇研究方法论的著作。它的一大特点是作者以普鲁斯特的著名小说《追忆》为研究对象，对这部作品的叙述机制作了详尽精微的分析。同时作者不断拿普鲁斯特的叙事和叙事可能性的总体系进行比较，从特殊到一般，试图概括出一套既适用于这部作品，又适用于其他作品的理论。正如作者本人所承认的那样，他在寻找特殊时找到了一般,在希望拿文学理论为文学批评服务时,却不由自主地拿文学批评为文学理论服务。《叙事话语》的另一个特点是:作者对叙事作品的分析是从时间、语式、语态等语法范畴出发的,这与托多洛夫的分析方法一脉相承。托多洛夫在 1966 年发表的《文学叙事的范畴》中,已经把叙事问题划归时间、语体和语式三个语法范畴。热奈特对这三个范畴包含的内容作了调整和补充,提出了更为准确的新的划分,当然,时间、语式、语态等范畴不过是对语法概念的借用,它们实质上表示的是故事、叙事和叙述之间的多种关系。

作为一部重要的叙述学论著,《叙事话语》首先论述叙述理论的几个基本概念。在导论中,作者区分叙事(le récit)一词所包含的三层含义,对故事、叙事和叙述这三个不同的概念作了界定。他认为,故事指真实或虚构的事件,叙事指讲述这些事件的话语或文本,叙述则指产生话语或文本的叙述行为。这样就避免了因概念不清而引起的混乱,为叙事研究奠定了良好的基础。

《叙事话语》共分五章。前三章阐释的是故事时间与叙事(伪)时间的关系。热奈特指出,在故事中,几个事件可以同时发生,因此故事的时间可以是多维的。但在叙事中,叙述者不得不打破这些事件的"自然"顺序,把它们有先有后地排列起来,因此叙事的时间是线性的,故事与叙事在表现时间上的不同特点为改变时间顺序,达到某种美学目的开创了多种可能性。《叙事话语》第一章涉及的正是事件在故事中接续的时间顺序与这些事

件在叙事中排列的伪时间顺序之间的关系。作者从宏观上分析
了《追忆》的时间结构,发现这部小说的开头是一个以患失眠症
的主人公(被马塞尔·米勒称作"中间主体")的记忆位置为起点
的广阔的往复运动。主人公度过许多不眠之夜,追忆逝去的年
华,他的回忆主宰了全部叙事,但是小说的起点位于主人公一生
中较晚的时刻,叙述顺序的第一个时间远远不是故事顺序的第
一个时间。热奈特认为这符合西方文学最古老的"从中间开
始",继之以解释性回顾的叙述传统。以后的篇章虽然在总体上
符合故事的时间顺序,但仍存在大量细节上的预叙、倒叙等等。
作者对这些时间倒错手法作了详细的分类,并以《追忆》为例,阐
明了普鲁斯特在该部小说中运用这些手法的特点及其美学功
能。第二章"时距"探讨的是事件或故事段的可变时距与在叙事
中叙述它们的伪时距之间的关系。换句话说,就是事件或故事
实际延续的时间和叙述它们的文本的长度之间的关系,即速度
关系。作者把《追忆》划分为 11 个大的叙述单位,计算出每个单
位故事延续的时间和在小说中所占的篇幅,从中得出了两个结
论:(1)普鲁斯特叙事的速度变化极大,或用 190 页的篇幅叙述 3
个小时内发生的事,或用 8 行概述 12 年的故事内容;(2)由于篇
幅很长,但覆盖的故事时间很短的场景不断增多,叙事的速度逐
渐减慢,与此同时出现了越来越多的省略。作者进一步从停顿、
场景、概要、省略这四个传统的叙述运动出发,论证并断言普鲁
斯特的叙事深刻地改变了小说叙述节奏的总体系。第三章"频

率"论及的是故事的反复能力与叙事的反复能力之间的关系。频率问题即语体问题,它是叙述时间性的一个基本方面,事件和陈述事件的叙事都有反复的能力。反复叙事的传统功能与描写相近,是为单一叙事服务的。在《追忆》中,单一叙事却能为反复叙事服务,这部小说的叙述节奏正是建立在单一和反复的交替上。反复在普鲁斯特的叙事中占有重要地位,因为普鲁斯特的人物对地点的特性十分敏感,但在他们眼中各个时刻却有相像和混同的强烈倾向,这种能力显然是产生"非意愿性记忆"的经验的条件。《追忆》的开头大量运用了时间倒错手法,其开端也是以反复叙事为主的,反复叙事是一种更复杂的时间倒错。显然,"中间主体"的记忆活动促使叙事摆脱了故事时间的束缚。而在以后的篇章中,当记忆活动逐渐减弱,代之以叙述者的活动时,故事的时间顺序便得以恢复,单一叙事跃居主要地位。但这时叙事的速度又发生了畸变,出现了篇幅极长的场景和巨大的省略。

《叙事话语》的第四章为"语式"。语式就是对叙述信息的调节。调节的主要手段,一是"距离",即模仿程度;二是"投影",即视点的选择。由柏拉图首次提出的模仿与叙事的对立,在19世纪末和20世纪初重新受到重视,成为英美小说美学的规范。但《追忆》却打破了模仿与叙事的传统对立,因为一方面,这部小说几乎全部由信息量最大的场景组成,具有高度的模仿性;另一方面,叙述者无时不在作品中出现,或作为叙事的材料提供者、担保人和组织者,或作为分析评论家、修辞家和"隐喻"的制造者。作者根据模仿的程度把人物话语分为三类,并阐述了它们与直接叙述体、间接叙述体和自由间接叙述体的关系,以及普鲁斯特运用这些话语的特色。作者又根据视点的选择,即叙述者与人物的关系,对小说的叙述情境作了分类,并依照聚焦理论,详细分析了各类叙述情境。作者指出,《追忆》总体上采用的是主人公的视点,即对主人公的内聚焦,由此而来的视野限制表现在小说的许多方面,如主人公的文学志向一直到"最后的顿悟"才得以披露,其他人物往往显得很神秘,成了普鲁斯特所说的"稍纵即逝的人"。就连普鲁斯特的描写也始终与主人公的感知活动联系在一起,带有强烈的主观色彩。但是,读者不难看出,对无所不知的叙述者的聚焦与对主人公的聚焦在小说中是同时并存的。这种对语式的破坏与叙述者的存在和活动紧密相连。第五章"语态"所论述的,正是这个产生叙事话语的主体——叙述行为。热奈特从叙述时间、叙述层和"人称"等方面,用大量的例证阐释了叙述与故事、叙述者与故事、叙述者与主人公的关系,并提出了叙述者与受述者的地位和职能问题。与《追忆》的第一个版本《让·桑特伊》相比,《追忆》的叙述更为直接,主人公兼叙述者承担了虚构的作者的角色,公开把自己的叙事当作文学作品来介绍,并且把其他来源的中间叙事纳入自己的叙事,这就保证了叙述主体的一致性。但是,《追忆》把三个叙述主体(主人公、叙述者和作者)集于一身,它既是"第一人称"的叙述,又往往是无所不知的叙述者或作者的叙述，从而破坏了小说叙述的惯例，不仅打破了它的传统形式，而且动摇了叙事话语的逻辑。

作为诗学家，《叙事话语》的作者希望通过这部论著，为文学理论和文学史提供几个比"小说"或"诗歌"等传统的实体轮廓更为清晰的研究对象。迄今为止，研究普鲁斯特及其鸿篇巨制《追忆》的著述不胜枚举，自 20 世纪 60 年代以来运用现代分析方法进行评论的就有：主题方面，如乔治·普莱的《普鲁斯特的空间》（1963），让-皮埃尔·里夏尔的《普鲁斯特与感性世界》（1974）；符号学方面，如吉尔·德勒兹的《普鲁斯特与符号》（1964 和 1970）；精神分析方面，如密尔顿·L. 米勒的《普鲁斯特的精神分析》（法译本，1977）；发生学方面，如《普鲁斯特研究文集》1—5 卷（1973—1984）；文体学方面，如让·米依的《普鲁斯特和文体》（1970）、《普鲁斯特的句子》（1975）；等等。热拉尔·热奈特继承了形式主义流派的传统，在《叙事话语》中对普鲁斯特的作品进行了叙述学方面的论述，应当说，他在分析中利用的范畴和概念突出了普鲁斯特叙事中一直未引起评论界重视的问题，而且更准确地描绘了其中已为人所知的特点，为小说叙事研究开辟了新的天地。

十年后，热奈特在叙述学取得的进展的启发下撰写了《新叙事话语》一书（1983）。在书中他回答了范·雷斯、多利特·科恩、米克·巴尔等各国学者对《叙事话语》的批评，对自己的某些论点作了修正或进一步的阐释，同时提出了叙述情境的分类、叙述者与作者的关系、受述者与读者的关系、隐含作者与潜在读者的概念等新的问题，并加以探讨。

　　叙述学是叙事的科学，由于对叙事的含义有不同的理解，因而对这门学科的研究对象至今仍众说纷纭。热奈特在《新叙事话语》中指出："……叙述体的特殊性存在于它的方式中，而不存在于它的内容里，该内容也可将就用戏剧、图表或其他方式来'表现'，实际上没有什么'叙述内容'，只有可采用任何表现方式的一连串行动或事件……这些行动或事件之所以被称为'叙述'，是因为它们存在于叙述表现中……因此我情愿赞成（虽不抱幻想）严格使用这些词语，即与方式有关时不仅使用叙述学这个术语，而且使用叙事或叙述体等词，通常对这些词语的使用还算恰如其分，但近来有滥用的危险。"就在这篇论著发表的 1983 年，保罗·利科在《时间与叙事》中发表了另一种看法："我们不以'方式'，即作者的态度，而以'对象'来描绘叙事的特点，因为我们所说的叙事正是亚里士多德所说的 Muthos，即事实的安排。"米歇尔·马蒂厄-科拉在《叙述学的分界线》(1986 年 2 月，《诗学》，第 65 辑）中指出这是两种截然不同的观点：一个认为叙事以其方式为特征，另一个则以对象为特征；一个局限于话语叙事，尤其是从形式角度看加工得最好的文学叙事，另一个则潜在地包含一切表达形式——戏剧、电影、摄影小说、连环画、广播剧等。马蒂厄-科拉采用折中的办法，建议同时承认狭义叙述学和广义（与比较）叙述学的存在，并以叙述性作为二者的研究对象。

叙述性自然与表现功能相关联，并且不能脱离开时间性。因此，无论叙事研究的具体对象是什么，我们只应注意这些与叙述直接有关的方面，比如连环画中故事的结构、对时间的处理、图像间的联系等等；至于绘画的笔法、对话的风格则不在叙述研究的范围之内。又如戏剧的叙述性表现在情节的构成、场次的划分和衔接等方面，而动作的戏剧性、舞台的布景、对话的创新……则不是叙事分析的对象。当前，一些学者对尚未探索或研究不够深入的文本的某些方面进行思考，促进了叙述学的发展，尤其值得一提的是菲利浦·阿蒙的精辟论述《描写体分析》（1981）。

1966 年《传播学》第 8 期《叙述结构分析》专刊提出了雄心勃勃的计划，试图创立一个适用于各种表达手段的总体叙事理论。虽然制定"共同模式"的想法事后看来似乎带点乌托邦的味道，但正如马蒂厄-科拉所指出的那样，鉴于问题的错综复杂和分析中存在的分歧，建立一个多元而协调的叙述学的道路仍然是畅通无阻的。

王文融，1989.4

目录

译者前言 ……………………………………………………… 1

叙事话语——方法论

绪言 ………………………………………………………… 3

引论 ………………………………………………………… 7

一、顺序 …………………………………………………… 14

　　有无叙事时间 …………………………………………… 14

　　时间倒错 ………………………………………………… 16

　　跨度, 幅度 ……………………………………………… 30

　　倒叙 ……………………………………………………… 31

　　预叙 ……………………………………………………… 49

　　走向无时性 ……………………………………………… 60

二、时距 …………………………………………………… 67

　　非等时 …………………………………………………… 67

概要 ··· 77

停顿 ··· 80

省略 ··· 86

场景 ··· 89

三、频率 ·· 93

单一/反复 ·· 93

限定、说明、延伸度 ·································· 107

内历时性和外历时性 ································· 119

交替、过渡 ·· 122

与时间的游戏 ······································· 132

四、语式 ··· 137

有无叙事语式 ······································· 137

距离 ·· 138

事件叙事 ·· 141

话语叙事 ·· 145

投影 ·· 162

聚焦 ·· 166

变音 ·· 170

复调式 ·· 174

五、语态 ··· 187

叙述主体 ·· 187

叙述时间 ·· 191

叙述层 ·········· 202

元故事叙事 ········ 206

转喻 ············· 210

从《让·桑特伊》到《追忆》,或假故事的胜利 ······· 213

人称 ············ 219

主人公/叙述者 ········ 229

叙述者的职能 ········ 231

受述者 ··········· 236

后记 ············· 239

新叙事话语

一 ············ 247

二 ············ 250

三 ············ 252

四 ············ 259

五 ············ 269

六 ············ 273

七 ············ 276

八 ············ 279

九 ············ 283

十 ············ 291

十一 ··········· 296

十二 ·· 302

十三 ·· 308

十四 ·· 311

十五 ·· 323

十六 ·· 335

十七 ·· 339

十八 ·· 352

十九 ·· 356

二十 ·· 374

术语译名对照表 ··· 377

叙事话语

——方法论

绪言

　　本书研究的特定对象是《追忆逝水年华》(以下简称《追忆》)中的叙事。明确这一点后,需要立即作出两点重要性不等的说明。第一点涉及语言材料的限定:在今天,谁都知道如此命名的作品不过是普鲁斯特可以说耕耘了一生的作品的最后状态,其标准文本于1954年由克拉拉-费雷出版社确定下来,而先前的各个版本主要散见于《欢乐与时日》(1896)、《仿作与杂集》(1919)、题名为《编年史》的各种文集或遗著(1927)、《让·桑特伊》(1952)、《驳圣伯夫》(1954)和自1962年起存放于国立图书馆手稿收藏部的80余本笔记之中。由于上述原因,再加上1922年11月18日[①]的被迫辍笔,《追忆》与其他任何作品相比更不能被视为业已完成,所以拿某一种文稿与"定"稿作比较始终是理

---

① 普鲁斯特在巴黎逝世的日子。——译注(除特别标注为"原注"或"编者注"的注解,均为译注。)

所当然,而且往往是不无必要的。叙事的格调也同样有必要对比,比方我们不能低估《让·桑特伊》的"第三人称"文本的发现给《追忆》中采用的叙述体系带来的前景和内涵。本篇将主要涉及最后写成的作品,亦将时时考虑其先前的文本,这些文本从本身来看并无多大意义,但有可能带来新的启示。

第二点说明涉及方法,或毋宁说在此采纳的步骤。大家可能已经注意到本篇研究的标题和副标题都未提及我适才指出的特定对象。这并非出于卖弄或主题的故意膨胀。事实上,有些人或许会感到恼火,为了使论述更带普遍性,普鲁斯特的叙事在这里似乎常常被遗忘,或正如今天的一句俗话,评论似乎给"文学理论"让路,更确切地说给叙事理论或叙述学让路。我可以用两种迥然不同的方式解释并澄清这一暧昧不明的情况:或者如别人在别处做过的那样,坦率地将特定对象服务于总目标,将评析服务于理论,《追忆》在此将只是一个托词,为一种叙述诗论提供例证、添加注脚,在该诗论中它的特点将消失在"体裁规律"的先验性中;或者相反使诗论附属于评论,把在此提出的观念、分类和程序统统变成除更准确或更精细地描述普鲁斯特叙事的独特性外别无他用的专门工具,而兜"理论"的圈子每一次都因说明方法论的需要变得必不可少。

我承认自己厌恶或没有能力在这两种表面无法兼容的辩护体系间进行抉择。我觉得不可能把《追忆》当作一般的叙事,或小说叙事,或自传体叙事,或天知道什么别的等级、类别、种类的普通例子来处理:普鲁斯特叙述的特殊性从总体上看是不可缩减的,任何推论在这里都将是方法上的失着;《追忆》只说明它本身。但另一方面,这种特殊性并非不可分解,从分析中得出的每一个特点都可以进行对照、比较或展望。和一切作品、一切机体一样,《追忆》由普遍的或至少超越个别的要素组成,它把这些要素集合成特定的综合体、独特的整体。分析它,不是从一般到个别,而正是从个别到一般:从《追忆》这个无与伦比的存在物到我称之为时间倒错、反复、聚焦、赘叙等的十分普遍的要素,为大众所用并在日常中流通的修辞格和手段。我在此提出的主要是一种分析方法,我必须承认在寻找特殊性时我发现了普遍性,在希望理论为评论服务时我不由自主地让评论为理论服务。这种自相矛盾是一切诗论,恐怕也是一切认识活动的自相矛盾,认识活动始终在只有单个的物体和只有整体科学这两种不可回避的老调之间左右为难,但它始终受到另一个流传稍欠广泛的真理的鼓舞和吸引,即一般寓于个别之中(故与通常的偏见相左),可知寓于神秘之中。

但是要担保方法论上的混乱乃至偏斜的科学性,说不定得搞点偷梁换柱的勾当。所以我将换一种方式为同一个事业辩护:或许"理论"的枯燥与评论的细致在这里的真正关系是具消遣性质的相互交替和互相解闷。但愿读者也能在此找到某种周期性的消遣，犹如失眠症患者辗转反侧一样：amant alterna Camenae[①]。

引论

　　我们通常使用（法语）叙事一词时不大注意词义的模棱两可，而且往往无所觉察，叙述学的某些难题或许正与这种含混有关。我认为若想开始把这个领域看个明白，就必须把这个词包含的三个不同概念区分清楚。

　　叙事的第一层含义，如今通用的最明显、最中心的含义，指的是承担叙述一个或一系列事件的任务的叙述陈述，口头或书面的话语：这样，我们就可将《奥德赛》第 9 至 12 章主人公在菲阿西斯人面前发表的一席话，以及这四章本身，即荷马作品中声称忠实记录了这席话的段落，称为奥德修斯叙事。

　　叙事的第二层含义不大普遍，但为今天叙述方面的分析家和理论家所常用，它指的是真实或虚构的、作为话语对象的接连发生的事件，以及事件之间连贯、反衬、重复等不同的关系。"叙事分析"意味着撇开把行动和情境告知我们的语言或其他媒介，对这些被单独考虑的行动和情境的总体进行研究：在这里就是奥德修斯自特洛伊陷落直到抵达卡利普索所辖岛屿的冒险经历。

　　叙事的第三层含义看来最古老,指的仍然是一个事件,但不是人们讲述的事件,而是某人讲述某事(从叙述行为本身考虑)的事件。这样,人们会说《奥德赛》的第9至12章写的是奥德修斯的叙事,正如人们说第22章写了对求婚者的杀戮:讲述冒险经历和杀戮妻子的求婚者一样是个行动,倘若这些冒险经历(假设人们和奥德修斯一样把这看作真实经历)的存在不言而喻丝毫不取决于这个行动,那么叙述话语(第一层含义的奥德修斯叙事)则显而易见完全取决于它,因为叙述话语是它的产品,正如一切陈述均为陈述行为的产品。相反,如果认为奥德修斯撒了谎,他讲述的冒险经历纯属杜撰,那么叙述行为反而增加了重要性,因为不仅话语的存在,而且杜撰由它"转述"行动的存在也取决于它。大凡荷马直接承担叙述奥德修斯冒险经历的任务之处,他的叙述行为显然同样增加了重要性。所以没有叙述行为就没有陈述,有时甚至没有叙述内容。因此叙事理论至今很少过问叙述的陈述行为问题着实令人惊讶,它几乎把全部注意力放在陈述及其内容上,仿佛认为诸如奥德修斯的冒险经历时而由荷马讲述、时而由奥德修斯本人讲述完全是个次要的问题。然而大家知道,我们在下文中还将提及,昔日柏拉图并不认为这个题目不值得他关注。

　　正如标题指出或差不多指出的那样,本书主要涉及最通常意义上的叙事,即叙述话语,在文学上,尤其在与我们有关的情况下,它恰巧就是一篇叙述文本。但是人们将看到,我所理解的对叙述话语的分析总包含着对这篇话语和它详述的事件(叙事的第二层含义)之间关系的研究,以及对这同一篇话语和产生它的或真实(荷马)或虚构(奥德修斯)的行为(叙事的第三层含义)之间关系的研究。为了避免一切混乱,避免一切用词上的含糊不清,我们从现在起就必须用单义词来表示叙述现实的这三个侧面,我不多谈选择词语的明显的理由,建议把"所指"或叙述内容称作故事(即使该内容恰好戏剧性不强或包含的事件不多),把"能指"、陈述、话语或叙述文本称作本义的叙事,把生产性叙述行为,以及推而广之,把该行为所处的或真或假的总情境称作叙述。[①]

　　本文的对象是我们现在给这个词规定的狭义的叙事。在刚刚分出的三个层次中,唯独叙述话语这一层可直接进行文本分析,我认为这是相当明显的。在文学叙事,特别是虚构叙事的领域中,文本分析是我们掌握的唯一研究工具。如果我们想研究

[①] "叙事"与"叙述"无须说明。至于"故事",尽管有着明显的缺陷,我将采用通常的用法(我们说:"讲述一个故事。")和专门的用法。这种专门的用法显然更为狭窄,但是,自从茨维坦·托多洛夫建议区别"作为话语的叙事"(第一层含义)和"作为故事的叙事"(第二层含义)以来,这种用法比较能被接受。我将在同一意义上运用 diégèse(故事)这一术语,它是电影叙事理论家们首先采用的。——原注

叙事本身,比方米什莱(Jules Michelet)在《法国史》中讲述的事件,那么我们可以求助于这部著作之外的各种有关法国历史的资料;如果我们想研究该著作的撰写本身,我们可以利用米什莱这部著作之外,与他写作年代的生活和工作有关的其他资料。然而,那些既对《追忆》构成的叙事所讲述的事件感兴趣,又对产生该叙事的叙述行为感兴趣的人却不能指望这样做:《追忆》之外的任何资料,特别是马塞尔·普鲁斯特的任何一部好传记(假如有的话),都不能向他提供这些事件和这个行为的情况,因为二者均为杜撰,粉墨登场的不是马塞尔·普鲁斯特,而是他的小说中假设的主人公兼叙述者。当然我并不认为《追忆》的叙述内容与作者的生平毫无关系,只不过这种关系不允许人们利用后者对前者作严密的分析(反之亦然)。至于产生叙事的叙述,马塞尔讲述生活往事的行为,我们从现在起就要避免把它和普鲁斯特写作《追忆》的行为混为一谈;对此下文还要论及,现在只需提请注意的是,1913 年 11 月发表的、在此日期之前普鲁斯特写了几年的长达 521 页的《斯万家那边》(格拉塞版),被假设(在当前的虚构状况下)是叙述者在战后写的。所以叙事,唯有叙事在此把它详述的事件和被认为把叙事公之于世的活动告知我们,换句话说,我们对二者的了解只能是间接的,不可避免地要以叙事话语为媒介,因为前者是话语的对象,而后者在话语中留下可以发现和解释的痕迹、标记或标志,如第一人称代词的出现表明人物和叙述者同为一人,或者过去时动词的出现表明被讲述的行动先于叙述行动,这些并不影响更加直接、更加明确的迹象存在。

对我们而言,故事和叙述只通过叙事存在。但反之亦然,叙事、叙述话语之所以成为叙事、叙述话语,是因为它讲述故事,不然就没有叙述性(如斯宾诺莎的《伦理学》),还因为有人把它讲了出来,不然它本身就不是话语(如考古资料的合集)。从叙述性讲,叙事赖以生存的是与它讲述的故事之间的关系;从话语讲,它靠与讲出它来的叙述之间的关系维系生命。

所以对我们而言,分析叙述话语主要是研究叙事与故事、叙事与叙述,以及故事与叙述(因为二者是叙述话语的组成部分)之间的关系。这个观点引导我提出研究领域的新分界。我以1966年茨维坦·托多洛夫提出的划分为出发点,即把叙事问题分成三个范畴:时间范畴,"表现故事时间和话语时间的关系";语体范畴,"或叙述者感知故事的方式";语式范畴,即"叙述者使用的话语类型"。我不做任何修改,全盘采纳适才援引的第一个范畴的定义,托多洛夫对"时间畸变",即打乱事件年代顺序的现象和构成故事的各条情节线索之间连贯、交替或"嵌入"的关系作了说明,用以阐释这个定义;但他又补充了对叙述的"陈述时间"和"感知时间"(被他视为写作时间和阅读时间)的论述,我认为这超出了他自己下的定义的界限,我将把这些论述留给显然与叙事和叙述的关系有联系的另一类问题。语体范畴主要包括叙述"视点"问题,而语式范畴集中了"距离"问题,美国詹姆斯传统的批评一般用 showing(托多洛夫词汇表中的"表现")和 telling("叙述")两个对立的词来论述,这是柏拉图的 mimésis(完美模仿)和 diégésis(纯叙事)范畴的再现,人物话语的各种表现类型,叙述者和读者或明或暗出现在叙事中的方式。如刚才对于"陈述时间",我认为有必要把最后这组问题分离出去,因为这些问题与叙述行为及其主要人物有关;反之,应当把托多洛夫分出语体和语式两类之后剩下的一切归并成一个大范畴,我们姑且称此范畴为"表现形态"或"完美模仿之程度"。重新分配后的分工明显与它所借鉴的分工不同,现在我把它表述出来,在选择词语时将借助某种语言上的隐喻,希望大家不要过分拘泥于字面上的含义。

　　既然一切叙事,哪怕像《追忆》这样复杂的鸿篇巨制,都是承担对一个或多个事件的语言生产的叙述,那么把它视为动词形式(语法意义上的动词)的铺展(愿意铺展多大都可以),即一个动词的扩张,或许是合情合理的。"我行走,皮埃尔来了",对我来说是最短的叙述形式,反之,《奥德赛》或《追忆》不过以某种方式扩大了(在修辞含义上)"奥德修斯回到伊萨卡"或"马塞尔成为作家"这类陈述句。因此我们或许能够按照借自动词语法的范畴来组织或至少提出叙述话语的分析问题,这些范畴在此将归结为三个基本的限定类别:取决于叙事和故事的时间关系,并将被列入时间范畴的类别;取决于叙述"表现"形态(形式和程度),即叙事语式的类别;最后是取决于叙述——按我们确定的含义，即叙述情境或叙述主体及其两个主角——实际或潜在的叙述者和接受者——以何种方式包含在叙事中的类别；有人可能想把这第三种限定归到"人称"名下，但出于下文中将一目了然的理由，我觉得不如采用一个心理内涵较小（可惜不怎么小）的词，并大大拓宽它的概念，"人称"（指"第一人称"叙事和"第三人称"叙事的传统对立）将只是它的一个方面，这个词就是语态，旺德里埃斯（Joseph Vendryès）曾给它的语法含义下过这样的定义："动词动作与主语间关系的一个方面……"①当然，这儿的主语是句子的主语，而对我们来说，语态指的是与陈述主语（更笼统地说是主体）的关系：这仍然不过是词语的借用，并不企望以严格的统一为依据。

　　我们看到，这里提出的指明研究范围、确定下面各章排列的三个类别没有涵盖上文确定的表示叙事各层定义的三个范畴，而以复杂的方式与其相交：时间和语式在故事和叙事的关系中起作用，语态同时指叙述和叙事、叙述和故事之间的关系。不过必须避免使这些字眼实体化，避免把一种关系变成实体。

---

① 　见《小罗贝尔词典》中有关语态的解释。

一、顺序

有无叙事时间

"叙事是一组有两个时间的序列……：被讲述的事情的时间和叙事的时间('所指'时间和'能指'时间)。这种双重性不仅使一切时间畸变成为可能，挑出叙事中的这些畸变是不足为奇的（主人公三年的生活用小说中的两句话或电影'反复'蒙太奇的几个镜头来概括等等）；更为根本的是，它要求我们确认叙事的功能之一是把一种时间兑现为另一种时间。"①

在这里如此加以强调的时间双重性，德国理论家们用erzählte Zeit(故事时间)和Erzählzeit(叙事时间)的对立来表示，

---

① 参见克里斯蒂安·麦茨的《电影表意泛论》，柯林克西克版，巴黎，1968年，第27页。——原注

它不仅是电影叙事的特点,而且是口头叙事在一切美学制作层次,其中包括史诗吟咏或戏剧叙述(如泰拉梅纳的叙事①)这一十足"文学"层次上的特点。它在其他叙述表达形式中也许不大确当,如"摄影小说"或连环画(图画如乌尔比诺②的祭坛装饰屏下部的一组绘画,刺绣如玛蒂尔德王后的"挂毯"),这些形式既构成一组组图像,要求连续的或历时性的阅读,又宜于(甚至要求)用某种总体的和共时性的眼光去观看,至少目光的扫视不再受图像接续的左右。在这方面,书面文学叙事的地位更难划定,它与口头叙事或电影叙事一样,只能在显然用于阅读的时间内被"消费"、被实现。如果它的各个组成部分的连续性可以被随心所欲的、重复或有选择的阅读所破坏,它也不能完全颠倒过来:电影可以一个图像一个图像地倒着看;作品却不能一个个字母、一个个单词,甚至一句句话地倒着读,除非它不再是作品。近来著名的"能指"的直线性在理论上容易否认,实际却很难排除,它对书本的控制比如今人们常说的要大一些。然而,问题不在于在此把书面叙事(文学或非文学)的地位和口头叙事的地位等同起来:它的时间性可以说是附带条件或者是一件工具;与任何事物一样,它是时间的产物,作为空间存在于空间中,"消费"

----

① 指拉辛的悲剧《费德尔》中,太傅泰拉梅纳向泰塞讲述雅典王的养子伊波利特如何被父亲处死的著名叙事。
② 乌尔比诺系意大利一城市,著名画家拉斐尔出生在此。

它需要的时间就是"走过"或"穿越"它（如同穿过一条路或一块田）需要的时间。叙述作品和其他任何作品一样，只是有换喻意义上的、向它本身的阅读借用的时间性。

在下文中我们将看到，这一状况并非始终与本篇的主旨无关，有时必须挽回或试图挽回换喻移位的影响；但我们首先应当接受它，因为它是叙述手法的组成部分，必须抓住近乎虚构的叙事时间，这个相当于真实时间的虚假时间，我们将有所保留地同意称其为伪时间。

采取了这些防范措施后，我们将依照我所认为的三个基本限定来研究故事时间和叙事（伪）时间的关系：在故事中，事件接续的时间顺序和这些事件在叙事中排列的伪时间顺序的关系将是第一章的内容；这些事件或故事段变化不定的时距和在叙事中叙述这些事件的伪时距（其实就是作品的长度）的关系，即速度关系，将构成第二章的内容；最后，频率关系，就是说（在此仅用一些还不够确切的提法）故事重复能力和叙事重复能力的关系，将是第三章的内容。

时间倒错

研究叙事的时间顺序，就是对照事件或时间段在叙述话语中的排列顺序和这些事件或时间段在故事中的接续顺序，因为叙事的时序已由叙事本身明确指出，或者可从某个间接标志中推论出来。显然这种复原并非每次都可以做到,对某些故意歪曲时间参照情况的边缘作品,如罗伯-格里耶的小说,更是毫无益处。同样显而易见的是,在古典叙事中,相反,这种复原不仅经常可以做到(因为叙述话语从不打乱事件的顺序而不加说明),而且它十分必要,理由恰恰是同一个:当一个叙述段以"三个月前……"这类说明开始时,必须同时考虑到这个场面在叙事中发生在后,在故事中却被认为发生在前。二者,或不如说二者的关系(对照或不协调的关系)对叙述作品至关重要,去掉其中一项以取消这个关系,这不是爱护作品,倒是扼杀作品。

　　发现与衡量这些叙述时间倒错(我将这样称呼故事时序和叙事时序之间各种不协调的形式)暗中要求存在某种零度——叙述与故事的时间完全重合的状态。这一参照状态的假设性多于真实性。民间故事似乎习惯于(至少大体上)遵循年代顺序,相反,我们(西方)的文学传统却以明显的时间倒错效果为开端,因为自《伊利亚特》的第八行诗起,叙述者追述了阿喀琉斯[①]和阿伽门农的争吵——他的叙事的公开起点之后,又回到十余天前,用140余行回顾诗句陈述争吵的原因(对克律塞斯的凌辱—阿波罗的愤怒—瘟疫)。大家知道,从中间开始,继之以解释性的回顾,后来成为史诗体裁形式上的 topoï[②] 之一,大家也知道

---

① 希腊神话中的英雄。也译作阿基琉斯。
② 希腊文:手法。

小说的叙述风格在这点上多么忠实于远祖,直至"现实主义"的19世纪:只需想到巴尔扎克的某些开场白,如《赛查·皮罗多盛衰记》或《朗热公爵夫人》的开场白,大家就会心悦诚服。大丹士(D'Arthez)把这一点变成供吕西安·德·吕庞泼莱使用的原则①,巴尔扎克本人也责备司汤达在《帕尔马修道院》中没有以滑铁卢插曲开始,把"在此之前的一切"简化为"法布里斯受伤后躺在弗朗德勒的村子里时所做的叙事或有关他的叙事"。把年代倒错说成绝无仅有或现代的发明将会贻笑大方,它恰恰相反,是文学叙述的传统手法之一。

而且,如果更仔细地读一读刚才提到的《伊利亚特》的前几行诗,就会看出这些诗句的时间运动比我说的要复杂。下面是保尔·马宗的译文:

女神,歌唱佩莱之子阿喀琉斯的愤怒吧;可憎的愤怒,给阿凯亚人带来无数的痛苦,把多少英雄的高傲灵魂扔给阿戴斯当食物,又把这些英雄本人变成野狗和一切飞禽的猎物——为的是实现宙斯的意图。一场争吵首先在人民的保护者、阿特柔斯之子与神圣的阿喀琉斯之间挑起不和,你从争吵发生之日开始吧。哪一位神使他们争吵不休,大动干戈?是勒托和宙斯之子。是他对国王大发雷霆,调动全

---

① 参见巴尔扎克的《幻灭》,加尼埃版,第230页。

军促成瘟疫蔓延,人民奄奄一息;这是因为阿特柔斯之子侮辱了他的祭司克律塞斯。

这样,荷马指出的第一个叙述对象是阿喀琉斯的愤怒;第二是阿凯亚人的不幸,它的确是前者的后果;第三是阿喀琉斯和阿伽门农的争吵,它是引起愤怒的直接原因,因而发生在前;接着,继续明确地追根溯源:瘟疫,争吵的原因;最后是对克律塞斯的凌辱,瘟疫的起因。开篇的五个组成要素,我将按照它们在叙事中出现的顺序称为 A、B、C、D、E,在故事中分别占据 4、5、3、2、1 的时间位置,由此得出一个勉强可概括接续关系的公式:$A_4 - B_5 - C_3 - D_2 - E_1$。这近似于一个反向规则运动。

现在必须对时间倒错进行更详尽的分析。我借用《让·桑特伊》中的一个相当典型的例子。将在《追忆》中以各种形式再现的情境是未来变成了现时,并且有别于过去对未来形成的概念的那种情境。让在几年后又见到他过去爱过的玛丽·科西谢夫居住的旅馆,他把今天的感想与过去他以为该有的感想作一比较:

　　有时他经过旅馆前,回想起雨天探幽访胜时他把女仆一直带到这儿。但回忆时没有当年他以为有一天感到不再爱她时将体味到的伤感。因为事先把这份伤感投射到未来的冷漠之上的东西,正是他的爱情。这爱情已不复存在。

对这段文字的时间分析首先是根据故事时间中位置的变化计算出各小段。粗粗算来这里有 9 段，分布在我们将用 2 (现在) 和 1 (过去) 表示的两个时间位置上，对其重复性 ("有时") 不作考虑：A 段在位置 2 ("有时他经过旅馆前，回想起")，B 段在位置 1 ("雨天探幽访胜时他把女仆一直带到这儿")，C 段在位置 2 ("但回忆时没有")，D 段在位置 1 ("当年他以为……的伤感")，E 段在位置 2 ("有一天感到不再爱她时将体味到")，F 段在位置 1 ("因为事先把这份伤感投射到")，G 段在位置 2 ("未来的冷漠之上")，H 段在位置 1 ("正是他的爱情")，I 段在位置 2 ("这爱情已不复存在")。时间位置的公式如下：

$$A_2 - B_1 - C_2 - D_1 - E_2 - F_1 - G_2 - H_1 - I_2$$

一个完美的"之"字形曲线。大家顺便会注意到初读这段文字时的困难在于普鲁斯特看上去有条不紊地取消了最基本的时间方位标 (过去、现在)，读者必须在心里补上这些标记才能理出头绪。但仅仅抄一张位置表不是全部的时间分析——哪怕只限于顺序问题——而且无法限定时间倒错的地位，还必须确定把各段连在一起的关系。

如果把 A 段视为叙述的出发点，即处于独立位置，那么 B 段当然被定为回顾，可以称作主观回顾，因为它由人物承担，叙事只转述现在的思想 ("他回想起……")；B 暂时从属于 A，与 A

相比被定为回顾。C仅仅回到最初的位置,不处于从属地位。D重作回顾,但这一次由叙事直接承担:表面上是叙述者提到了没有伤感,即便主人公有所觉察。E把我们带回现在,但与C的方式迥然不同,因为这一回是从过去,从过去的"视点"考虑现在:这不是简单地返回现在,而是在过去中现在的提前(当然带主观性);所以E从属于D,如同D从属于C,而C和A一样是独立的。F越过提前的E把我们带回位置1(过去):一次简单的返回,但返回到1,即从属位置。G又是一次提前,但带客观性,因为过去的让预料他的爱情未来的结局恰恰不是冷漠,而是失去爱情的伤感。H和F一样,简单地返回到1。最后,I(如同C)简单地回到2,即出发点。

这个简短的片段呈现出各种可能的时间关系的丰富多样的概貌:主观与客观的回顾、主观与客观的提前、向两个位置的简单回返。由于区分主客观的时间倒错不是时间范畴的事,属于将在语式一章中见到的其他范畴,因此我们暂且不去管它;另一方面,为避免使用"提前"或"回顾"等字眼带来的心理内涵(这些字眼令人自发地联想到一些主观现象),我们将常常用两个更中性的术语来替代:用预叙指事先讲述或提及以后事件的一切叙述活动,用倒叙指对故事发展到现阶段之前的事件的一切事后追述,留下时间倒错这个笼统的术语指两个时间顺序之间一切不协调的形式,我们将看到这些形式不能完全归结为倒叙或预叙。

　　对各段间结构关系(从属和并列)的分析现在使我们能够用表现出关系与嵌合的第二个公式来替代只指出位置的第一个公式:

$$A_2〔B_1〕C_2〔D_1(E_2)F_1(G_2)H_1〕I_2$$

　　这里可以清楚看出 A、C、I 段和 E、G 段地位有别,虽然都占据同一个时间位置,但等级层次不同。还看出活跃的关系(倒叙和预叙)位于方括号或括号内,括号外的只是简单的回返。最后我们注意到在此研究的片段完全是封闭的,在每个层次上都一丝不苟地返回起跑位置:我们将看到情况并非始终如此。当然,以数字表示的关系能够区分出倒叙和预叙,因而可以提出更加清楚的公式,比如:

$$A_2〔B_1〕C_2\overbrace{〔D_1\underbrace{(E_2)F_1}_{P}\overbrace{(G_2)H_1〕I_2}^{A}}_{P}[1]$$

　　这个片段显而易见(在教学上)的长处在于时间结构简化为两个位置,这种情境颇为少见,在离开微观叙述层次之前,我们将从《索多玛与蛾摩拉》中借用一段文字,它复杂得多(即使像我们将要做的那样,把它简化为最粗略的时间位置,不顾细微的差别),并且对普鲁斯特叙事独具特色的时间的无所不在是个很好的证明。在盖尔芒特亲王家的晚宴上,斯万适才告诉马塞尔亲

―――――――――

[1]　这个公式中的两个 A 指倒叙,两个 P 指预叙。

王转而支持德雷福斯派,他带着天真的偏见把此举视为聪明的表现。马塞尔的叙事是这样衔接的(我用一个字母标明每一段的开头):

　　(A)斯万现在不加区别地认为和他观点一致的人,他的老朋友盖尔芒特亲王,以及我的同学布洛克都是聪明人,(B)他一直排斥布洛克,(C)现在却请他吃午饭。(D)斯万告诉布洛克,盖尔芒特亲王是德雷福斯派,引起他浓厚的兴趣。"应当要求他在我们声援皮卡尔的名单上签名;有了他的大名将产生了不起的影响。"但斯万在犹太人的热烈信念中掺进上流社会待人接物的稳重态度,(E)养成了根深蒂固的习惯,(F)要想改掉为时已晚,因此他拒不同意布洛克给亲王寄送签名通函,哪怕犹如自发的行动。"他不能这样做,不应该要求根本办不到的事",斯万一再说。"他是一个可亲的人,从很远的地方和我们走到一起,可以对我们大有用处。如果他在您的名单上签名,只会在亲友面前败坏名誉,因为我们而受到责罚,说不定他会后悔坦露心迹,从此再不讲心里话。"而且斯万拒绝签上自己的名字,觉得它有太浓的希伯来语味道,怕影响不好。再说,虽然他赞成涉及复审的一切,却不愿与反军国主义的运动沾边。他佩戴勋章,(G)以前从未这样做过,(H)那是 1870 年他当国民别动队的年轻士兵时获得的。(I)他在遗嘱中追加一条,(J)一反先前的条款,要求(K)对他的荣誉团骑士级勋位致军礼。在这贡布雷教堂周围聚集起整整一连(L)骑手,过去弗朗索瓦丝曾为这些骑手的前程伤心落泪,预料(M)将要打一场仗。(N)简言之,斯万拒绝签署布洛克的通函,以致他虽在许多人心目中是个狂热的德雷福斯派,我的同学却觉得他不大热心,受了民族主义的毒害,而且崇武好战。(O)斯万离开时没有和我握手,以免与人道别……"

这里区分出(仍然十分粗略,仅作示范之用)15 个叙述段,分布在 9 个时间位置上。这些位置按时间顺序排列如下:①70 年的战争;②马塞尔在贡布雷的童年时代;③盖尔芒特晚宴之前;④盖尔芒特晚宴,时间可确定在 1898 年;⑤邀请布洛克(必定在布洛克没有出席的晚宴之后);⑥斯万和布洛克共进午餐;⑦撰写追加遗嘱;⑧斯万的葬礼;⑨弗朗索瓦丝"预料将要"发生的战争,严格地说它不占据任何确定的位置,因为它纯属臆测,但为了确定其时间,使问题简单化,可以把它认同于 1914 至 1918 年的战争。位置公式将是:

$$A_4—B_3—C_5—D_6—E_3—F_6—G_3—H_1—I_7—J_3—K_8—L_2—M_9—N_6—O_4$$

如果拿这个片段的时间结构与前一个作比较,那么除去它的位置最多外,还可发现复杂得多的等级嵌合,比方 M 取决于

L,L 取决于 K,K 取决于 I,I 取决于 D—N 这个大倒叙。另一方面,有些时间倒错,如 B 和 C,二者并列,没有明确回到基本位置,所以处于同一从属层,只是并列连接。最后,C_5 到 D_6 的过渡不是真正的预叙,因为永远不会回到位置5,它只省略了5(邀请)和6(午餐)之间流逝的时间;省略,或不再返回的跃进,当然不是时间倒错,它不过加速了我们将在时距一章中研究的叙事,它对时间有影响,但不在顺序方面,在此我们只对顺序感兴趣;因此我们不用方括号,只用表示单纯接续的连接号标明 C 到 D 的过渡。下面是完整的公式:

$$A_4〔B_3〕〔C_5-D_6(E_3)F_6(G_3)(H_1)(I_7)<J_3>$$
$$<K_8(L_2>M_9>)>)N_6〕O_4$$

我们现在将抛开微观叙述层,从《追忆》大的组成部分来看其时间结构,不言而喻,这一层次的分析无法考虑属于另一等级的细节,需要进行最粗略的简化,从微观结构转入宏观结构。

《追忆》的第一个时间段(全书的前 6 页)追述的是不可能精确地推定年代,但处于主人公一生较后时期的一个时刻,那时他早早上床,饱受失眠之苦,夜里大部分时间用来回忆往事。叙述顺序的第一个时间远远不是故事顺序的第一个时间。我们在往下分析之前,现在就把故事的位置5预先指定给它,即 A_5。

第 2 段(9—43 页)是叙述者所作的叙事,但显然受到患失眠症的主人公的回忆的启发(他在这儿的职能就是马塞尔·米勒[Marcel Muller]所说的中间主体),他叙述了童年时在贡布雷的一段范围十分有限,但非常重要的插曲——他称之为"(他的)就寝悲剧"的著名场景:母亲因斯万的来访不能给他晚上照例的一吻,但最终在他的坚持下作了让步(决定性的"第一次认输"),留在他身边过夜——B_2。

第3段(43—44页)十分短暂地把我们带回位置5,即失眠的位置:C_5。第4段很可能在这个时期之内,因为它导致失眠内容的变化,这是小玛德莱娜蛋糕插曲(44—48页),至此一直埋藏在(并保存在)表面遗忘中的童年的整整一个侧面("在贡布雷、戏剧和我的就寝悲剧之外的一切")重现于主人公眼前:$D_5{}'$。接下来是第5段,第二次回到贡布雷,但时间幅度比第一次大得多,因为这一次(不无省略地)涵盖了在贡布雷的整个童年。《贡布雷》的第二部分(48—186页)对我们来说将是$E_2{}'$,与B_2同时代,但大大超出它的范围,正如C_5超出并包含$D_5{}'$。

第6段(186—187页)回到位置5(失眠):F_5。它们是一个新的记忆倒叙的跳板,该倒叙位置最久远,在主人公诞生之前:《斯万的爱情》(188—382页),第7段:G_1。

第8段,十分短暂地返回(383页)失眠的位置,所以是H_5,它再次开始一个有头无尾的预叙,其预报或待接石的功能对于细心的读者来说是很明显的,用半页(仍是383页)提到马塞尔在巴尔贝克的房间:第9段I_4。紧接着与它并列的是对主人公旅居巴尔贝克几年之前在巴黎幻想游历四方的叙事(与出发点相比也是回顾），这一次不知不觉地返回失眠这个中继站；所以第 10 段①将是 J₃：在巴黎的少年时代，与吉尔贝特的恋爱，与斯万夫人的交往，接着，在一段省略之后，第一次旅居巴尔贝克，回到巴黎，进入盖尔芒特的圈子等等，从此运动上了轨道，叙事大体上变得差不多很有规律，并且符合时间的顺序，因此在这个分析层上可以把《追忆》的整个下文（和结尾）看成 J₃ 段的引申。

依据以前的惯例，这个开端的公式是：

$$A_5〔B_2〕C_5〔D_5{}'（E_2{}'）〕F_5〔G_1〕H_5〔I_4〕〔J_3 \cdots$$

这样，《追忆》以一个大规模的往返运动为开端，其起点是个战略上居高临下的关键位置。这一关键位置显然就是位置 5（失眠）及其变种 5′（小玛德莱娜蛋糕），也就是说，失眠者或者说奇迹般地被非意愿性记忆所治愈的人，占据了"中间主体"的位置，而其回忆支配了全部叙事，因此位置 5—5′ 具有某种必不可少的中继站的功能或（如果冒昧地讲）叙述 dispatching② 功能，要从《贡布雷》的第一部分到第二部分，从《贡布雷》的第二部分到《斯万的爱情》，从《斯万的爱情》再到巴尔贝克，必须不断回到这个偏离中心（因为发生在后）然而又是中心的位置，从巴尔贝克过渡到巴黎时这个约束才有所放松，虽然最后一段（J₃）也（由

① 原文为第 6 段，疑为印刷错误。

② 英文：发送。

于与上段并列)从属于中间主体的记忆活动,因而也是倒叙。这个倒叙和以前所有的倒叙间至关重要的区别在于它是开放的,幅度几乎与整个《追忆》相合:这意味着它将赶上并超过(虽然不说并好像没有看见)表面上淹没在一个省略中的记忆发射点。在下文中我们还将提到这一点。目前我们只需记住这个"之"字形运动,这个如同传授奥义或求神宽赦的结绍巴巴的开头:5—2—5—5′—2′—5—1—5—4—3……它如同全部下文,已经包含在前6页的胚胎细胞中;这6页领着我们在房间之间溜达,在年龄之间漫步,从巴黎到贡布雷,从冬西埃尔到巴尔贝克,从威尼斯到唐松维尔。尽管不停地回返,但并非静止地原地踏步,因为靠了它,在点状的《贡布雷》第一部分之后继之而来的是更为广阔的《贡布雷》第二部分,时间更早但已不可逆转的《斯万的爱情》和《地名之名》,最后,从《地名之名》开始,叙事最终确保了本身的进展,并找到它行进的方式。

这种开端结构复杂,似乎模仿了不可避免的万事开头难以达到更好地驱逐这个邪魔的目的,它看上去沿袭了最古老、最一贯的叙述传统;我们已经注意到《伊利亚特》的斜向起步,这里必须提醒大家在整个古典时代,除从中间开始的惯例外,又增加或叠合了叙述嵌合的惯例(甲说乙讲述道……),它仍在《让·桑特伊》中发挥作用(我们在下文中还会提到),并给叙述者留下插话的时间。《追忆》的开场白之所以特殊,显然在于记忆主体的增多,因而导致开端的增多,每个开端(最后一个除外)事后都有可能像一段引言。第一个开端(绝对开端):"有很长时间我睡得很早……"第二个开端(自传的表面开端),6 页之后:"在贡布雷,每天傍晚时分……"第三个开端(非意愿性记忆上场),34 页之后:"因此,有很长时间,当我夜里醒来,回忆起贡布雷……"第四个开端(小玛德莱娜蛋糕后重新开始,自传的真正开端),5 页之后:"贡布雷,远远地,方圆十里之外……"第五个开端,140 页之后:ab ovo①,斯万的爱情(所有普鲁斯特式爱情的典范,真正的新样本),马塞尔和吉尔贝特同时(且秘而不宣地)诞生("我们将承认",司汤达在此会说,"我们效仿许多一本正经的作者,在主人公出生一年以前开始讲他的故事"——斯万之于马塞尔,mutatis mutandis②,而且我诚心诚意地希望,不就是罗贝尔中尉之于法布里斯·台尔·唐戈③吗?)。第六个开端,195 页之后:"我在不眠之夜最常回想起其图景的那些房间中……"紧接其后的是第七段,即理所当然的最后一个开端:"但最不像真正的巴尔贝克的倒是我经常梦见的那一个……"这一次,运动上了轨道,从此再不停止。

---

① 拉丁文:从头开始。

② 拉丁文:比较而言。

③ 司汤达《帕尔马修道院》中的两个人物。

跨度、幅度

我说过《追忆》的下文大体上采纳了符合时间顺序的布局，但是这个总体的方法不排除细节上大量时间倒错的存在：倒叙和预叙，还有更复杂或更细腻的形式，或许更带普鲁斯特叙事的特点，无论如何更远离"真实的"年表和古典的叙述时间性。在着手分析这些时间倒错之前，我们必须明确这只是时间分析，而且仅限于顺序问题，速度和频率暂时抛开不谈，更不必说有可能影响时间倒错和任何其他叙述段的语式和语态特征。在此尤其将忽略两类时间倒错之间至关重要的区别，一类由叙事直接承担，因而与周围处于同一叙述层（如《伊利亚特》第 7 至 12 行的诗或《赛查·皮罗多盛衰记》的第 2 章），另一类由第一叙事的一个人物承担，因而处于第二叙述层，如《奥德赛》第 9 至 12 章（奥德修斯的叙事）或《驴皮记》第 2 部中拉法埃尔·德·瓦朗坦的自传。我们在叙述语态一章中自然还会遇到这个问题，虽然它首先与时间倒错有关，但并不为它所专有。

时间倒错可以在过去或未来与"现在"的时刻，即故事（其中叙事中断为之让位）的时刻之间隔开一段距离，我们把这段时间间隔称为时间倒错的跨度。时间倒错本身也可以涵盖一段或长或短的故事时距，我们将称之为它的幅度。如荷马在《奥德赛》

第 19 章追忆少年奥德修斯在何种情况下受了伤,欧律克勒亚准备给他洗脚时疤痕依在,这段占据第 394 至 466 行诗的倒叙,其跨度有数十年,幅度只有几天。时间倒错的地位这样确定后,似乎它只是个多多少少的问题,每次都要进行特殊的测定,是件无理论意义的计时工作。不过按照与叙事的某些确切时刻的间断距离对跨度和幅度的特征进行分类是可能的(而且我认为大有用处)。这种分类显然同样适用于时间倒错的两大类别,但为了阐述的方便,并避免过于抽象,我们首先将只谈倒叙,哪怕以后再扩大范围。

倒叙

任何时间倒错与它插入其中、嫁接其上的叙事相比均构成一个时间上的第二叙事,在某种叙述结构中从属于第一叙事,上文分析《让·桑特伊》的一个极短的片段时我们曾遇到过这种叙述结构。现在我们将把与其相比构成时间倒错的叙述时间层称作"第一叙事"。自然,我们已做过验证,嵌合有可能更复杂,时间倒错与它承担的另一个时间倒错相比可以起第一叙事的作用,更普遍的情况是,与一个时间倒错相比,整个上下文可以被视为第一叙事。

奥德修斯受伤叙事涉及的插曲显然在《奥德赛》"第一叙事"的时间起点之前,即使根据这条原则把一直追溯到特洛伊陷落时的奥德修斯在菲阿西斯人面前的回顾叙事包括在这个概念之内。我们可以称这个倒叙为外倒叙，它的整个幅度在第一叙事的幅度之外。《赛查·皮罗多盛衰记》的第 2 章亦属这个情况，正如其标题所示（"赛查·皮罗多的出身"），第 2 章的故事早于从第 1 章夜间一幕开场的悲剧。反之，我们将把《包法利夫人》的第 6 章称为内倒叙，这一章写爱玛在修道院度过的岁月，显然在查理进中学（小说的起点）之后；《发明家的苦难》①的开头亦是内倒叙，它在吕西安·德·吕庞泼莱的巴黎遭遇的叙事之后，把同一时期大卫·塞夏在昂古莱姆的生活情况告诉读者。大家还可以设想、有时也会碰到混合倒叙，其跨度点在第一叙事的开端之前，而幅度点则在其后，如《曼侬·莱斯戈》(*Manon Lescaut*)中格里厄的故事，它追溯到第一次与贵人相遇之前的好几年，并一直继续到第二次相遇的时刻，也是叙述的时刻。

这种区分并不像乍看上去那样毫无价值。外倒叙和内倒叙（或在其内部的混合倒叙）在叙述分析中，至少在我认为至关重要的一点上，确实完全不同。外倒叙由于在外部，无论何时都不可能干扰第一叙事，它只有向读者说明这件或那件"前事"的补充功能，上面举的几个例子显然属于这一情况，《追忆》中《斯万的爱情》也是同样典型的例子。内倒叙则不同，它的时间场包括在第一叙事的时间场内，显然有可能造成累赘和冲突。因此我

---

① 巴尔扎克小说《幻灭》的第 8 部。

们必须进一步论述这些干扰问题。

首先将撇开我建议称为异故事，即涉及一条故事线索，因而与第一叙事的故事内容不同的内倒叙；或照传统方式，关系到叙述者想说明其"出身"的一个新引入的人物，如上文引述的那一章中福楼拜笔下的爱玛；或关系到有段时间没有露面、必须了解其近况的一个人物，如《发明家的苦难》开头的大卫。这些或许是倒叙最传统的功能，时间的重合在此显然不会引起真正的叙述干扰：当德·法芬埃姆亲王走进维尔帕里西斯的客厅时，长达数页的一段离题的回顾告诉我们他到场的理由，即亲王申请进入精神科学院遇到的周折，或者当马塞尔与变成德·弗什维尔小姐的吉尔贝特·斯万重逢时，他请她说明改姓更名的理由。斯万的婚姻、圣卢和"小卡布勒麦尔"的婚姻、贝戈特之死都在事后与故事的主线，即马塞尔的自传相接，丝毫没有干扰第一叙事的优先权。

与第一叙事有同一个情节线索的同故事内倒叙的情况则大不相同，干扰的可能显然存在，甚至看上去不可避免。事实上我们在这里还应分出两个类别。

第一类将称作补充倒叙或"附注"，包括事后填补叙事以前留下的空白的回顾段，该叙事根据不完全受时间流逝束缚的叙述逻辑，通过暂时的遗漏与或迟或早的补救组织起来。这些先前的空白可以是纯粹的省略，即时间连续中的断层。如1914年马塞尔在巴黎的逗留，在1916年另一次逗留时讲述出来，部分地填补了主人公在一所疗养院里度过的好几个"漫长年份"的省略;在阿道尔夫叔祖的套房里与穿粉红衣太太的相遇在贡布雷叙事中间打开了窥视马塞尔在巴黎童年生活的一扇门,除去这件事,这段童年生活完全被遮盖起来,直至《斯万家那边》的第三部。我们从简短的回顾暗示中才得知的马塞尔一生中的某些事件,显然必须(假定而言)放入这类时间空白中:第一次巴尔贝克之行以前与祖母到德国的旅行,冬西埃尔插曲之前在阿尔卑斯山的小住,盖尔芒特晚宴以前的荷兰之行,或者还有最后一次与夏吕斯散步时插入回忆的服兵役的年月,由于当年兵役年限长,时间的确定要难得多。还有另一类空白,不属于严格的时间范畴,不再是历时性片段的省略,而是原则上由叙事涵盖的时期中情境的一个组成部分的遗漏。比方讲述童年时执意不提一个家庭成员的存在(如果把《追忆》视为真正的自传,这将是普鲁斯特对待兄弟罗贝尔的态度)。在此,叙事不像省略跳过一个时刻,而是绕过一个已知数。我们将根据词源,并尽量不违反修辞学的用法,把这类侧面省略称为省叙。省叙作为时间省略,显然非常适于回顾性填补。如斯万之死,更确切地说他的死对马塞尔的影响(他去世本身可以看成在主人公的自传之外,即异故事),没有得到及时讲述,然而任何时间省略原则上都不可能在斯万的最后一次露面(在盖尔芒特家的晚宴上)和插入他去世的回顾性消息的夏吕斯-维尔迪兰音乐会那天之间找到一席之地,因此必须假设在马塞尔的感情生活中这一关系重大的事件("斯万的

死当时使我震惊")从侧面被省略,即省叙。下面的例子更清楚:
由于母亲近乎奇迹的干预,马塞尔不再爱盖尔芒特公爵夫人,这
引起一段未指明日期的回顾叙事("某一天……");但在这一幕
中提到祖母身体不适,因而显然应当把它置于《盖尔芒特家那
边》第二卷的第二章(345 页)之前,当然也得放在 204 页之后,
那时他对奥丽亚娜还未"变得无动于衷"。这里没有任何有迹可
循的时间省略;马塞尔没有及时向我们转述对他内心生活至关
重要的这个侧面。最引人注目的例子是那个神秘的"小表妹",
评论家很少举这个例子,也许因为他们拒绝认真对待她,当马塞
尔把姑妈莱奥妮的长沙发卖给一个拉皮条的女人时,我们得知
他和小表妹在这张长沙发上"第一次"尝到了"爱情的乐趣";这
事发生在贡布雷,日期较早,因为书中明确指出"启蒙"一幕发生
在莱奥妮姑妈已经起床的时辰,而我们知道莱奥妮在晚年不再
离开卧室。我们不考虑这个迟吐的隐情对主题可能具有的价
值,甚至承认在《贡布雷》叙事中遗漏这件事纯属时间省略:在全
家福中漏掉一个人物只能定为省叙,而且贬责的意义说不定因
此更强。这个在长沙发上的小表妹对我们而言(年龄不同,乐趣
也不同)将是省叙中的倒叙。

至此,我们考虑倒叙时间(追溯既往)的确定时,似乎一直把
它视为一个独一无二的事件,必须放到已往故事,并可能是先前
叙事的唯一一个点上。其实某些回顾讲的虽是单个事件,却可
能与重复省略有关,就是说它涉及的不是一段流逝的时间,而是

好几段被看作类似的、几乎是重复的时间,如与穿粉红衣太太的相遇可以定在冬季马塞尔与父母在巴黎生活的任何一天,与叔祖阿道尔夫闹僵的任何一年。这自然是单一的事件,但确定其时间对我们而言是个种类或类别(冬天)的问题,而不是个别(某年冬天)的问题。如果倒叙讲述的事件本身具有反复性,那就更不必说了,比方《在少女花影下》中,"小帮派"第一次出现的那一天以里弗贝尔并非第一次的晚餐收场,这次晚餐使叙述者有机会主要用重复性未完成过去时回顾以前的一系列晚餐,一次讲述以前所有的晚餐,这个追溯填满的省略本身显然只能具有反复性。同样,《在少女花影下》结尾的倒叙,回巴黎后对巴尔贝克的最后一瞥,概括地提到马塞尔在整个逗留期间遵照医嘱不得不每天从早上睡到中午的一系列午觉,而这时他的年轻女友们在阳光灿烂的海堤上漫步,在他窗下开起清晨的音乐会。在此,反复倒叙仍然填补了一个反复省略,使《追忆》的这一部分没有以灰蒙蒙的凄凉回归收场,而以夏日热力不减的阳光的辉煌延长号——黄金记号,作为结尾。

被我们进一步地称作重复倒叙或"回想"的第二类同故事(内)倒叙避免不了赘言,因为叙事公开地、有时明确地回到自身的踪迹。当然,这些回想倒叙极少长达洋洋万言,它们不如说是

叙事的影射，对拉默特（Eberhard Lämmert）称之为 Ruckgriffe[①]
或"追溯本身既往"的影射。但它们在叙事结构中，尤其在普鲁
斯特作品中的重要性大大弥补了叙述伸展性的不足。

　　盖尔芒特午后聚会上非意愿性记忆唤起的三个模糊回忆显
然应当归入这种回想，这三个回忆（与小玛德莱娜蛋糕的回忆相
反）全涉及叙事之前的一个时刻：在威尼斯的逗留，火车在一行
树木前的停留，在巴尔贝克面对大海的第一个早晨。这是一些
纯粹的回想，因其偶然性和平凡性被有意挑选或编造出来；但是
现在与过去的对比也同时开始，这一次的对比令人鼓舞，因为回
忆的时刻总是惬意，哪怕再现的往事本身使人痛苦："我承认我
觉得如此悦目的树木正是我曾经感到观察和描写起来很乏味的
同一排树木。"两种既相似又不同的情境的对比，常常引起一些
回想，在这些提醒之中非意愿性记忆在其中不起任何作用：盖尔
芒特公爵提到帕尔马王妃时说的话，"她觉得您很可爱"，使主人
公回想起，并使叙述者有机会让我们回想起德·维尔帕里西斯
夫人提到另一位"殿下"卢森堡王妃时讲的同样的话。这个例子
强调相似，下面的例子则强调对立，圣卢向马塞尔介绍他的灵感
启迪者拉歇尔，马塞尔立即认出她是过去的小妓女，"几年
前……她对鸨母说：'那么，明晚，如果你需要我接客，请派人来
找我'"——这句话的确几乎一字不差地重复了"天主的拉歇尔"

[①]　德语：复归。

在《在少女花影下》中讲的话:"那么,一言为定,明天我有空,如果你有客,别忘了派人来找我。"下面的话可以说预见到了《盖尔芒特家那边》中的不同讲法:"她只变换句子的形式,或说'如果你需要我',或说'如果你需要一个人'。"这一重复的精确具有明显的强迫症性质,它把两个片段直接联系起来,在第二个片段中插入了仿佛是从第一个片段中夺过来的有关拉歇尔以往表现的一个自然段。这是叙述迁移,也可以说叙述扩散的惊人一例。

在《女囚》中还有马塞尔现在对阿尔贝蒂娜的懦弱表现和过去面对吉尔贝特的勇气(他当时"仍有与她断绝关系的力量")之间的对比:反躬自省把过去的插曲当时没有的含义追加给它。事后改变以往事件的内涵——或使无意义的事变得意味深长,或反驳一种诠释,代之以新的诠释——的确是《追忆》中回想的最常见的功能。

叙述者写山梅花风波时很准确地表现了第一种方式。"当时,我觉得这一切自然之至,顶多有些含混不清,无论如何没什么意义",还有:"这场风波的残忍含义我全然不知,很久以后才明白。"阿尔贝蒂娜死后昂德蕾将道出这个含义,推迟的诠释为我们提供了双重叙事的一个近乎十全十美的例子,这一双重叙事首先是从马塞尔的(天真)角度作的,继而是从昂德蕾和阿尔贝蒂娜的(知情)角度作的,最终作出的答案消除了一切"含糊不清"。与吉尔贝特和罗贝尔之女德·圣卢小姐迟迟的相遇从大得多的规模上给了马塞尔全面"复述"她一生主要插曲的机会,这些插曲一直因分散各处而意义甚微,这时突然聚到一起,彼此有了联系,因而变得意味深长,因为这些插曲全部都和斯万和盖尔芒特家的这个孩子的一生联系起来,她是穿粉红衣太太的孙女,夏吕斯的侄孙女,令人同时联想到贡布雷的"两边",以及巴尔贝克、香榭丽舍大街、拉斯珀利埃尔、奥丽亚娜、勒格朗丹、莫雷尔、居皮安……:意外、偶然、随意性突然被取消,传记突然被"收进"一个结构网和含义的凝聚力中。

推迟或暂缓表现内涵的原则在巴特于《S/Z》中分析过的谜语的机制中发挥充分的作用,像《追忆》这样尖端的作品对该原则的使用或许会使那些认为该作品与通俗小说大相径庭的人大为惊讶,这部作品在内涵和美学价值上大概的确与通俗小说相距十万八千里,但在手法上却不尽然。《追忆》中有"这是米莱迪"[①]式的手法,在《在少女花影下》中,当声如洪钟的排犹主义者走出帐篷时,它以"这是我的同学布洛克"的幽默形式出现。读者等了一千多页后才与主人公同时得知穿粉红衣太太的身份,倘若他自己还没有猜出来的话。马塞尔的文章在《费加罗报》发表后,他收到一封署名萨尼隆、文笔通俗亲切的贺信——"我很伤心没能发现是谁给我写了信";后来他得知,我们也将和他一起得知此人是泰奥多尔,前杂货店伙计,贡布雷教堂的侍

---

① 米莱迪是大仲马小说《三个火枪手》中阿托斯的第一个妻子,红衣主教黎塞留的间谍。

童。他走进盖尔芒特公爵的书房时，和一个腼腆的、衣衫褴褛的外省小市民打了个照面，这竟是德·布荣公爵！一位贵妇在街上主动与他接近，她将是德·奥尔维利埃夫人！在拉斯珀利埃尔的小火车里，一位俗不可耐、一副鸨母嘴脸的胖太太在读《两大陆杂志》，她将是谢尔巴托夫王妃！阿尔贝蒂娜死后不久，他先在森林、后在街头瞥见的一位金发少女望了他一眼，使他顿生爱慕之心，在盖尔芒特客厅里又与她重逢，她将是吉尔贝特！这种手法用得如此频繁，如此明显地成为一种格式和规范，以致破例不用或处于零度时反倒起了对照或偏差的作用。"在拉斯珀利埃尔的小火车里，一位光彩照人的姑娘，长着黑眼睛，玉兰花般的肌肤，举动无拘无束，嗓音急促、清亮、欢快。'我多么想再见到她'，我大声说。'你放心，人总会重逢的'，阿尔贝蒂娜答道。对这一个别情况，她说错了；我再也没见到那位抽烟的漂亮姑娘，也不知道她是谁。"

在普鲁斯特的作品中，回想的最为典型的用法大概是原已具备含义的事件的第一种解释被另一种（不一定更好）所取代。这种手法显然是小说含义的流转和无休止的"颠倒是非"的最有效的手段之一，是普鲁斯特式的认识真理的特征。在冬西埃尔，圣卢在街上遇到马塞尔，好像没认出他来，冷冷地向他行了一个军礼：从下文我们得知他认出了马塞尔，但不愿停下脚步。在巴尔贝克，注意琐碎小事的祖母令人气恼地坚持戴上那顶漂亮帽子让圣卢给她拍照；她自知身患绝症，想给孙子留下一件看不到她气色不佳的纪念品。凡特依小姐的女友,蒙儒万那个亵渎遗物的人,在同一时期虔心诚意逐个音符地复原七重奏难以辨认的乐稿,等等。大家知道那一长串披露和供认使奥黛特、吉尔贝特、阿尔贝蒂娜或圣卢以往的,甚至死后的形象解体并重新组合:某天晚上陪吉尔贝特逛香榭丽舍大街的年轻人"是穿男装的莱娅";从郊游和打记者一个耳光的那天起,拉歇尔只是圣卢的"挡风墙",一到巴尔贝克,他就和大旅馆的电梯司机关在房间里;卡特莱兰之夜,奥黛特走出弗什维尔家;对阿尔贝蒂娜与昂德蕾,与莫雷尔,与在巴尔贝克和别地的许多姑娘之间的关系迟迟地作了一系列更正;反之,出于更残酷的嘲弄,阿尔贝蒂娜与凡特依小姐女友间的淫乱关系纯属捏造,而不由自主的招供使马塞尔的激情得到升华:"我愚蠢地以为谎称十分熟悉这些姑娘会引起你对我的兴趣"。目的达到了,但通过另一条途径(嫉妒,而不是艺术上冒充风雅),结局人人尽知。

披露友人或所爱女子淫荡的生活作风显然至关重要,而我希望在唐松维尔为时已晚的逗留将提供机会,吉尔贝特·德·圣卢将身不由己充当媒介的那一系列新诠释更为重要,照普鲁斯特的话说,"最最重要",因为它触及了主人公 Weltanschauung[①]的根基(贡布雷的天地、两边的对立、"我的精神地面下的深层矿脉")。我在别处曾试图指出吉尔贝特使马塞尔的思想体系受到

———————

① 德语:世界观。

的"检验",即驳斥,在各个方面的重要性,她不仅向他披露他想象中"如地狱入口一般在地球之外"的维沃纳河的源头不过是一个"冒着气泡的方形洗衣池",还向他披露盖尔芒特和梅塞格利斯并不像他想的那样远、那样"不可调和",因为散一次步就可"绕道梅塞格利斯去盖尔芒特"。这些"存在的新启示"的另一侧面是一条令人惊愕的消息:在唐松维尔陡坡小路上和山楂树开花的时节,吉尔贝特爱上了他,那时她对他作出的无礼举动实际是主动与他接近的再明显不过的表示。马塞尔于是明白他还什么都不懂,而最终的真相是"真正的吉尔贝特,真正的阿尔贝蒂娜也许是第一刻在目光中袒露了心迹的那两个女子,一个在粉红荆篱笆前,另一个在海滨",他由于不理解,由于思考过分,从这第一刻起便"失去"了她们。

　　吉尔贝特未受赏识的举动再一次编写了贡布雷的全部深层地理:吉尔贝特原想带马塞尔(和附近的其他顽童,其中包括泰奥多尔和他妹妹——皮比斯男爵夫人未来的贴身侍女,色情迷惑力的象征)一起去鲁森维尔勒潘城堡主塔的废墟,这个阴茎状的主塔,是马塞尔在弥漫着鸢尾香气的书房里手淫,以及在梅塞格利斯田野上发狂般东游西荡时远在天际的、垂直的"知心人",对此他没有觉察。而主塔还不止于此:"它又是个肉欲遭禁的地方,这一地方醒目耀眼,可以企及却为人所不齿,而且还近在咫尺。"鲁森维尔,以及从换喻上讲整个梅塞格利斯那一边,已经是平原之城,"希望之乡(和)被诅咒之地"。"鲁森维尔,我从未进入它的墙内"：这是对失去良机表示遗憾，还是对它的否定？正如巴尔代什[①]所说，贡布雷的地理，看上去那样清白无辜，却的确是"一幅风景，和其他许多风景一样需要破译"。但在《重现的时光》中，这件破译工作和另外几件已经开始，它产生于"清白"的叙事和其回顾性"检验"之间微妙的辩证关系之中：从一个方面讲，这就是普鲁斯特倒叙的功能和重要性。

我们看到，跨度的确定，如何使我们得以根据倒叙的跨度点在第一叙事时间场所内外把倒叙分成内外两类。混合类十分少见，实际是由幅度的一个特征所决定。因为这是一些向前延伸直至赶上并超过第一叙事起点的外倒叙。其区分仍由幅度的一个事实所支配，对此我要略谈几句，我们将再举已经引用过的《奥德赛》的两例作个比较。

第一例是奥德修斯受伤插曲。我们已经注意到它的幅度大大小于跨度，甚至大大小于受伤时刻和《奥德赛》起点（特洛伊陷落）间的时间间隔：一讲完巴纳斯山的狩猎、与野猪的搏斗、受伤、痊愈、回到伊萨卡，叙事突然中断偏离本题的回顾，跳过数十年，回到现时的场面。所以在"回顾"后继之而来的是一个跃进，

①　巴尔代什（Maurice Bardèche，1909—1998），法国作家、评论家。曾著有《小说家马塞尔·普鲁斯特》。

即一个省略,对主人公整整一大段身世置之不理;倒叙在此可以说是一个点,讲述以往悠悠岁月中一个孤立的时刻,并且不求与现在的时刻衔接,弥补对史诗来说并不恰当的缝隙,因为亚里士多德已经注意到,《奥德赛》的主题不是奥德修斯的身世,而只是他从特洛伊返回故里。我把这类以省略作结尾、不与第一叙事相接的回顾简单称为部分倒叙。

第二例是奥德修斯在菲阿西斯人面前的叙事。这次正相反,奥德修斯一直追溯到几乎被信息女神遗忘的时刻,即特洛伊的陷落,他的叙事最后与第一叙事相接,覆盖了从特洛伊陷落至抵达卡吕普索所辖岛屿的整个时期;这是完整倒叙,它与第一叙事衔接,两个故事段间没有中断。

在此无须多谈这两种类型的倒叙在功能上的明显差别:第一种仅给读者带来一个孤立的、对理解情节的某个确定要素不可或缺的信息,第二种与从中间开始的手法有关,旨在恢复叙述的全部"前事";它一般构成叙事的重要部分,有时甚至是主要部分,如在《朗热公爵夫人》或《伊万·伊里奇之死》中,第一叙事起了提早结局的作用。

至此我们用这个观点只研究了外倒叙,宣布它们是完整的,因为它们与第一叙事的时间起点相接。但是像格里厄[①]叙事那种"混合"倒叙从另一个意义来讲也可称作完整倒叙,因为我们

---

① 即《曼侬·莱斯戈》中的男主人公。

已经指出，它不与第一叙事的开头相接，而在第一叙事中断给它让位的地点与其相接（在卡莱会面），就是说它的幅度与跨度绝对相等，叙述运动完成了一个十全十美的往返。从这个意义上说，《发明家的苦难》中一直讲到大卫和吕西安的命运再次相交的回顾叙事，同样可以称为完整内倒叙。

从定义来讲，部分倒叙没有任何叙述接头或衔接的问题，倒叙叙事明确地在一个省略前中断，第一叙事在其停顿处重新开始，或以含蓄的方式，仿佛根本没有中止，如在《奥德赛》中（"然而，老妇用手掌摸摸他，认出了伤口……"），或以言明的方式，把中断记录在案，如巴尔扎克喜欢做的那样，强调指出已在倒叙开头用著名的"这就是为什么"或某个变化的形式表明的解释功能。《朗热公爵夫人》中的大回顾由这个十分明确的格式引出："这一幕中两个人物各自的处境，是由下面的一段艳史决定的。"结尾的方式同样公开："在加尔默罗会修道院的木栅边，并有修道院院长在场，一对情人久别重逢，他们心中激荡的情感，现在应该一目了然了。双方心中唤起的强烈感情，想必可以解释这段艳史的结局。"普鲁斯特虽在《驳圣伯夫》中嘲笑了巴尔扎克的"这就是为什么"，但仍肯赏脸效仿他，至少在《追忆》中有过一次。他同样能使用这类恢复记号，如在法芬海姆与诺普瓦商谈进科学院的叙事之后："于是德·法芬海姆亲王被领去见德·维尔帕里西斯夫人"。至少他能使用相当明确的恢复记号，使人立即觉察到过渡："现在，我第二次旅居巴黎时……"或者"我一面回想圣卢的来访……"。但在他笔下，恢复记号常常要隐蔽得多，一次晚宴上，诺普瓦的一句反驳引起了对斯万婚姻的追述，回到现时的交谈又突然将它打断（"我开始谈巴黎伯爵……"）；后来对斯万之死的追忆没有过渡便插在布里肖的两句话之间："不，布里肖又说……"恢复记号有时被省略，使人初读时难以识破时间的跳跃点，如在维尔迪兰家试奏凡特依的奏鸣曲使斯万回想起先前的一次试奏，倒叙虽由上面讲过的巴尔扎克的方式（"这就是为什么"）引出，结尾则相反，除简单的换行外没有任何别的返回标识："然后他不再想它。/然而，小钢琴家在维尔迪兰夫人家刚开始演奏几分钟……"同样，在维尔帕里西斯家的午后聚会上，斯万夫人的到来使马塞尔想起莫雷尔新近的一次来访，第一叙事与倒叙连接的方式尤其随便："我与她握手时想着斯万夫人，两人在我的回忆中隔得那么远，差别那么大，我吃惊地暗想从此我会把她与'穿粉红衣的太太'视为同一个人。德·夏吕斯先生很快坐到斯万夫人身边……"

我们看到，恢复记号在部分倒叙结尾处的省略性对细心的读者而言反倒通过省略强调了时间的中断。完整倒叙的困难正相反，它不在于中断，而在于倒叙叙事必须和第一叙事连接，而连接不大可能避免部分的重叠，因而显得臃肿，除非叙述者巧妙地从缺点中得到游戏的乐趣。下面是《赛查·皮罗多盛衰记》中部分重叠的一例，它未被小说家承担，或许也未被他觉察。第二章（倒叙）是这样结尾的："片刻之后，康斯坦斯和赛查安安静静地打起鼾来"；第三章用下面的话开场："赛查睡下去的时候，唯恐他女人第二天再来坚决反对，打算清早起床，把所有的事都解决掉。"可以看出这里前后有点不连贯。《发明家的苦难》衔接得更为成功，因为织挂毯工巧妙地把困难变成一个装饰成分。倒叙是这样开头的："乘年高德劭的教士爬上昂古莱姆的石扶梯的时候，我们有必要解释一下，他想打听的事牵涉到哪一些复杂的利害关系。/吕西安走后，大卫·赛夏……"100多页之后，第一叙事这样重新开始："马萨克的老神父攀登昂古莱姆的石扶梯，预备向夏娃报告她哥哥的情形的时候，大卫已经躲了十一天，躲的地方跟可敬的教士才走出去的屋子只隔两道门。"故事时间与叙述时间的游戏（"乘"马萨克的神父攀登石扶梯时讲述大卫的不幸）将在语态一章中专门论述；我们看到它如何把强制变成了玩笑。

　　普鲁斯特叙事的典型态度似乎恰恰相反，它回避衔接，或把倒叙的字眼掩藏在反复叙事引起的时间离散中（如《女逃亡者》中有关吉尔贝特的两段回顾，一是她被弗什维尔收养，一是她与圣卢结婚），或佯装不知叙事已到达倒叙在故事中的结束之处，如在《贡布雷》中，马塞尔开始提到"我正在读一位完全陌生的作家贝戈特的书，斯万的来访打断了我的阅读，他对此书作了评论"，继而回过头来讲他如何发现了这位作者；7页之后，又接上叙事的头，仿佛没有提到过斯万的名字和他的来访，接着写道："可是一个星期天，我在花园读书时，来看我父母的斯万打扰了我。'你在读什么？可以看看吗？哟，是贝戈特……'"绕圈子也好，疏忽或随便也好，叙述就这样避免承认本身的痕迹。但是最大胆的回避（即使大胆在此纯属疏忽）是忘记所处的叙述段的倒叙性，几乎为了它本身而无限地延长，不顾及它与第一叙事的相交点。因其他原因而出名的祖母之死的插曲便是这种情况，它以明显的倒叙开端起头："我又上楼去，发现祖母更不舒服。近来，她不大清楚自己哪儿有毛病，总抱怨身体不好……"接着，以回顾方式开始的叙事不间断地一直延续到祖母去世，而马塞尔从德·维尔帕里西斯夫人家回来，发现祖母"更不舒服"的时刻从未得到确认和标明，因此我们无法准确地确定祖母去世的时间与维尔帕里西斯午后聚会的间隔，也无法确定倒叙在何处结束，第一叙事在何处重新开始。以《地方与地名：地方》开始的倒叙显然情况相同，但范围要大得多，我们已经看到该倒叙一直继续到《追忆》的最后一行，但没有点出深夜失眠的时刻，而这是倒叙的记忆源泉，并且有如它的叙述模具，这个回顾更完整，其幅度比跨度大得多，在行程的一个未确定的点上悄悄变成了提前。普鲁斯特以他的方式，即不公开声称，甚至很可能没有觉察，动摇了叙述最根本的准则，开创了现代小说引起最大混乱的手段。

预叙

提前，或时间上的预叙，至少在西方叙述传统中显然要比相反的方法少见得多；虽然古代三大史诗《伊利亚特》《奥德赛》和《埃涅阿斯纪》每一部都以一个提前的概要开始，这概要在某种程度上说明了托多洛夫用于荷马叙事的术语"宿命情节"的正确。小说（广义而言，其重心不如说在19世纪）"古典"构思所特有的对叙述悬念的关心很难适应这种做法，同样也难以适应叙述者传统的虚构，他应当看上去好像在讲述故事的同时发现故事。因此在巴尔扎克、狄更斯或托尔斯泰的作品中预叙极为少见，即使从中间开始的通常做法（冒昧地说，如果不是从最后开始的话）往往给人以错觉：不言而喻，"宿命论"有些沉重地压在《曼侬·莱斯戈》的大部分叙事上（我们知道，格里厄开始讲故事以前，故事就以终身流放结束），更不必说压在以尾声开始的《伊万·伊里奇之死》的大部分叙事上。

"第一人称"叙事比其他叙事更适于预叙，原因在于它具有公开的回顾性，允许叙述者影射可以说构成他角色一部分的未来，尤其是现时的境况。鲁滨孙·克鲁索差不多一开始就可以告诉我们他父亲为打消他去海上冒险的念头讲的一席话是"真正的预言"，虽然当时他并无任何概念。卢梭从梳篦插曲开始，没有忘记证实自己过去的清白和回顾时的强烈愤慨："写到此处我感到脉搏又加快了。"①无论如何,在甚至包括自传形式的整个叙事历史上,《追忆》对预叙的运用很可能独占鳌头②,因此它是研究这类叙述时间倒错的最佳场所。

　　在此内外预叙仍很容易区分。第一叙事时间场的界限由最后一个非预叙场面明确标出,在《追忆》中(如果把从香榭丽舍大街开始就不再停下的巨大时间倒错放进"第一叙事"的话)就是盖尔芒特午后聚会,这毫无犹豫余地。然而,众所周知,《追忆》的某些插曲在故事中位于这次聚会之后(况且大多数是在这个场景中作为题外话讲过的),对我们而言这些是外预叙,往往担负着收场白的职能,用于把这条或那条情节线引到合乎逻辑的结尾,即使这个结尾在主人公决定隐世遁居、潜心创作的那天之后:对夏吕斯之死的简捷影射,对德·圣卢小姐婚事的更加详尽并道出其高度象征意义的影射。"这位姑娘,其姓氏和家产可能使母亲希望她嫁给一位亲王,圆满实现斯万夫妇一步步向上爬的愿望,她后来却挑了一个默默无闻的文人做丈夫,使这个家庭

---

① 参见卢梭《忏悔录》,七星诗社丛书版,第20页。——原注
② 《追忆》包含20多个具有叙述规模的预叙段,句子当中简单的影射不算在内。同一定义的倒叙并不比预叙多,但确实以其规模几乎占据了全部篇幅,并在第一个回顾层上安排了二度倒叙和预叙。——原注

降到比起点更低的地位";约在盖尔芒特午后聚会三年后"变得有些痴呆"的奥黛特的最后一次露面;马塞尔未来当作家的体验,面对死亡和社会生活受到侵犯的恐慌,读者的初步反应,最初的误会;等等。最晚的提前是 1913 年专门为此临时写就的、结束《斯万家那边》的提前:与少年时代布洛涅森林的景象恰成对照的"今天"的景象显然与叙述时刻十分接近,因为马塞尔告诉我们,这最后一次散步发生在"今年""十一月初的一个早晨",原则上离那个时刻不到两个月。①

再进一步就到了叙述者的现在时。这种类型的预叙在《追忆》中十分常见,几乎全符合上面提到的卢梭模式,证明了现时回忆的强烈,并可以说确认了往昔叙事的真实性。如对阿尔贝蒂娜:"就这样,她停下小憩,两眼在'马球帽'下熠熠闪光,至今她的模样还历历在目,大海的背景衬出她的倩影……"对贡布雷教堂:"如今依然如故,倘若在外省的大城市或我不熟悉的巴黎街区,一个给我'指路'的行人向我遥指某所医院的钟塔、某座修道院的钟楼等作为方位标";对圣马可的圣洗堂:"这样的时辰对我已经到来,当我回想起圣洗堂……"盖尔芒特晚宴的结束:"我回想起这散去的人流,回想起德·萨冈亲王,不知我是否误把他安置在楼梯上……"当然,尤其对就寝那一幕,《摹仿论》一书对

---

① 下面我还要谈到 1913 年写的这个片段造成的难题,它假定(故事中)与最后的叙述同时代,即战后。——原注

这个令人心碎的例证已作过评论,在此不能不全文引述,它是奥尔巴赫称之为"回忆意识"的"象征全时间性"的完美诠释,也是被讲述事件与既姗姗来迟(最后的)又"无所不在"的叙述主体之间近乎奇迹的融合的范例:

> 这是多年以前的事了。我看见他举着蜡烛上楼时光影浮动的墙壁早已不复存在。我也一样,许多我以为将永世长存的东西毁灭了,新事物建立起来,引起当时我不可能预料的新的苦与乐,原有的苦乐变得难以理解。我父亲也早就不能对妈妈说:"和小家伙去吧。"这样的时辰对我而言永远不可能再现。但近来,如果我侧起耳朵,就重新十分清晰地听见我在父亲面前拼命忍住那只有单独和妈妈在一起时才哭出声的啜泣。其实哭泣从未停止过;只是由于生命在我周围更加沉寂,我才再次听见,正如白昼城市的喧嚣掩盖住修道院的钟声,人们还以为钟停了,但在夜晚的寂静中它又开始鸣响。

这些现在时的提前直接涉及叙述主体本身,因此不仅是叙述时间现象,而且也是语态现象,后者将在下文中论及。

内预叙与同类型的倒叙提出同一类问题,即干扰问题,可能同时运用第一叙事和预叙段所承担的叙事的问题。不存在这种可能的异故事预叙,在此仍然不予考虑,无论它是内部还是外部提前,对其他预叙,将区分出事先填补后来空白的预叙(补充预叙)和事先重复——无论多么少——未来叙述段的预叙(反复预叙)。

补充预叙,如《贡布雷》中对马塞尔未来中学时代的迅速展现;父亲与勒格朗丹之间的最后一幕;提及卡特莱兰一幕时对斯万与奥黛特今后爱情关系的回忆;对巴尔贝克变幻不定的海景的提前描绘,在盖尔芒特家第一次晚宴中间对一长串类似晚宴的预告;等等。这些提前都补偿了未来的省略或省叙。《盖尔芒特那边》最后一个场景的情境更加微妙(斯万和马塞尔到公爵夫人家拜访),大家知道它与《索多玛与蛾摩拉》的第一个场景(夏吕斯与朱皮安的"结合")正好颠倒了次序,所以既应当把前者视为提前填补《索多玛与蛾摩拉》第一卷和第二卷之间省略的预叙,又应当把后者视为填补因延迟而在《盖尔芒特家那边》中所造成的省略的倒叙;所增添的文字的位置对调显然出于叙述者的一个愿望,即先写完《盖尔芒特家那边》特有的社交生活面貌,然后再着手写他所谓的索多玛和蛾摩拉的"精神风貌"。

这里大家也许会注意到反复预叙的存在,它们和同类的倒叙一样,使我们重新注意叙述频率问题。在此我将不探讨这个问题本身,只简单地提提一种特有的姿态,即逢到第一次时(斯万和奥黛特的第一次亲吻、巴尔贝克的第一个海景、冬西埃尔旅馆的第一晚、盖尔芒特家的第一次晚宴)事先预见到以其为开端的一系列情况。在下一章,我们将看到《追忆》中大部分典型的大场面都与这类启蒙有关(斯万"初入"维尔迪兰家,马塞尔"初入"德·维尔帕里西斯夫人、公爵夫人、王妃家),因为初次会面显然是描写一个场景或环境的最好机会,并可作为以后会面的例子。概括性预叙开始展示以后系列的前景,可以说阐明了这种范例的作用:"以后我每天早晨将伫立在这个窗户前……"这个预叙和一切提前一样是叙述上操之过急的标志。但我觉得它们也有相反的、或许为普鲁斯特所特有的价值,这种价值表明对弗拉基米尔·让凯列维奇①有一天称之为第一次的"优先最后性"的怀旧情绪,就是说由于人们强烈感受到第一次的开创价值,因而它始终(已经)是最后一次,哪怕只因为它永远最后一个成为第一次,在它之后必然开始重复与习惯的优势。斯万在第一次拥抱奥黛特之前,把她的脸"挪开一些,在手里"捧了一会儿,叙述者说这是为了使他的思想有时间来考虑久已怀有的梦想的实现。还有另一个理由:"也许斯万盯在尚未占有甚至尚未拥抱过的、最后一次见面的奥黛特脸上的目光,是人们在动身之日希望把即将永远离开的风景带走的那种目光。"第一次占有奥黛特,拥抱阿尔贝蒂娜,就是最后一次看见尚未占有的奥黛特和

① 弗拉基米尔·让凯列维奇(Vladimir Jankélévitch,1930—1985),法国哲学家。

尚未拥抱过的阿尔贝蒂娜：的确，在普鲁斯特的作品中，事件——一切事件——不过是从一种习惯到另一种习惯的飞快而（在维吉尔的意义上）不可挽回的过渡。

　　反复预叙与同类型的倒叙一样，因同样明显的理由几乎只处于简短影射的状态，事先指出将在适当时候详尽讲述的事件。重复倒叙对叙事的接受者起提醒作用，反复预叙则起预告作用，我也将用这个字眼来指反复预叙。标准的格式一般是"我们将看到"或"人们以后将看到"，有关蒙儒万裛渎遗物一幕的预兆则是范例或原型："以后人们将看到，出于完全不同的理由，对这个印象的回忆将在我一生中起重要作用。"当然还有因对阿尔贝蒂娜与凡特依小姐（不符实际的）关系的披露而将在马塞尔心中激起的醋意的影射。这些预告引起读者的期待，在叙事组织和巴特称之为叙事"编织"中的作用相当明显。在预告跨度很小或期限很短的情况下，如在一章的末尾开个头，指出下一章的主题（《包法利夫人》中的常见现象），这种期待可以立即得到满足。《追忆》的结构更有连续性，原则上排除了这类效果，但大凡记得《包法利夫人》第二部第四章结尾（"她不知道，房上的檐槽堵住时，雨水在平台上积成湖泊，她一直处于安全境地，突然发现墙上有道裂缝"）的人不难在《重现的时光》最后一幕开场的句子中重新找到这种隐喻化的介绍模式："但有时当我们觉得一切全完了时，能够救我们的预兆到了；人们敲了所有堵死的门，唯一那扇可以进入，却要白白找寻一百年的门，人们无意中叩了一下，它就打开了。"

　　但预告的跨度往往要长得多。大家知道普鲁斯特非常珍视他的作品的严谨结构，看到那么多远距离对称效果和"望远镜"下的对应效果未受赏识十分痛苦。作品各卷的分开发表只能加深误会，而对蒙儒万一幕所作的那类长距离预告必将减轻误会，对一些插曲作出暂时的解释，否则这些插曲的出现会显得偶然和没有根据。还有一些预告，按其排列顺序如下："至于科塔尔教授，人们很久以后将在拉斯珀利埃尔城堡女主人家长期见到他"；"人们将看到（斯万）希望妻女在社交界成功的唯一抱负如何恰恰是他绝对实现不了的抱负，他至死也想象不到公爵夫人可能会认识她们。人们也将看到相反的情况，盖尔芒特公爵夫人在斯万死后与奥黛特和吉尔贝特有了交往"；"至于像我母亲那样深切的忧伤，人们将在这篇叙事的下文看到有一天我会有亲身体验"（这忧伤显然是阿尔贝蒂娜的逃跑和去世引起的）；（夏吕斯）"恢复了健康，后来又变成在盖尔芒特王妃家午后聚会那一天我们将看到他的那副模样"。

　　这些从定义上讲十分明确的预告与不如称作发端的东西不应混为一谈，后者不过是些没有提前，甚至没有暗示性提前的待接石，它们将在后来找到自己的含义，纯属传统的"伏笔"手法（比方让一个人物一开始就出现，但很久以后才真正出场，如《红与黑》第三章的德·拉摩尔侯爵）。可以视为发端的有：夏吕斯和吉尔贝特第一次在唐松维尔出现；奥黛特第一次以穿粉红衣太太的面目出现，或《斯万家那边》的第 20 页第一次提到德·维尔帕里西斯夫人；功能性更鲜明的有对蒙儒万斜坡的描绘，它"与三楼客厅处于同一平面，离窗户 50 厘米（原文如此）"，它为马塞尔在亵渎遗物一幕中的处境埋下伏笔；更带嘲讽意味的有马塞尔克制住在德·克雷西先生面前讲出他以为过去奥黛特使用过的"化名"的念头，这为后来（夏吕斯）披露这个名字的可靠性以及两个人物的真实关系理下伏笔。普鲁斯特分好几个阶段准备阿尔贝蒂娜的出场，由此可以清楚地看出预告与发端的区别。第一次提及，在斯万家的一次交谈中，阿尔贝蒂娜被称作邦唐的侄女，吉尔贝特以为她"模样很怪"——简单的发端。第二次由邦唐夫人提及，又一个发端，她形容侄女"厚颜无耻"，"一脸顽皮相……猴子般狡猾"；她公开提醒一位部长夫人，其父亲是厨房的小学徒；很久以后，在阿尔贝蒂娜死后将再次明确提到这幅肖像，指出它如"小小不言的胚芽，（它）将发育成长，有一天将伸展到我的整个一生"。第三次提及，这次是真正的预告："家里大闹一场，因为我不陪父亲赴官方宴会，邦唐夫妇和他们的侄女阿尔贝蒂娜，差不多还是个孩子的小姑娘，将出席这次宴会。我们一生的各个时期就这样交错搭叠。为了今天所爱而有朝一日将变得无所谓的东西，人们对今天无所谓而明天将爱上的东西不屑一顾，而如果人们同意看上一眼，说不定会更早地爱上它，缩短现时的痛苦，当然要代之以别的痛苦。"发端与预告不同，在文中的位置原则上只是个"小小不言的胚芽",它甚至难以觉察,到后来回顾时才看出它的胚芽价值。而且还必须考虑到读者可能具有的(或不如说变化不定的)叙述能力,它产生于习惯,使读者能越来越快地辨读一般的叙述代码,或某种体裁、某部作品特有的叙述代码,等"胚芽"一出现便能识别出来。《伊万·伊里奇之死》的任何读者(自然靠了结局的提前和标题本身的帮助)都会把伊万摔到窗户的长插销上视为命运的工具、弥留的发端。作者也正是依据这种能力欺骗读者,往往向他们提出侦探小说的爱好者们十分熟悉的假发端或圈套,等读者获得这种二度能力、侦破和挫败圈套的能力后再向他们提出假圈套(真正的发端),然后这样继续下去。用让-皮埃尔·里夏尔的话说,普鲁斯特的逼真性建立在"不合逻辑的逻辑"上,尤其在同性恋(及其微妙的变种异性恋)方面,大家知道它多么倚重由未满足的期望、落空的怀疑、预料中的意外构成的复杂体系,最后这些意外由于不出所料,并根据这个适用于一切的原则终究发生而更令人惊讶:"因果关系的作用……最终几乎产生一切可能的效果,因而产生人们最不相信会产生的效果";这是对"心理法则"和"现实主义动机"爱好者的忠告。

在离开叙述预叙之前,还要讲一讲它们的幅度以及部分预叙与完整预叙之间可能有的区别,如果大家愿意把这最后一个资格赋在故事时间中一直延长到"结局"(对内预叙而言)或叙述时刻本身(对外预叙或混合预叙而言)的预叙的话。我找到的例子不多,似乎一切预叙实际上都属于部分类型,常常与开场一样公开被打断。预叙的标志:"为了提前,既然我刚刚才给吉尔贝特写完信……""为了提前几个星期,在这段题外话之后立即重新开始叙事……""为了提前一些,既然我还在唐松维尔……""次日一早,假设为了提前……""我提前了许多年……"预叙收尾并回到第一叙事的标志:"为了回到盖尔芒特王妃家的第一次晚宴……""但现在应该追上和我与布里肖朝维尔迪兰家门口走去的男爵……""为了回到维尔迪兰的晚宴……""但是必须回到……""在这个提前之后,让我们回到三年前,即盖尔芒特王妃家的晚宴上……"看得出普鲁斯特并不总怕打开天窗说亮话。

"时间倒错"叙事在《追忆》中的重要性显然与普鲁斯特叙事回顾的综合性有关,这种叙事每时每刻都全部存在于叙述者的头脑中,自从他在精神恍惚中领会其统一含义的那天起,便不停地同时抓住一切线索,同时感知一切地点和一切时刻,并不断在其中建立多种"用望远镜测定"的关系——空间和时间的普遍存在。《重现的时光》的一个片段对"全时间性"作了完美诠释:在德·圣卢小姐面前,主人公一刹那间重新织出由他的一生变成的,并将成为其作品之经纬的纵横交错的"回忆网"。

但是,在"心理学"上建立起倒叙和预叙两个叙述类别的回顾和提前的概念,要求非常清楚的时间意识以及现在、过去和将来之间毫不含糊的关系。为了阐述的需要,我不惜过分简单化,

假设情况至今始终如此。其实增添文字的重复出现和相互交错
经常把事情搞乱,使"普通"读者,甚至最果断的分析家也理不出
头绪。在结束本章之前,我们来看看把我们引到纯粹无时性边
缘的几个模糊结构。

走向无时性

我们进行最初的微观分析时遇到过复杂时间倒错的例子:
《索多玛与蛾摩拉》一段中的二度预叙(斯万与布洛克午餐的提
前引出斯万之死的提前),预叙中的倒叙(斯万葬礼的提前引出
弗朗索瓦丝在贡布雷的回顾)或倒叙中的预叙(在《让·桑特伊》
的节录中两次重提过去的计划)。这样的二度或三度效果经常
出现在《追忆》的大中型叙述结构中,即使不把几乎占整篇叙事
的第一度时间倒错考虑在内。

在《让·桑特伊》片段中提到的典型情境(提前回忆)在《追
忆》中分散到原始主人公通过分裂生殖产生的两个人物身上。
在《在少女花影下》中,对斯万婚姻的回顾包括对女儿和(未来
的)妻子在社交界获得成功的计划的叙述:"斯万在沉思冥想中
看到奥黛特变成他的妻子,总想象着他把她,尤其是他女儿,带
到很快成为盖尔芒特公爵夫人的德·洛姆王妃家的时刻……他
自己编造出公爵夫人向奥黛特描述他时将用的词句,奥黛特向
德·盖尔芒特夫人描述他时将用的词句,心里十分感动,口中念

念有词……他为自己表演引见的一幕，想象中细节的精确如同随意规定中彩数目的人考虑一旦中彩将如何使用彩金。"这个"白日梦"作为斯万结婚前的幻觉是预叙，因他结婚后马塞尔重提此事又变成倒叙，两个运动，即预叙与倒叙的合成导致互相抵消，使幻觉与事实的无情驳斥完全重合，因为斯万与奥黛特结婚好几年后她始终不受盖尔芒特沙龙的欢迎。事实上他娶奥黛特时已不再爱她，"（他身上）那个一心渴望并不顾一切要与奥黛特生活一辈子的人……那个人已经死了"。下面是以往的决心与现实情况的对照，二者的矛盾带有讽刺意味，终有一天弄清奥黛特与弗什维尔神秘关系的决心被全无兴趣所取代："过去，他异常痛苦时，发誓一旦不再爱奥黛特，不再担心惹她生气或使她相信他太爱她时，便将满足自己的好奇心，为弄清真相，并作为一个历史问题，要奥黛特澄清他按铃敲窗但她不给他开门，还写信告诉弗什维尔来人是她的叔叔的那一天，弗什维尔是否和她睡过觉。但是这个如此有意思、斯万只等醋意一消便要弄个明白的问题，当他不再嫉妒时，恰恰对它失去了一切兴趣。"有朝一日表现出未来冷漠的决心被真正冷漠的审慎所取代："过去他发过誓，万一不再爱他未曾料到有一天会成为他妻子的女人，他将无情地向她表示终于出自本心的冷漠，为长久被打下去的傲气报仇，现在他可以不冒风险地实行报复……这种报复，他不再坚持，想显示出他不再具有爱情的这种愿望和爱情一道消失了。"在终于"治愈"对吉尔贝特的相思病的马塞尔身上，预期的现在和实际的现在经由过去进行对照："我不再想见她,甚至不想向她表示我不希望见她,而我爱她的时候,天天指望一旦不爱她时便向她表示这个愿望"。下面的例子在心理内涵上略有不同:当同一个马塞尔变成吉尔贝特的"大红人"和斯万家餐厅的常客时,他为衡量已取得的进展,徒劳地想找回过去对这个"难以想象的地方"的无法接近所怀有的感情,并且把类似的想法派给与奥黛特生活的斯万本人,过去他一想就心旌摇摇的"欲入无门的天堂"变成了缺乏诗意、毫无魅力的现实。计划中的事没有发生,不敢希望的事却于不再希望时实现,在两种情况下,现在与它取而代之的过去中的未来叠合在一起,对错误的提前做了回顾性的辩驳。

相反的运动,提前的重复,不再从过去而从未来兜圈子,每一次叙述者都事先阐述他将如何在事后知悉现在的一件事(或它的含义),如讲述维尔迪兰夫妇吵架时,明确指出"几年后"戈达尔将向他转述这场争吵。在《贡布雷》的这个说明中,往复运动加快了速度:"多年后,我们得知那年夏天我们之所以几乎天天吃芦笋,是因为它的气味使负责剥笋的可怜女佣哮喘病严重发作,最后不得不离开。"在《女囚》里的这句话中,往复运动几乎变成瞬时运动:"我听说那天死了一个人,非常难过,贝戈特死了"。这句话如此简练,如此不引人注目地造成混乱,读者一开始还以为读到的是:"那天我听说……"当叙述者提前通过以后的回忆引入现在的,甚至过去的一件事时,同样作"之"字形的往复运动，如上文所见的《在少女花影下》的最后几页，通过马塞尔将来在巴黎的回忆把我们带回到巴尔贝克的最初几个星期；同样，当马塞尔把莱奥妮姑妈的长沙发卖给一个拉皮条的女人时，我们得知"很久以后"他才回想起很久以前他与大家知道的那个谜一般的表妹使用过这张长沙发，我们曾把这称为省叙中的倒叙，现在应当作个补充，添上经由预叙。这些叙述上的扭曲大概足以把阐释家善意而猜疑的目光引到那个假设的年轻女子身上。

双重结构的另一个效果是，第一个时间倒错可以颠倒，并且必然颠倒第二个时间倒错和文本中事件排列顺序之间的关系。如《斯万的爱情》的倒叙地位使得提前（在故事时间中）可以涉及一件已由叙事讲述过的事：当叙述者比较奥黛特不在身边的夜晚，斯万的苦恼和"数年后"斯万来贡布雷吃饭的晚上他将感到的苦恼时，这个故事的预告对读者而言同时也是叙述的重复，因为他们在大约 250 页"以前"已经读过这一场面的叙事；反之，出于同样的理由，在《贡布雷》叙事中提及斯万以往的苦恼，对读者而言就是《斯万的爱情》未来叙事的预告。这种双重时间倒错的明确格式，例如"正如我们已经看到，这事将在以后发生……"，或者"正如我们将在以后看到，这事已经发生……"，是回顾性预告，还是提前的重复？前后的倒置使对行进方向的确定变成一件棘手的工作。

预叙性倒叙和倒叙性预叙，这些复杂的时间倒错稍稍打乱了回顾和提前的坚固的概念。还应该提到那些开放的倒叙,其收尾时间无法确定,不可避免地导致不确定的时间叙述段的存在。但在《追忆》中还有一些没有任何时间参照的事件,人们根本无法依据周围的事件确定其时间:为此,这些事件只需不与另一个事件发生关系(否则叙事就得确定它们在前还是在后),而与伴随它们的(无时间性的)评论话语相连就可以了,大家都知道评论话语在这部作品中占有很大的分量。在盖尔芒特晚宴上,叙述者谈到德·瓦朗邦夫人固执己见,硬说他与居里安·德·拉格拉维埃尔海军上将是亲戚,并推而广之,谈到类似的错误在世上频频发生,他回忆起盖尔芒特家的一个朋友以他完全不认识的表姐德·肖斯格罗夫人的名义来求他照顾:可以假设这件意味着马塞尔在社交界取得某些进展的逸闻发生在盖尔芒特晚宴之后,但又无法加以肯定。《在少女花影下》中,阿尔贝蒂娜作介绍未获成功的一幕之后,叙述者对爱情的主观性提出几点感想,然后举例阐明这个理论:一位图画教师始终不知道他热烈爱过并与之生下一女的情妇头发是什么颜色("我只见过她戴帽子的样子")。在此,内容上的任何推论都不能帮助分析家确定失去一切时间关系的时间倒错的地位,我们只能把它视为无日期无年代的事件,一个无时性。

　　然而,不仅仅某个孤立事件表现出叙事能够在排列上完全不依从其讲述故事的时间顺序。《追忆》至少在两点上呈现出真正的无时性结构。在《索多玛与蛾摩拉》的结尾,"横穿大西洋号"的路线和一个接一个的停车站(冬西埃尔、麦纳维尔、格拉特瓦斯特、埃尔默农维尔)引出一个短小的叙述段,其接续顺序(莫雷尔在麦纳维尔妓院的倒霉事,在格拉特瓦斯特与德·克雷西先生的相遇)与构成该段的两个事件的时间关系毫不相干,却完全依据这个事实(本身也是历时性的,但不是被讲述的事件的历时性),即小火车首先经过麦纳维尔,再经过格拉特瓦斯特,这些车站使叙述者按此顺序联想起有关的逸闻趣事。然而,正如 J. P. 豪斯顿(J. P. Houston)在关于《追忆》时间结构的论述中指出的,这种"地理"排列不过重复并表现出《贡布雷》最后 50 页的更加隐晦、从各方面讲更加重要的排列,其中,梅塞格利斯一边和盖尔芒特一边的对立,以及在一次无时间性的、概括性的漫步中离家越来越远的风景点左右了叙述段。吉尔贝特的第一次出现—向山楂树的告别—斯万与凡特依的邂逅—莱奥妮之死—凡特依家亵渎遗物的一幕—公爵夫人的出现—马尔丹维尔钟楼景色,这个序列与组成它的事件的时间顺序没有任何关系,或只有部分重合的关系。它主要取决于风景点的位置(唐松维尔—梅塞格利斯平原—蒙儒万—重归贡布雷—盖尔芒特一边),并因此取决于完全不同的时间性:在梅塞格利斯散步的那一天与朝盖尔芒特方向散步的那一天之间的对照,以及在每个系列内部散步的各"站"的大致顺序。只有天真地把叙事的横组合顺序与故事的时间顺序混为一谈,才会像急急忙忙的读者那样想象与公爵夫人的会面或钟楼插曲发生在蒙儒万一幕之后。事实上叙述者有最显而易见的理由不顾任何时序,把具有空间上接近、气候上一致(总在天气恶劣时到梅塞格利斯散步,天气晴朗时到盖尔芒特散步)或主题上相近(梅塞格利斯一边代表色情-感情的侧面,盖尔芒特一边则是童年世界的美学侧面)等关系的事件集中起来,因而比前人更高更好地表现出叙事时间自主的能力。[①]

但是时间倒错只说明叙述时间性的一个组成特点,企图仅仅从对它的分析中得出最终的结论完全是枉费心机。例如时距的扭曲显然与时序的违规一样有助于该时间性的解放。现在我们就来谈谈时距的扭曲。

---

① 把回顾和提前的时间倒错定名为倒叙和预叙后,可以把由空间、主题或其他近似关系左右的时间倒错群称作时间集叙(集合现象)。地理集叙是有许多逸闻趣事的游记叙述群作的原则,像《一位游客的回忆录》或《莱茵河》。主题集叙在古典插画小说中要求有许多类似或对照关系的"故事"插入。在谈到反复叙事,即另一种集叙时,我们还会碰到集叙概念。——原注

二、时距

非等时

  我在上章开头时提到书面文学的"叙事时间"概念所碰到的困难,这些困难自然在时距问题上显得尤为突出,因为顺序或频率现象可以完好无损地从故事的时间平面移植到文本的空间平面:在叙述文本的横组合排列中插曲 A 在插曲 B"之后",或事件 C 被讲述了"两次",这些句子的含义最明显不过,可以与"在故事时间中事件 A 先于事件 B"或"事件 C 只发生一次"等其他说法形成鲜明的对照。所以两个平面的比较在此既合理又恰当。反之,对照叙事"时距"和它讲述的故事的时距则是件棘手的工作,理由很简单:谁也量不出叙事的时距。我们说过,这种自发的名称只能指阅读叙事所需的时间,但阅读时间显然因情况而异,与电影甚至音乐相反,规定阅读的"正常"速度是根本不可能的。

　　参照点或零度在顺序上是故事序列和叙述序列的重合,在此则是叙述与故事的严格等时,现在我们没有这个参照点,即使如让·里卡杜(Jean Ricardou)指出的那样,一个对话场面(假设没有叙述者的任何干预和任何省略)的确带来"叙述段与虚构段之间的某种相等"①。我着重标出了"某种"以强调这一相等是不严格的,尤其在时间上是不严格的。唯独可以肯定的是,一个叙述(或戏剧)段转述或真或假讲过的一切,不作任何增添;但它还原不了讲这些话的速度和交谈中可能出现的冷场。因此它绝不能起时间指示器的作用,即使起这个作用,它的指示也不能用来衡量它周围不同速度的节段的"叙事时距"。所以在对话场面中只有叙事时间和故事时间的某种约定俗成的相等,我们将在下文中利用它建立叙述时距传统形式的类型,但它不能作为严格比较实际时距的参照点。

　　因此衡量时距变化时,不应该再与叙事和故事间无法检验,因而无法达到的等时距作比较。但叙事的等时性和钟摆一样,可以不通过其时距与它讲述的故事时距的比较得出相对的定义,而可用某种绝对和自主的方式确定为速度的恒定。所谓速

---

① 参见里卡杜撰写的《新小说问题》,瑟依版,第 164 页。大家知道里卡杜把叙述与虚构对立起来,和我的叙事(有时为叙述)与故事的对立意思相同,他说:"叙述是讲的方式,虚构是被讲的方式。"(第 11 页)——原注

度是指时间尺度与空间尺度的关系(每秒多少米,每米多少秒):叙事的速度将由以秒、分、时、日、月、年计量的故事时距和以行、页计量的文本长度之间的关系来确定。等时叙事,我们假设的参照零度,在这里将是一个不加快也不减慢的等速叙事,故事时距与叙事长度始终保持恒定的关系。恐怕没有必要指出这样的叙述并不存在,而且只能作为实验存在:无论在美学构思的哪一级,存在不允许任何速度变化的叙事是难以想象的。这个平常的道理已具有某种重要性:叙事可以没有时间倒错,却不能没有非等时,或毋宁说(因为这十分可能)没有节奏效果。

详尽地分析这些效果既累人又缺乏真正的严密性,因为故事时间几乎从来没有以必要的精确表示出来(或推算出来)。研究只在宏观上,在大的叙述单位一级上才是恰当的,我们姑且认为就每个单位而言,衡量不过是个大略的统计数字。

如果要为《追忆》制定一张变化图表,首先必须确定哪些被视为大的叙述组成部分,然后得有一张大致清楚和协调的内部年表来衡量它的故事时间。如果说第一份资料容易编写,第二份却不然。

说到叙述的组成部分,首先必须指出它们与作品带标题和号码的部、章的表面划分不相吻合。如果把大的时间和(或)空间断裂作为分界的标准,那么可以不太犹豫地作出以下划分(我给某些单位定下自编的、纯指示性的标题):

(1) 第 1 卷,3—186 页,上章研究过的记忆倒叙忽略不计,这个单位写的是在贡布雷的童年,我们当然和普鲁斯特一样称其为"贡布雷"。

(2) 在一个时空断裂之后,"斯万的爱情",第 1 卷,188—382 页。

(3) 在一个时间断裂之后,《斯万家那边》第三部(《地名之名》)和《在少女花影下》第一部(《斯万夫人周围》),第 1 卷,383—641 页,讲述在巴黎的少年时代,以和吉尔贝特的恋爱及发现斯万的圈子为主,我们将称这个单位为"吉尔贝特"。

(4) 在一个时间(2 年)和空间(从巴黎到巴尔贝克)断裂之后,与《在少女花影下》第三部①(《地方与地名:地方》)对应的第一次旅居巴尔贝克插曲,第 1 卷,642—955 页,称为"巴尔贝克Ⅰ"。

(5) 在一个空间断裂(返回巴黎)之后,我们将把两次旅居巴尔贝克之间几乎全部在巴黎盖尔芒特圈子里发生的一切视为同一个单位(在冬西埃尔的短期逗留除外),就是整个《盖尔芒特家那边》和《索多玛与蛾摩拉》的开头,即第 2 卷至 751 页,称为"盖尔芒特"。

(6) 在又一个空间断裂之后,第二次旅居巴尔贝克,即《索多玛与蛾摩拉》和第 1 卷的尾声,这一单位将命名为"巴尔贝克Ⅱ"。

---

① 应为第二部。

（7）在又一次旅行（返回巴黎）之后，阿尔贝蒂娜被非法监禁、逃跑和去世的故事，直至第 3 卷 623 页，即全部《女囚》和大部分《女逃亡者》，直至动身赴威尼斯，称为"阿尔贝蒂娜"。

（8）623—675 页，在威尼斯的逗留和回程，我们称之为"威尼斯"。

（9）675—723，横跨《女逃亡者》和《重现的时光》，在"唐松维尔"的逗留。

（10）在一个时间（住疗养院）和空间（返回巴黎）断裂之后，723—854 页，被称为"战争"。

（11）在最后一个时间断裂之后（又住疗养院），最后一个叙述单位是 854—1048 页的"盖尔芒特午后聚会"。

谈到年表，事情更棘手一些，因为《追忆》的年表在细节上既不清楚又不协调。在此我们无须争论一个看上去无法解决的老问题，其主要材料是我将在细节讨论中参阅的威利·阿歇（Willy Hachez）的三篇文章，汉斯·罗伯特·姚斯（Hans Robert Jauss）和乔治·达尼埃尔（Georges Danier）的两本书。不过应指出两个主要麻烦，一是不可能把《斯万的爱情》的外部年表（参照的历史事件要求推定这段插曲发生在 1882—1884 年前后）和《追忆》的总年表（它注明这个插曲发生在 1877—1878 年前后）衔接起来，二是"巴尔贝克Ⅱ"和"阿尔贝蒂娜"插曲的外部年表（参照的历史事件发生在 1906—1913 年）与注明这些事件发生于 1900—1902 年的内部总年表不一致。因此要制定一个大致统一的年表必须排除这两个外部系列,只依照主系列,它的两个主要基准点,对"盖尔芒特"是1897年秋至1899年春(由于德雷福斯案件),对"战争"自然是1916年。从这两个基准点出发可以建立一个大体一致的系列,但局部仍然晦暗不明,原因主要是:①"贡布雷"的年表含混不清,与"吉尔贝特"的年表关系不明确;②"吉尔贝特"的年表不清楚,使人无法确定文中提到的两个"元旦"之间相隔一年还是两年;③两次住疗养院的时间不明确。我将对这些无法肯定的情况作出决断,制定一张将作标志用的年表,因为我们只想对普鲁斯特叙事的大节奏有个总体的概念。以下是其假设年表(确切性受到上述限制):

斯万的爱情:1877—1878年。

(马塞尔和吉尔贝特的诞生:1878年)

贡布雷:1883—1892年。

吉尔贝特:1893年—1895年春。

巴尔贝克Ⅰ:1897年夏。

盖尔芒特:1897年秋—1899年夏。

巴尔贝克Ⅱ:1900年夏。

阿尔贝蒂娜:1900年秋—1902年初。

威尼斯:1902年春。

唐松维尔:1903年?

战争:1914年和1916年。

　　盖尔芒特午后聚会:1925 年前后。

　　根据这个假设和其他一些时间的细节材料,叙事速度的大变动大致如下:

　　贡布雷:180 页/约 10 年。

　　斯万的爱情:200 页/近 2 年。

　　吉尔贝特:160 页/约 2 年。

　　(此处有 2 年的省略)。

　　巴尔贝克Ⅰ:300 页/3—4 个月。

　　盖尔芒特:750 页/2 年半。但必须明确指出这个节段本身包含十分大的变化:其中 110 页讲述大概延续 2—3 个小时的维尔帕里西斯招待会,150 页讲述延续时间大致相等的盖尔芒特公爵夫人家的晚宴,100 页讲述王妃家的晚宴:这个片段几乎有一半描写不到 10 小时的社交接待。

　　巴尔贝克Ⅱ:380 页/约 6 个月,其中 125 页写拉斯珀利埃尔的晚宴。

　　阿尔贝蒂娜:630 页/近 1 年半,其中 300 页只写 2 天,135 页只写夏吕斯-维尔迪兰的一次音乐晚宴。

　　威尼斯:35 页/几周。

　　(不定省略:至少几个星期)。

　　唐松维尔:40 页/"几天"。

（约 12 年的省略）。

战争：130 页/几周，主要写一个晚上（巴黎漫步和朱皮安家）。

（"许多年"的省略）。

盖尔芒特午后聚会：190 页/2 至 3 小时。

  我认为从这张十分简要的一览表中至少可以得出两个结论。首先，变化的幅度从 190 页写 8 小时到 8 行写 12 年，即（十分粗略地计算）从 1 页写一分钟到 1 页写一个世纪。其次，叙事随着朝尾声发展内部发生了演变，简要地说，一方面可看到叙事逐渐放慢，故事延续时间很短而经历时间长的场面越来越重要；另一方面可看到省略越来越大，以某种方式来补偿速度的放慢：这两个方面不难概括为叙事越来越大的间断性。普鲁斯特的叙事变得越来越不连续，越来越被切割，庞大的场面用巨大的空白隔开，故越来越偏离叙述等时的假定"规范"。需指出这个时间演变与作者的心理变化无关，因为《追忆》根本不是按今天的排列顺序写作的。反之，大家知道普鲁斯特多么喜欢不断扩充作品，而他的确有更多的时间扩大后几部；所以最后一些场面的冗长具有众所周知的不平衡性，它是因为战争推迟了《追忆》的出版期限造成的。但是形势虽能解释细节的"填充"，却不能分析整体的写作。似乎普鲁斯特一开始就希望有这种越来越生硬的、贝多芬式的厚实急剧的节奏，它与前面几部分几乎难以捕捉的流畅形成极为鲜明的对照,好像他要把最早和最近发生的事件的时间结构对立起来,仿佛事情离得越近,叙述者的记忆越带选择性,越有放大的功能。

节奏的变化只有与我们将在下一章研究的其他时间论述联系起来才能得到正确的定义和诠释。但现在我们就可以并应当更仔细地观察原则上具有无限多样性的叙述速度实际上是如何分布和组织的。

在理论上的确存在自无穷速度即省略速度开始的不断递减(省略中无叙事节段与某个故事时距对应),直至绝对慢速即描写停顿的慢速,其中某个叙述话语节段与零故事时距对应。① 事实上叙述传统,尤其是小说传统缩小了这个自由,或至少给予自由时要在一切可能性中间、在四个基本关系中间作出抉择,这四个关系在(尚未诞生的)文学史有一天将研究的演变中变成了小说速度的标准形式:有点像古典音乐传统在无数可能的演奏速度中分了几个标准乐章,如行板、快板、急板等,它们连续和交

---

① 这种提法可能导致我想立即消除的两个误解。1.一个叙述段与零故事时距对应并不是描写特有的现象,它同样存在于从布兰和布龙贝尔开始通常称作"作者擅入或干预的现在时的题外话式评论"中,我们在最后一章里将会碰到。但是这些题外话的特性在于它们在严格意义上不带叙述性。反之描写具有故事性,因为它们是故事时空天地的组成部分,所以叙述话语与描写有关。2.我们将在普鲁斯特的作品中看到,描写在叙事中不一定是停顿,所以这里指的不是描写,而是描写停顿,不能把它与一切停顿或一切描写混为一谈。——原注

替的关系在近两个世纪中支配了奏鸣曲、交响乐或协奏曲的结构。叙述运动的四个基本形式从此将被称为四个叙述运动，就是我刚才提到的两个极端运动（省略和描写停顿）和两个中间运动：常常是"对话"体的场景（我们已看到它按惯例实现叙事和故事的等时）和英语评论界称作的"Summary"，法语中没有与它对等的词，我们将译作概要叙事，或简称为概要。这是个不定运动形式（而其余三个至少原则上是确定运动），它以极灵活的方式覆盖场景和省略之间的整个领域。下面的公式可以较好地概括这四个运动的时间价值，其中 TH 指故事时间，TR 指叙事的伪时间或约定时间：

停顿：$TR=n, TH=0$。故：$TR\infty>TH$

场景：$TR=TH$

概要：$TR<TH$

省略：$TR=0, TH=n$。故：$TR<\infty TH$ [1]

这个图表看上去很不对称，缺少一个与概要相对应的变速运动形式，即公式 $TR>TH$，它显然是某种慢速场景，我们会立即想到那些谈起来似乎经常大大超出它们本该占满的叙事时间的普鲁斯特的长场景。但我们会看到，小说的大场景，尤其在普

_____

[1]　$\infty>$为无限大标记，$<\infty$为无限小标记。

鲁斯特的作品中,主要被叙述外的因素拉长或被描写停顿打断,并不完全放慢速度。况且纯对话不言而喻是不能放慢的。还剩下行为或事件的详尽叙述,讲述这些行为或事件比完成或承受这些行为或事件的过程更慢。作为有意识的实验,它大概可以实现[1],但它不是标准形式,甚至没有真正在文学传统中实现:事实上标准形式归结为上面列举过的四个运动。

概要

然而,如果从这个角度观察《追忆》的叙述方式,首先必须看到概要叙事几乎没有以它在以前的整个小说史中的形式出现,就是说不写言行的细节,用几段或几页叙述好几天、好几个月或几年的生活。博尔赫斯[2]举了《堂吉诃德》中的一个例子,我觉得颇有特点:

> 总之,罗塔琉觉得必须趁安塞尔模外出的时机,加紧围攻这座堡垒。他称赞她美,借以打动她的虚荣心;因为这点

---

[1] 克洛德·莫里亚克的《放大》(1963)有点像这种情况,它用 200 来页写两分钟的事。但文本拉长的原因在这里仍不是时距的真正扩张,而是各种插入(记忆倒叙等)。——原注

[2] 博尔赫斯(Jorge Luis Borges,1899—1986),阿根廷诗人、小说家。

虚荣心最能抵消美人的高傲。他紧攻紧打,用猛烈的火力来突破卡蜜拉的忠贞;她即使是铁人儿也抵挡不住。他流泪,央求,献媚,赞美,纠缠不已,显得一往情深,满腔热忱竟使卡蜜拉贞操扫地;他意想不到而求之不得的事,居然成功。

"(像这样的)章节",博尔赫斯评论道,"构成世界文学的绝大部分,而且不是最差的章节"。在此他想到的不是狭义的速度关系,而是古典抽象概念(尽管用了隐喻,或许由于隐喻)与"现代"表达性的对立。如果更多地针对场景与概要的对立,那么显然不能认为这类文本"构成世界文学的绝大部分",理由很简单,概要的简短几乎处处使它在数量上明显小于描写和戏剧性章节,因而甚至在古典的叙述语言材料的总和中,概要很可能占据很小的位置。反之,直到 19 世纪末,概要显然是两个场景之间最通常的过渡,是二者互相映衬的"背景",因而是小说叙事的最佳结缔组织,小说叙事的基本节奏通过概要和场景的交替来确定。必须补充说大部分回顾段属于这种类型的叙述,尤其在我们所称的完整倒叙中,《赛查·皮罗多盛衰记》的第二章提供了一个既典型又绝妙的例子:

希农附近有个穷苦的农民叫作雅克·皮罗托,在一位有钱的太太家里种葡萄,和她的丫头结了婚,生了三个儿子。老婆生下小儿子就死了,可怜的男人也没有再活多久。女主人对丫头感情不错,让雅克的大儿子弗朗索瓦和她自己的孩子一同上学,又送他进神学院。弗朗索瓦·皮罗托做了神甫,在大革命中躲来躲去,和一班拒绝向政府宣誓的教士一样到处流浪,被人当作野兽一般追捕,抓住的话至少是上断头台······

普鲁斯特的作品中没有这样的文字。甚至在时间倒错中,他也不用这类加速来缩短叙事,在《追忆》中,时间倒错几乎总是一些发生在前或在后的真正场景,而不是对过去或未来的等轴测投影;或者它出自另一种类型的综合,我们将在后面一章以"反复叙事"为题的一段里对这问题进行更细致的研究;或者它加速跨越了分隔概要叙事和纯省略的界限,例如普鲁斯特概述战争期间马塞尔返回巴黎前后隐居年月的方式。在普鲁斯特对《情感教育》的一个片段所作的著名评论中,加速与省略的混淆几乎是明显的:"这里是'空白',一个巨大的'空白',时间的尺度不经任何过渡突然从一刻钟变为一年,十年(······)没有准备的、非同一般的变速。"[1]普鲁斯特是这样介绍这一段的:"依我看,《情感教育》最美的不是一句话,而是一个空白",他接着说:"(在巴尔扎克的作品中,)这些变速具有主动性或资料性······"我们

---

[1] 《驳圣伯夫》,七星诗社丛书版,第595页。——原注

不清楚,对他来说令人赞叹的是空白,即两章之间的省略,还是变速,即第六章前几行的概要叙事。事实上他大概根本不管二者的区分,醉心于"要么全部,要么没有"的叙述信条,的确只会,用他自己的话说,"疯狂地"加速,甘冒起飞的风险(让我们把这个力学隐喻献给不幸的阿戈斯蒂奈利的亡灵①)。

停顿

　　第二个反面的发现涉及叙述停顿。普鲁斯特通常被视为喜爱描写的小说家,这个名声的由来大概是人们一般只读过他的选集,一些表面上离题的段落,如唐松维尔的山楂树、埃尔斯蒂尔的海洋风景画、王妃的喷泉等等,不可避免地在选集中孤立存在。其实与作品的规模相比,独具特色的叙述段落既不很多(不到 30 个),也不很长(大多不超过 4 页),比起巴尔扎克的某些小说来,比例可能更小。另外,许多描写(大概不止三分之一)属反复类型,即与故事的个别时刻无关,只与一系列类似的时刻有关,因此丝毫不能放慢叙事,倒是恰恰相反,如莱奥妮的卧室、贡布雷的教堂、巴尔贝克的"海景"、冬西埃尔的客店、威尼斯的风光,篇篇只用一个描写段概括同一个场景的好几种情况。但最

---

①　阿尔贝·阿戈斯蒂奈利原为普鲁斯特的司机,后来当飞行员,在一次空难中丧生。据说《追忆》里阿尔贝蒂娜这个人物中有他的影子。

重要的是，即使描写对象只遇到过一次（如于迪梅斯尼尔的树木），或描写仅涉及多次出现中的一次（往往是第一次，如巴尔贝克的教堂、盖尔芒特的喷泉、拉斯珀利埃尔的大海），描写也从不引起叙事的停顿，故事的中止，或用传统的字眼讲，"情节"的中止。的确，普鲁斯特的叙事从不停留在一件物品或一个场景上，除非这个停留与主人公的驻足凝望相对应（斯万在《斯万的爱情》中，马塞尔在其他各处），因而描写段落从来逃不出故事的时间性。

当然，这样处理描写并非创新，比方在《阿斯特雷》(L'Astrée)[1]中，叙事长时间地描写陈放在伊苏尔城堡塞拉东卧室中的图画，我们可以看出这段描写几乎伴随着塞拉东醒来发现这些图画的目光。相反，大家知道巴尔扎克的小说规定了一条典型的时间外描写准则（更符合史诗 ekphrasis[2] 的样板），叙述者抛开故事的进展（或在开始讲故事之前，如《高老头》或《绝对之探求》），仅仅为了告知读者，他将以他本人的名义来描写一个严格说来在故事的这一点上与任何人都不相干的场景，正如《老小姐》(Vieille Fille)中开始描绘科尔蒙公馆的句子所表明的那样："现在有必要走进这位老小姐的家门，多少利害关系集中在她身上，当晚这出戏的全体演员将在她家相遇……""进门"

---

① 法国作家奥诺笛·德·于尔菲(1567—1625)的田园小说。

② 希腊文：描写。

显然只是叙述者和读者的事,他们将走遍房子和花园,而"这出戏"真正的"演员"正在继续忙于自己的事,或不如说等待叙事来恢复他们的生命以便继续干自己的事。

大家知道司汤达始终逃避这条准则,对描写零敲碎打,几乎一贯把尚存的描写纳入人物行动或幻想的前景中;但司汤达的立场在这里和在别处都是次要的,没有产生直接的影响。如果要在现代小说中找到普鲁斯特式描写的榜样或先驱,那么应当更多地想到福楼拜。巴尔扎克类型的描写对福楼拜并非完全陌生,《包法利夫人》第二部开头对永镇的描绘便可见一斑;但大多数情况下,甚至在具有一定规模的描写段落中,文本的整体运动受一个(或多个)人物的活动或目光的支配,其进展与行程的时距相合(爱玛发现托斯特的房子,弗雷德里克与罗莎奈特在林中漫步),或与静止观赏的时距相合(托斯特花园景象,沃比萨尔镶彩色玻璃的亭子,卢昂景色)。

普鲁斯特叙事似乎把这个重合原则当作准则。大家知道主人公在一件物品(唐松维尔的山楂树,蒙儒万的水塘,于迪梅斯尼尔的树木,开花的苹果树,海景,等等)面前惊奇得停留良久的能力与作者本人的哪一个特有的习惯有关,物品之所以有勾魂摄魄的威力,是因为存在一个未曾泄露的秘密,存在着仍然捉摸不透但一再传递的信息,存在着最终顿悟的朦胧的构想和隐晦的许诺。驻足凝望的时间一般不会超过(哪怕很慢的)阅读"详述"它的文本的时间,如盖尔芒特公爵家的埃尔斯蒂尔的藏画,对它的追述不到 4 页, 但马塞尔事后发现他在画前停留了三刻钟, 这当儿饿得要命的公爵劝几位尊敬的客人, 其中有帕尔马王妃, 耐心等待。事实上, 普鲁斯特的"描写"与其说是对被凝视物品的描写, 不如说是对凝视者的感知活动、印象、一步步的发现、距离与角度的变化、错误与更正、热情与失望等的叙述和分析。这实在是非常积极的凝望, 包含着"整整一个故事"。普鲁斯特的描写所讲述的正是这个故事。若把写埃尔斯蒂尔的巴尔贝克海景画的那几页再读一遍, 就会看到其中充斥的字眼指的不是埃尔斯蒂尔的画如何, 而是它"再创造"的"视错觉", 以及它时而产生时而消除的骗人印象: 似乎、看来、看上去像、仿佛、感到、好像、想到、明白、看到又出现、在阳光普照的田间奔跑等等。美学活动在此并不可靠, 但这一特点并不仅仅取决于印象派画家给人以假象的"隐喻"。同样的感知工作、同样的战斗或游戏, 带着表象又出现在任何一个物品或景色前。下面是(十分)年轻的马塞尔与莱奥妮姑妈的一把干椴树叶的较量: "仿佛一位画家, 叶子看上去像最不协调的东西, 但是千百个细节使我快活地明白这确是真正的椴树叶梗, 我辨认出来, 粉红的光泽告诉我这些花瓣确是……"这是观看、戳穿伪装、辨明真正同一性的一整套早期艺术教育, 给这个(反复性)描写一个充实的故事时距。在于贝尔·罗贝尔的水柱前有同样的分辨工作, 下面转载描写的全文, 只着重标出表明场景时距和主人公活动的字眼, 一个非但不取消, 反而成倍增加主人公存在的假概括性无人称代词(有点像布里肖的"人们")在此遮掩了他的活动：

　　在挺拔的树木围成的林间空地上，好几株树与竖立在一边的它同样古老，人们远远瞥见它，细长，不动，硬化，只任微风吹动苍白而簌簌发抖的羽冠那更加轻柔的下垂物。18世纪使它的线条变得优雅，但固定水柱的式样似乎扼止了它的生命；在这个距离，人们与其说对水有感觉，不如说对艺术有印象。永不休止地在顶端堆积的湿云，如同聚集在凡尔赛宫上空的云彩，保留着时代的特征。靠近些，人们发觉这水如同古老宫殿的石头一样，遵循事先勾画好的图案，但它常换常新，奔突着，想服从建筑师原有的布局，看上去在违抗的时候，布局才得到严格执行，只有上千个分散的跳跃可以远远地给人独柱喷射的印象，事实上它和纷纷洒落的水珠一样经常被打断，而远远地，我觉得它不可弯曲，密密匝匝连续不断，没有空隙。再近些，人们看到，水柱原本会被打断的地方，另一条平行的水柱插进来，从侧面升起，在第一个水柱上升的各个点上保证了表面上完全呈线状的连续性，而这平行的水柱比第一个升得更高，在这已令它疲惫的更高的地方，又被第三个接替。近处，无力的水珠从水柱上落下，一路上与升高的"姐妹们"擦肩而过，有时，水珠被扯碎，卷进被不停顿的喷涌搅动的空气涡流中，飘飘悠悠，然后倾泻到水池里。水珠的凝滞、反方向的流动妨碍并以柔软的水汽模糊了水柱的直度,缓和了它的张力,在上方托起一片椭圆形的云,它由千百个小水点组成,但好像被染成金褐色,它一成不变,它朝上升,不可摧毁,平静而又迅速地往上冲,加入到天上的云彩里。可惜,一阵风足以把水柱斜吹到地面,有时甚至有一条不听话的普通水柱分了岔,如果不与它保持相当距离,不谨慎的观望人群会给淋得透湿。

在盖尔芒特午后聚会时仍可见到这种情境,但大大得到扩展,至少前30页建立在整个"圈子"的老化使主人公不得不进行的辨认和识别活动的基础上。乍一看这30页纯粹是描写:十年别离后盖尔芒特沙龙的景象。其实不如说它是叙事:从一个人到另一个人(或从一些人到另一些人),主人公每次都得作出努力——有时毫无成效——以认出这个小老头就是夏泰勒罗公爵,从胡子上认出德·阿尔让库先生,因年高变得庄重的德·阿格里让特亲王,老上校是……小伯爵,布洛克老爹是布洛克,等等。每次相遇都让人看到"使(他)在三四个人之间委决不下的思想活动",识别工作更令人心慌意乱:"的确,'辨认'某个人,认不出但还要叫出他的名字,这等于在一个名称之下思考两件互相矛盾的事,承认原先在这儿的、现在回想起来的那个人不再存在,如今在这儿的人原先并不认识;这等于必须设想一个几乎与死亡的奥秘同样令人心慌意乱的奥秘,而且这奥秘有如死亡的序幕和预兆。"痛苦的替代,例如必须在巴尔贝克教堂前用现实来替代想象:"我的精神……吃惊地看到它雕刻了一千次的塑像,现在还原为它自己的石头表象",艺术品"和教堂一样变了形态,成为一个石头小老太婆,我可以测出她的身高,数出她的皱纹"。相反,对比贡布雷的回忆和威尼斯的风光是令人欣悦的并列,"相似的印象……但依照完全不同、更加丰富的方式调换了位置"。最后,从巴黎到巴尔贝克的火车上,从车厢对面两扇车窗轮流瞥见的"日出景色"的片段艰难的、近乎杂技般的并列,它迫使主人公"从一扇窗跑到另一扇窗,把组成(他的)鲜红易变的美丽清晨的那些断断续续和彼此相对的断片拼在一起,裱糊起来,得到一个完整的风景,一幅连续的画卷"。

可以看出,普鲁斯特的凝望既不是瞬间的闪光(如模糊回忆),也不是一时被动的、闲适的出神:它是精神的、常常也是体力的紧张活动,总之对它的叙述是一个一般的叙事。由此必然得出结论,即普鲁斯特的描写被吸收为叙述,其中不存在第二个标准运动类型——描写停顿类型,道理很明显:描写绝非叙事的停顿。

省略

普鲁斯特叙事的图表中没有概要叙事,没有描写停顿,只剩下两个传统性的运动:场景和省略。在细察普鲁斯特式场景的时间体系和功能以前，让我们就省略先讲几句。这里显然指的是狭义的省略，或时间省略，那些侧面遗漏被搁置一边，我们准备为其取一个省叙的名称。

从时间观点看，对省略的分析归结为对被省略故事时间的分析，头一个问题就是看是否指明了该时距（确定省略或非确定省略）。在"吉尔贝特"的结尾和"巴尔贝克"的开头之间，有一个明确限定为两年的省略——"两年后与祖母动身去巴尔贝克时，我对吉尔贝特几乎完全失去了兴趣"；反之，大家记得，主人公住疗养院的两个省略（几乎）都未加限定（"漫长的年份""许多年"），分析家不得不作往往很困难的推论。

从形式观点看，可以分出：

1. 明确省略，如我刚刚援引的例子，或说明省略的时间（确定或非确定），这样的省略被看作非常简练的概述，如"几年过去了"，这个说明构成作为不完全等于零的文本段的省略；或完全省略（省略文本等于零），并说明到叙事重新开始过去了多长时间，如刚才举过的"两年后"的类型；这种形式显然是更严格的省略，虽然它也是明确的，并且不一定更短暂，但是文本以更相似、更"形象"（皮尔斯[1]、雅各布森[2]的主张）的方式模仿了叙述的空白感、缺陷感。这两种形式中，任何一种都可以在纯时间的说明

---

① 皮尔斯（Charles Sanders Peirce，1839—1914），美国哲学家、逻辑学家。

② 雅各布森（Roman Jakobsen，1896—1982），俄裔美国语言学家。

中增加故事内容的信息,诸如"几年的幸福过去了"或"几年的幸福后"。这些修饰省略是小说叙述的手法之一,司汤达在《帕尔马修道院》中提供了一个令人难忘又天真地自相矛盾的例子,在法布里斯和克莱莉娅夜间重逢之后,"在此,请允许我们不说一句话,略过一段三年的时光(……)这三年神仙般的幸福之后……"再补充一句,否定修饰也是一种修饰,菲尔丁带点夸张地自诩第一个变换了叙事的节奏,省略了情节的停顿,跳过汤姆·琼斯一生的十二个年头,推说这段时期"没有任何(他)认为值得写进故事里的东西";大家知道司汤达多么欣赏并效仿这种洒脱的方式。《追忆》中把战争插曲夹在中间的两个省略显然是修饰省略,因为我们得知马塞尔在疗养院里度过这些年,病未治好,他也没有动笔写作。"巴尔贝克Ⅰ"开场的省略尽管是回顾,但差不多与前一个相同,因为说"两年后……我对吉尔贝特几乎完全失去了兴趣",等于说"两年当中,我渐渐与吉尔贝特疏远了"。

　　2. 暗含省略,即文本中没有声明其存在、读者只能通过某个年代的空白或叙述中断推论出来的省略。《在少女花影下》的结尾和《盖尔芒特家那边》的开头之间流逝的未确定时间便属此例;我们知道马塞尔回到了巴黎,重新回到他"原来的天花板很低的房间",我们又看见他在附属于盖尔芒特公馆的一套新房间里,这意味着至少省略了几天,也许还长得多。祖母去世后的几个月也在此列,但更令人为难。这是完全静默无声的省略,祖母辞世很可能发生在初夏；叙述是这样重新开始的："虽然这只是秋天的一个礼拜日……"省略靠这个日期表面上确定下来，但极不精确，后来变得十分含混；它尤其不带修饰语，而且将一直如此：即使通过回顾，我们对主人公这几个月的生活将永远一无所知。也许这是整部《追忆》中最深沉的静默，如果想到祖母的死大部分是作者母亲之死的移植，这种缄默想必是意味深长的。

3. 最后，省略最暗含的形式是纯假设省略，它的时间无法确定，有时甚至无处安置，事后才被倒叙透露出来，如我们在上一章遇到过的倒叙：到德国、阿尔卑斯山、荷兰旅行，服兵役。显然这已到叙事协调一致的边界，因此也到了时间分析有效性的界线。但是指出界线并非分析方法最无益的任务；顺便说说，按照传统叙事的标准研究《追忆》这样的作品，其主要理由或许正是为了精确地确定这样的作品在哪些地方有意无意超越了这些标准。

场景

倘若考虑到省略无论数目有多少、省略力有多大，基本上不占文本任何篇幅这个事实，我们准会得出以下结论：普鲁斯特叙述的全部文本可以确定为时间意义上的场景，在此我们从时间意义上给这个词下定义，某些场景的反复性暂且撇开不谈。传统的概要/场景的交替结束了，我们以后将看到它被另一种交替所取代。但现在就必须指出功能的变化,它无论如何会改变场景的结构作用。

在《追忆》之前的小说叙事中,详尽场景和概要叙事之间的运动对立几乎总关系到戏剧和非戏剧内容的对立,根据菲尔丁阐述的原则,情节的强拍与叙事最紧张的时刻重合,弱拍却似乎从远处用粗线条加以概括。在《包法利夫人》中仍觉察得到的小说准则的真正节奏,是具有期待和联络功能的非戏剧概要,与在情节中起决定性作用的戏剧场景的交替。

在《追忆》的几个场景中仍可看出这种地位,如"就寝悲剧"、蒙儒万的亵渎遗物、卡特莱兰之夜、夏吕斯对马塞尔的盛怒、祖母的去世、夏吕斯的被排斥,自然还有最终的顿悟(虽然这完全是内心的"行动"),这些场景全标志着实现命运过程中不可逆转的各个阶段。但显然这不是普鲁斯特最长、最典型的场景的功能,单单这五个大场面就占了 600 余页:维尔帕里西斯午后聚会、盖尔芒特晚宴、王妃家的晚宴、拉斯珀利埃尔的晚宴、盖尔芒特午后聚会。我们已经指出,每个场景都具有开端的价值,标志着主人公进入一个新地点(环境),代表以它开始的一系列将不作转述的类似场景:德·维尔帕里西斯夫人家和盖尔芒特圈子里的其他招待会、奥丽亚娜家的其他晚宴、王妃家的其他招待会、拉斯珀利埃尔的其他晚宴。这些社交活动是同一系列中的第一次,因而激起一旦熟悉后便立即减弱的好奇心,除去这个原因,这些活动中没有一个比在其之后,并以其为代表的同类活动值得予以更多的关注。与其说这些是戏剧场景,毋宁说是叙述或样板场景,其中情节(即使在普鲁斯特的领域中必须给予这个词十分宽广的含义)几乎整个让位于心理和社会的特征。

　　功能的改变引起时间结构十分明显的变化:先前的传统把场景变成情节集中、几乎完全摆脱描写或推论的累赘,更没有时间倒错干扰的场所,与此传统相反,普鲁斯特的场景,正如 J. P. 豪斯顿所指出,在小说中对各种附属信息和情况起"时间焦点"或磁极的作用,这些信息或情况几乎始终被各式各样的题外话扩大甚至充塞——回顾、提前、反复性和描写性插入语、叙述者的说教等等,它们全用来形成集叙,在作为借口的一场活动周围聚集起可以赋予它充分纵聚合价值的一堆事件和论述。对这五个大场景的十分概略的分析相当清楚地显示出这些因素的相对分量,它们位于被讲述的那场活动之外,但在主题上却是普鲁斯特所谓的"超级食物"的基本内容:在维尔帕里西斯午后聚会中,占 100 页中的 34 页;在盖尔芒特晚宴中,占 130 页中的 63 页;在盖尔芒特晚宴中,占 90 页中的 25 页,还有,在盖尔芒特最后一次午后聚会中,前 55 页主人公的内心独白与叙述者的理论陈述几乎难以觉察地糅在一起,其余的篇幅(我们在下文中将看到)主要按反复方式处理,比例颠倒过来,严格意义上的叙述时刻(180 页中不到 50 页)似乎从远离"场景"时间性,甚至一切叙述时间性的惯常标准的某种描写-推论的大杂烩中浮现出来,正如在《华尔兹舞曲》开头的节拍中透过模糊的节奏与和声听到的曲调片段。但这里的模糊一团不像拉威尔的乐章或《斯万家那边》的头几页那样是始动的,恰恰相反,在最后这个场景中,似乎叙述想在结束前逐渐解体,把它自身的消失的故意模糊不清和难以捉摸的混乱图景供大家观赏。

可以看出普鲁斯特叙事破坏了所有传统的叙述运动,小说叙述的整个节奏体系深深受到损害。现在我们还需要了解最后一个大概最有决定性的变化,它的出现与普及将给《追忆》的叙述时间性带来全新的韵律——一种确实闻所未闻的节奏。

三、频率

单一/反复

时至今日，小说评论家和理论家极少研究我所说的叙述频率，即叙事与故事间的频率关系（简言之：重复关系）。然而它是叙述时间性的主要方面之一，而且在普通语言中恰恰以语体范畴为语言学家们所熟知。

一件事不仅可以发生，而且可以再发生或重复，如：太阳天天升起。当然，多次出现的同一性严格说来是不可靠的：每天早上"升起"的"太阳"并不完全是同样的，正如费尔迪南·德·索绪尔心爱的"8时45分日内瓦—巴黎"列车每晚并非由挂同一个车头的同几节车厢组成①。"重复"事实上是思想的构筑，它

---

① 《普通语言学教程》，第151页。——原注

去除每次出现的特点,保留它与同类别其他次出现的共同点,是一种抽象:"太阳""早上""升起"。这是尽人皆知的,我之所以重提仅仅是为了一劳永逸地明确指出,一系列相似的、仅考虑其相似点的事件在这里将被称作"相同事件"或"同一事件的复现"。

对称而言,一个叙述句不仅产生,而且可以在同一个文本中再产生,重复一次或数次。我完全可以这样说和写:"皮埃尔昨晚来了,皮埃尔昨晚来了,皮埃尔昨晚来了。"同一和重复在此仍为抽象现象,在实际上(声音或文学),甚至理想上(语言),没有一次情况与其他次出现的情况完全相同,因为它们的共存和接续,把这三个陈述句分成第一句、下一句和最后一句。我们可以参考《普通语言学教程》中关于"同一问题"的著名段落,这是一个需要承受,而且我们将承受的新的抽象。

(故事的)被叙述事件和(叙事的)叙述陈述的"重复"能力之间有个关系体系,我们可以先验地把它归纳为四种潜在类型,它们由双方各自提供的两种可能性产生:重复或非重复事件,重复或非重复陈述。概略地说,无论何种叙事都可以讲述一次发生过一次的事,n 次发生过 n 次的事,n 次发生过一次的事,一次发生过 n 次的事。现在我们来详细谈谈这四种频率关系类型。

讲述一次发生过一次的事(可简化为一个假数学公式:1R/1H),即这种陈述句:"昨天,我睡得很早。"这种叙事形式显然是最常见的,其中叙述的特殊性与被叙述事件的特殊性相对应。由于它极为常见,表面上被看作极为"正常",因此至少在我国的语言中没有名称,不过为了表示这不过是多种可能性中的一种,我建议给它取个名字:今后我将称它为单一叙事,希望这个新词含义明显,有时我将在同一个术语含义上使用更简单的形容词"单数的"来形容单一场面或单数场面。

讲述 n 次发生过 n 次的事(nR/nH)即陈述句:"星期一,我睡得很早,星期二我睡得很早,星期三我睡得很早,等等。"从我们感兴趣的角度,即叙事与故事之间频率关系的角度看,这种头语重复的类型实际上仍是单一的,可归入上一类型,因为根据雅各布森称作"形象"的对应叙事的重复只与故事的重复相呼应。因此单一性的特征不是双方出现的次数,而是次数的相等。①

讲述 n 次发生过一次的事(nR/1H),即这种陈述句:"昨天我睡得很早,昨天我睡得很早,昨天我睡得很早,等等。"②这种形式看上去可能纯属假设,是组合能力不健全的后果,与文学毫无关联。不过需指出某些现代作品以叙事的这种重复能力为依据,比方说我们可以想到《嫉妒》(La Jalousie)中千足虫之死的复现插曲。另一方面,同一事件可以讲述好几次,不仅文体上有变异,如罗伯-格里耶的作品中通常发生的情况,而且"视点"有

---

① 就是说公式 nR/nH 同样说明前两种类型,假设往往 n=1。其实这种划分方式没有考虑到第五种可能的关系(不过我没找到例子),其中发生过好几次的事将讲述好几次,但次数不同(或大或小):nR/nH。——原注

② 带或不带文体变异,如:"昨天我睡得很早,昨天我睡得很早,昨天我早早上床,等等。"——原注

变化,如《罗生门》或《喧哗与骚动》。18世纪的书简体小说中已
有这类对照,我们在第一章遇到的"重复"时间倒错(预告和回
想)自然属于这个叙述类型,它的实现方式多少有些短暂。我们
也应想到(这并不像人们以为的那样与文学功能毫不相干)孩子
们喜欢听人给他们讲几遍,甚至连续讲几遍同一个故事,或念同
一本书,而这不完全是孩童特有的喜好。下文中,我们将比较详
细地研究以惯常叙事的一个典型例子收尾的"贡布雷周六午餐"
的场景。在这种类型的叙事中,陈述的复现不与任何事件的复
现相对应,我当然称它为重复叙事。

最后,讲述一次(或不如说用一次讲述)发生过几次的事
(1R/nH)。让我们回到第二种类型或头语重复式单一型:"星期
一我睡得很早,星期二……"显而易见,故事中出现这类重复现
象时,叙事根本不必在话语中重现它们,仿佛它不能做任何抽象
和综合努力似的。其实,除非有意达到某种文体效果,哪怕最粗
糙的叙事在这种情况下也会找到一种集叙格式,诸如"每天",
"每周",或"一周的每一天我都睡得很早"。大家至少知道《追
忆》是怎样变换这类措辞的。这种叙事类型,我们将称为反复叙
事,其中一次叙述从整体上承受同一事件的好几次出现(即仅从
相同点考虑好几个事件)。这是表达方式多种多样的十分常见、
可能很普遍或近乎普遍的语言手段[1],语法学家们熟悉它,给它

---

① 如英语动词的"反复"形式,或法语的重复性未完成过去时。——原注

定了名称。相反它的文学价值似乎至今未引起多少注意。然而它完全是一种传统形式，从荷马史诗起，在古典和现代小说的历史上都能找到例证。

但在从古典叙事直至巴尔扎克的作品中，反复段几乎总在功能上从属于单一场景，充作提供信息的环境或背景，其方式在《欧也妮·葛朗台》中有较好的说明，葛朗台家日常生活的开场画面不过为严格意义上的叙事的开场作了准备："1819 年，11 月中旬某一天傍晚时分，长脚拿侬才第一次生火……"反复叙事的传统功能与描写相近，而且与描写有密切的关系，例如"精神肖像"是描写体裁的一个种类，通常（请看拉布吕埃尔的作品）把一些反复性特征聚到一起。与描写一样，反复叙事在传统小说中服务于"严格意义上的"叙事，即单一叙事。第一个着手使它摆脱功能从属地位的小说家当然是福楼拜，在《包法利夫人》中，讲述爱玛在修道院寄宿学校，沃比萨尔舞会前后在托斯特的生活，或星期四在卢昂与雷翁幽会的段落，其中的幅度与自主性是非同寻常的。但在文本的长度、主题的重大和技巧构思的程度上，似乎没有一部小说作品对反复的运用堪与普鲁斯特在《追忆》中的运用媲美。

《追忆》的前三个大段，即"贡布雷""斯万的爱情"和"吉尔贝特"（《地名之名》以及《斯万夫人周围》），基本上可以毫不夸张地看成是反复性的段落。除了几个情节上十分重要的单一场景外,如斯万的来访,与穿粉红衣太太的邂逅,勒格朗丹插曲,蒙儒万亵渎遗物,公爵夫人在教堂的出现,在马尔丹维尔钟楼的漫步,"贡布雷"的文本用重复性未完成过去时讲述了不是一次发生,而是通常、惯常、每天、每星期天、每星期六等在贡布雷发生的事。斯万与奥黛特爱情的叙事仍主要用这种习惯与重复的方式进行(重要例外:两次维尔迪兰晚宴、卡特莱兰一幕、圣厄维特音乐会),马塞尔与吉尔贝特爱情的叙事也同样如此(主要单一场景:贝尔玛、与贝戈特的晚餐)。从粗略的统计中看出(精确在此毫无意义)反复与单一在页数上相比为:"贡布雷"115/70,"斯万的爱情"91/103,"吉尔贝特"145/113,这三段的总和约为350/285。从第一次旅居巴尔贝克开始才建立起(或重建起,如果考虑到传统叙事中的比例①)单一的主导地位。直到最后还有许多反复段,如《在少女花影下》中在巴尔贝克与德·维尔帕里西斯夫人的散步、《盖尔芒特家那边》开头主人公为了每天早晨碰到公爵夫人所耍的手腕、冬西埃尔的景象、乘拉斯珀利埃尔小火车的旅行、与阿尔贝蒂娜在巴黎的生活、威尼斯漫步。

还需注意到单数场景内部的反复性段落,如公爵夫人家晚宴之始关于盖尔芒特精神的那一长段题外话。反复段覆盖的时间场显然大大超出它插入的场景的时间场,可以说反复朝外时

---

① 需作大量统计才可得出精确的比例;不过反复在其中的比例很可能远远达不到 10%。——原注

距开了一扇窗。我们将称这类题外话为推广反复或外反复。在单数场景中朝反复过渡是另一种类型,但不大常见,它以反复的方式部分地处理场景的时距,用组成这个场景的事件的某种纵聚合排列进行综合。夏吕斯和朱皮安相遇的段落是这种处理方式的明显例子,虽则它涉及的时距必然很短暂,在这段中男爵"不时"抬起眼睛朝做背心的裁缝投去关注的目光:"德·夏吕斯先生每一次望朱皮安,都想办法使他的目光伴随着一句话……每隔两分钟,似乎向朱皮安紧迫地提出同一个问题……"在这里,精确得夸张的频率说明证实了动作的反复性。《重现的时光》的最后一个场景几乎自始至终用反复方式处理,其中可以找到同样的效果,但范围要大得多;与其说这是按王妃家招待会上发生事件的顺序——支配文本写作的顺序——所作的历时性展示,不如说是某些出现类别的列举,每个类别把事实上分散于"午后聚会"中的好几件事综合起来:"在好几位(客人)身上,我终于认出……与这些人形成对比,我和一些男男女女交谈感到意外,他们……有些男人一瘸一拐……有些面孔……似乎嘟哝着临终者的祈祷……女人的白发给人留下深刻印象……对老人而言……有些男人,我知道是……的亲戚……太漂亮的女子……太丑的女人……有些男人,有些女人……甚至男人……不止一个人……有时……但对其他人来说,等等。"我把这第二种类型称作内反复或综合反复,因为反复集叙涉及的不是更大的外时距,而是场景本身的时距。

　　同一个场景可以包含两种类型的集叙。在盖尔芒特午后聚会上，马塞尔以外反复方式追述公爵与奥黛特的恋爱关系："他总在她家……他与她共度白天和夜晚……他让她接待朋友……有时穿粉红衣的太太叽里呱啦地打断他的话……况且奥黛特欺骗德·盖尔芒特先生……"显然反复在此概括了奥黛特与巴森好几个月，甚至好几年的关系，时距比盖尔芒特午后聚会要大得多。但有时两种类型的反复混在一起使读者无法区分或分辨。在盖尔芒特家晚宴的场景中，第534页的开头有一个毫不含混的内反复："我说不清在这次晚宴上听到过多少遍表兄妹的字眼。"下一句仍是反复句，但涉及的时距更大："一方面，德·盖尔芒特先生几乎听到每个名字时都嚷道（当然是在晚宴上，但也许更经常）：'他不是奥丽亚娜的表兄吗！'"第三句也许把我们带回到场景时距："另一方面，土耳其大使夫人……使用表兄妹这个字眼别有用意，她在晚宴后来了。"下文明显是场景之外的反复，因为接下去是对大使夫人的概括描绘："她怀抱在社交界成功的野心，而且确有吸收知识的能力，学习'万人军撤退'①的历史和鸟类的性反常同样不费力气……再说听信这个女人十分危

---

① 指波斯阿契美尼德王朝的王子小居鲁士为争夺王位于进军途中被杀后（公元前401年），他的万名希腊雇佣军横穿小亚细亚的撤退。领导此次撤退的希腊作家、哲学家和政治家色诺芬（公元前430—前355）在《远征记》中作了记述。

险……那时候,很少有人接待她……"结果叙事回到公爵与大使夫人的谈话时,我们不知道是这次谈话(在这次晚宴上)还是别的谈话:"她希望完全像个上流社会的人物,并列举了极少被接待的朋友中间的名人。德·盖尔芒特先生以为这些人常到他家吃饭,为有这么多熟人高兴得手舞足蹈,发出一声联络亲朋的呐喊:这不是奥丽亚娜的表兄吗!"同样,在一页之后,普鲁斯特强加在公爵与德·博塞尔弗依关于家谱的谈话中的反复手法取消了盖尔芒特家的第一次晚宴——现时场景的对象——和从它开始的一系列晚宴之间的一切界线。

在普鲁斯特的作品中,单一场景避免不了反复的影响。这种方式,或不如说这种叙述语体的重要性由于我将称作假反复的极富特征的存在更得到加强,这些场景尤其因为用未完成过去时撰写而呈现出反复性,但细节的丰富与精确使任何读者都不会当真以为这些场景好几次产生和再次产生而无任何变化,如莱奥妮与弗朗索瓦丝(每星期天在贡布雷!)、斯万与奥黛特、在巴尔贝克与德·维尔帕里西斯夫人、在巴黎斯万夫人家、在配膳室弗朗索瓦丝与"她的"男仆之间的某些长谈,或奥丽亚娜的文字游戏"高傲者塔坎"那一幕。在所有这些场合和其他一些情况中,单一场景除时间的使用外,好像不作任何更改地随意转换为反复场景。显然这是一条文学惯例,我想说是叙述上的破格,正如人们说诗歌上的破格,这要求读者大大通融,或者按照柯尔律治①的话说，"有意中止怀疑"。这条惯例由来已久，我随便指出《欧也妮·葛朗台》的一个例子（葛朗台太太与丈夫的对话，加里埃版，第 205—206 页），《吕西安·勒万》的另一个例子（第 1 部第 7 章中勒万与戈蒂耶的谈话），同样，《堂吉诃德》的例子，如《埃什特拉马杜拉的妒忌者》中老卡里萨斯的独白，塞万提斯告诉我们这个独白作了"不是一次，而是一百次"，读者自然把这理解为夸张，不仅在数量上夸张，而且好几个大致相似的内心独白（这一个可说是样本）的完全相同的提法也是夸张；总之，假反复在古典叙事中构成典型的叙述修辞格，它不要求从字面上理解，恰恰相反，叙事在字面上肯定"这事每天发生"，暗示的转义为："每天都发生这类事，这一件只是其中之一"。

　　从普鲁斯特作品中挑出的这几个假反复的例子显然可用此方式处理，不过我认为尤其与已经指出的反复的一般长度作比照，它们的规模不允许做这种简化。在普氏作品中假反复惯例不以古典叙事中的故意和纯比喻的方式发挥作用，而在普氏叙事中确有本身特有的、十分鲜明的反复膨胀倾向，对此倾向应从不可能存在的字面意义去理解。

　　普鲁斯特的三四次疏忽或许提供了最好的（尽管自相矛盾的）证据，他在被视为反复的场景中间遗留下必定为单一性的简单过去时："'我吃饭时还会碰上这事！'她低声在心里补了一

――――――――――

① 柯勒律治（1772—1834），英国诗人，文艺评论家。

句……听到维尼的名字,(德·维尔帕里西斯夫人)笑起来……
'公爵夫人大概和这一切结了缘',弗朗索瓦丝说……"——或使
反复场景与明确的单数后果连接,如《在少女花影下》中大家从
戈达尔夫人口中得知在奥黛特的每个"星期三",主人公"一上
来,一开始"就征服了"维尔迪兰夫人",这意味着这个行动具有
与它的性质完全相左的重复和更新能力。从表面的不经意中大
概可以看出第一次用单一方式撰写的痕迹,普鲁斯特可能忘记
或忽略了某些动词的变换,但我认为把这些笔误看成标记更有
道理:有时作家会"经历"这样的场面,感受之强烈使他忘记区分
语体,并排除古典小说家自觉使用纯约定辞格的坚决态度。我
觉得这些混乱不如说表明了普鲁斯特对反复的陶醉。

　　把这个特征与普鲁斯特心理的主要特点之一挂起钩来颇具
吸引力,这个特点就是习惯与重复的强烈意识,不同时刻间的相
似感。叙事的反复性并不总像"贡布雷"的情况那样,以莱奥妮
姑妈那种外省小资产阶级生活确实一再重复、墨守成规的面貌
为依据:这个动机不适用于巴黎的环境和在巴尔贝克与威尼斯
的逗留。事实与人们常常倾向于认为的情况相反,普鲁斯特的
人物对不同时间的个性不敏感,却自发地对不同地点的个性很
敏感。在他笔下时间有相像和混合的强烈倾向,这种能力显然
是"非意愿性记忆"的经验的条件。他的空间敏感性的"单一性"

与时间敏感性的"反复性"之间的对立明显地表现在《斯万家那边》中他谈起盖尔芒特景色的一句话里,这景色,"有时,夜里在睡梦中,它的个性以近乎神奇的力量吸摄我":地点的个性,时刻不确定的、可以说间歇的("有时")循环性。在下面列举的《女囚》的一个片段中,一个真实早晨的特殊性消失了,代之以由它引起和代表的"理想早晨":"……由于拒绝用感官体味这个早晨,我在想象中享受所有过去的或可能有的相同早晨,更确切地说某种类型的早晨,所有同类的早晨只是它的断断续续的出现,很快被我辨认出来;因为大风自动地吹动书页,我面前当日的福音书,正好翻到我要看的地方,使我可以在床上读下去。这个理想的早晨用不变的、与所有类似的早晨一样的现实填满我的头脑,把喜悦传送给我……"

但是仅仅复现还不能说明最严格、看上去最令理智满意或最能缓和普鲁斯特敏感性的反复的特征,反复还必须有规律,服从频率法则,而且这个法则必须能够觉察和表达,因而可以预料其效果。第一次旅居巴尔贝克期间,当马塞尔尚未变成"小帮派"的知己时,他拿这些他不了解其习惯的少女与他熟悉的海滨小女商贩作对照,他对女商贩们有充分的了解,知道"在何处,在何时可以找到她们"。相反,表面上不确定的"某些日子",见不到少女们:

　　　他不知道见不到她们的原因,寻思着它是不是固定的,是否每隔两天，在什么样的天气时才见到她们，是否有些日子根本见不着。我事先设想与她们交了朋友，对她们说："你们那天没来吧？"——"啊！对了，因为那天是星期六，星期六我们从不来，因为……"凄凉的星期六，没有必要拼命寻找，纵然跑遍海滨，坐在糕点铺的橱窗前，佯装吃块奶油糖面小点心，走进古玩店，等着洗澡的时间，音乐会，涨潮，日落，夜晚，也见不到一心想望的那一小帮人！知道这些倒还简单，但倒霉的日子也许并非每周一次。也许不一定是星期六。说不定某些气候条件对它有影响，或者与它毫不相干。对这些未知世界表面上不规则的运动要汇聚多少耐心然而并不从容的观察，才能肯定没有受到巧合的愚弄，我们的预见将不会落空，然后以残酷的经验为代价得出这富于情感的天文学的确定法则！

我标出了在对复现法则的焦虑寻找中所找到的一些最明显的标记，稍后我们还会回想起其中的一些标记：每周一次，每隔两天，在什么样的天气时。目前我们要指出最有力的、表面看来也许最武断的标记：星期六。它使我们毫不迟疑地参阅《斯万家那边》中表述星期六特性的一个片段。在贡布雷，这一天要提前一小时吃午饭，让弗朗索瓦丝下午有时间去卢森维尔市场；对习惯"每周违背一次"本身显然是一种二度习惯，是"定期始终重复自身、只在均一性中引入次要均一性的"变动之一，莱奥妮和她的一家人像坚持"其他习惯一样"坚持它,尤其因为星期六有规律的"不对称"与星期日恰恰相反,特殊而别具一格,为主人公的家庭所专有,对别的家庭几乎不可思议。因而事件具有"公民的""民族的""爱国的""沙文主义的"性质,处在礼仪的氛围之中。但是该篇最大的特点也许是下述想法,即这个习惯变成"交谈,说笑,最受任意夸张的叙事喜爱的主题……本可成为一组神话现成的核心,如果我们当中某个人有史诗头脑的话":从礼仪到解释性或诠释性神话的传统过渡。《追忆》的读者很清楚在这一家人中谁有"史诗头脑",他有一天会写"一组神话",然而最重要的是叙述灵感与重复性事件,即在某种意义上不存在的事件之间自发地建立起联系。可以说一种使命降临了,它就是反复叙事。但这还没有完,一个"外人"的来访有一次(或许数次,但肯定次数不多,不是每星期六)稍稍违犯(因而证实)了惯例,一家人这样早进餐使他愣住了,家长和传统的卫道士回答他说:"今天不是星期六嘛!"这件不合规则的、或许是个别的事立即以弗朗索瓦丝叙事的形式纳入习惯,从此大概每个星期六都要毕恭毕敬地重复该叙事,以使大家满意:"……为了增加体验到的乐趣,她抻长对话,编造来访者的答话,而这'星期六'对他不说明任何问题。我们非但不抱怨她添枝加叶,还嫌这样不够,我们说:'我觉得他还说了别的话哩。你第一次讲得更长。'我的姑婆也放下活计,抬起头,从夹鼻眼镜上面朝外望。"其实这是"史诗"天才的第一个表现。叙述者只需像对待其他因素一样处理安息日礼仪这一因素,就是说用反复方式,以便顺着不可抵御的程序把偏离的事件(容我冒昧地说)反复化:单一事件—重复叙述—(该叙述的)反复叙事。马塞尔(用)一次讲述弗朗索瓦丝过去常常讲述的想必只发生过一次的事,或者把一件独一无二的事变成反复叙事的对象。

限定、说明、延伸度

任何反复叙事都是在一个由某些单数单位组成的反复系列中发生和再发生的事件的综合叙述。假设序列是:1890 年夏季的星期日。它由十二个实际单位组成,首先被它的历时性界限(1890 年 6 月底至 9 月底)确定,然后被其组成单位的复现节奏确定:每隔七天。我们将把第一个特征称作限定,第二个称作说明。最后,每个组成单位和被组成的综合单位的历时性幅度将被叫作延伸度,这样,夏季一个星期天的叙事涉及的综合时距可以是 24 小时,也完全可以缩减为("贡布雷"的情况)10 小时:从日出到日落。

限定。一个系列的历时性界限可以被不明确地指出,尤其当复现差不多可以视为无限的时候:如果我说"太阳每天早晨升起",那么想明确自何时始至何时终是十分可笑的。小说叙述的事件显然固定性较小,因而其中的系列一般通过指明起止时间来限定。但这个限定完全可以是非确定的,如普鲁斯特写道:"从某一年开始,人们不再单独遇见(凡特依小姐)。"有时它或由一个绝对日期确定:"当春天临近……我常常看见(斯万夫人)身着裘皮接待客人……"或(更经常)参照一个单个事件确定。如斯万与维尔迪兰夫妇绝交结束了一个系列(斯万与奥黛特在维尔迪兰家的会面),同时又开始了另一个系列(维尔迪兰夫妇阻止斯万与奥黛特相爱):"于是斯万与奥黛特欢聚的这间客厅成为他们约会的障碍。她不再像恋爱之初时那样和他讲话……"

　　说明。它也可以是非确定的,即没有有时、某些日子、经常之类的副词标明。相反它可用绝对方式确定(这是狭义的频率):每天、每个星期天等等,或用不规则然而表现出严格相伴法则的相反方式确定,如支配贡布雷散步的选择,天气变化无定的日子在梅塞格利斯那边,天气晴朗的日子在盖尔芒特那边。这些说明无论确定与否都是简单说明,或不如说我认为如此。还有一些复杂说明,其中两个(或多个)复现法则重叠在一起,既然反复单位可以嵌合,这总是可能的:假设简单说明每年五月和简单说明每星期六结合为复杂说明五月的每个星期六。大家知道"贡布雷"的一切反复说明(每天、每星期六、每星期日、每个天气好或天气坏的日子)被超级说明(每年复活节和十月份之间)和限定(在我童年的岁月)所左右。当然可以提出复杂得多的定义,如:"在我五岁和十五岁之间,不下雨的夏季星期天午后的每一个小时"。在花园读书时光流逝的段落大致由复现法则支配。

延伸度。一个反复单位可以有极小的时距而没有任何叙述延伸度，即"每晚我睡得很早"，或"每天早晨我的闹钟七点响"这样的陈述。这些可以说是点状反复。相反，不眠之夜或贡布雷的星期日这类反复单位幅度较大，可作为大加发挥的叙事的对象（在《追忆》的文本中分别为 6 页和 60 页）。正是在这里出现了反复叙事的特殊问题。的确，如果在这样的叙事中人们只想留下系列里所有单位共有的不变特征，就不得不像一成不变的时间表、像提纲那样干瘪无味，诸如"九时就寝，一小时阅读，几个小时失眠，拂晓入睡"，或者"九时起床，九时半早餐，十一时望弥撒，一时午餐，二至五时阅读，等等"。抽象显然与反复的综合性有关，但它不能满足叙述者和读者。这时反复系列的内部限定和说明提供的多样化（变化）手段便发挥作用，使叙事"具体化"。

正如我们隐约所见，限定的确不仅仅标出反复系列的外部界线，而且可以划分阶段，把系列分成亚系列。我说过斯万与维尔迪兰夫妇的断交结束了一个系列，又开始了另一个；但过渡到更大的单位时，可以说这一单个事件在"斯万与奥黛特会面"系列中决定了两个亚系列：断交前/断交后，每个亚系列如综合单位的一个变种发挥作用；在维尔迪兰家见面/在维尔迪兰家外面见面。更清楚地说，在贡布雷星期六午后的系列中，在阿道尔夫叔祖那里与穿粉红衣太太邂逅的插入可以视为内限定，邂逅的后果将是叔祖与马塞尔父母的不和,以及他的"休息室"的封闭;由此产生了这个简单的变化:在穿粉红衣太太之前,马塞尔的时间表中包括在叔祖室中的停留;在穿粉红衣太太之后,这个惯例消失了,男孩直接上楼回房。同样,斯万的来访将引起马塞尔爱情遐想的对象(或至少背景)的变化:来访前,在先前的读物的影响下,遐想的背景是贴着呈纺锤形垂于水面的紫花墙纸的墙壁;来访后,斯万披露了吉尔贝特与贝戈特的友好关系,这些遐想将浮现于"另外的背景上,一座哥特式大教堂的门前"(如吉尔贝特和贝戈特一起参观的教堂)。但是佩尔斯皮埃大夫提供的关于盖尔芒特花园的花与活水的信息已经改变了这些幻觉:色情-河流区域与盖尔芒特认同。它的女主人公以公爵夫人的容貌出现。这里爱情遐想的反复系列被三个单个事件(阅读、佩尔斯皮埃的信息、斯万的信息)细分为确定的四段:阅读前、阅读与佩尔斯皮埃之间、佩尔斯皮埃与斯万之间、斯万之后。每段构成一个变种:遐想时没有明确的背景/河流背景/与盖尔芒特认同的有公爵夫人的同一背景/有吉尔贝特和贝戈特的哥特式背景。但这个系列在贡布雷文本中被时间倒错体系搞得支离破碎:时间位置十分明显的第三段在 80 余页之后,在盖尔芒特那边散步时才提到。分析应当不顾文本的实际顺序,作为隐蔽深藏的一种结构恢复序列的原状。

　　但是不应根据内限定概念过快得出单个事件的插入总会引出反复系列的结论。我们将在下文中看到,事件可以是个简单的注释,或相反,是一个没有结果、不会带来任何变化的例外,如马尔丹维尔钟楼插曲,插曲后主人公将若无其事地("从不再想这一页")恢复先前无忧无虑、(看起来)精神上没有受益的散步习惯。因此在插入反复段的单一插曲中必须区分出有无限定功能的插曲。

除确定的内限定外,还有非确定的内限定,如已经遇到的类型:"从某一年开始……"在盖尔芒特那边的散步以文笔的简洁和表面的混乱提供了一个出色的例证:"接着,偶尔在盖尔芒特那边,有时我经过围着篱笆、开着一串串暗色花的小块潮湿土地。我停下来,以为获得了一个宝贵的概念,因为我觉得……"这确是一个内限定:从某个日期开始,在维沃纳河畔的散步包含了这个一直缺少的因素。文本的难点一部分由简单过去时反复的自相矛盾的存在造成("有时我经过"):虽然自相矛盾,但完全符合语法,正如《追忆》开头一句的反复性复合过去时,该词亦可写成简单过去时("有很长时间我睡得很早"),但不能写成未完成过去时,它在句法上的自主性不足以开始一个反复。同样的表达方式在别处出现于一个确定的限定之后:"一旦我们认识了这条老路,为了换一换,我们就从另一条横穿尚特皮和康特卢树林的路回来,如果去时没走过这条路的话。"

我再强调一遍,由内限定得到的变种仍具有反复性:有好几次哥特式背景的遐想,正如有好几次河流背景的遐想;但它们之间的关系是历时性的,因而是单一的,如同被一个独一无二的事件隔开：一个亚系列接在另一个之后。内限定把一个反复系列分成单一的段。相反，内说明是一种纯反复性的多样化手段，因为它不过把复现再分成两个有交替关系（必然是反复关系）的变种。这样，每天这个说明可以分成两半，它们的关系不是接续（如每天在某事件之前/之后），而是交替，副说明为每隔两天。确定在贡布雷散步的复现法则（表面上是除星期天外的每个下午）的好天气/坏天气的对立，其实是这个原则的一种不大严格的形式，我们在上文已经见过。大家知道"贡布雷"的大部分篇幅是依照这个内说明写就的，它支配着朝梅塞格利斯的散步/朝盖尔芒特的散步的交替："我们有个习惯，从不在同一天，一次朝两边散步，而是一次去梅塞格利斯那边，一次去盖尔芒特那边。"这是故事时间性中的交替，一段（134—165页）写梅塞格利斯那边，接着另一段（165—183页）写盖尔芒特那边，但我们已经看到，叙事的布局避免这种交替。《贡布雷》第二部分的全文（绕了小玛德莱娜蛋糕的圈子之后）大致是按这些反复性说明写的：①每星期天，48—134页（插入每星期六的题外话，110—115页）；②天气不可靠的每个工作日，135—165页；③天气好的每个工作日，165—183页。

上面讲的是确定说明。《追忆》中还有运用这类手段的其他情况，但却没有这样系统。反复叙事的确常常靠时而/时而这类非确定说明起承转合，虽然变化十分灵活多样，但都未离开反复方式。如主人公在盖尔芒特散步时对文学创作的苦恼分成两个类别(有时……但在别的时候),依赖父亲奇迹般的干预不再担心自己的前途,或者绝望地看到自己独自面对"思想的虚无"。根据"天气恶劣"的程度在梅塞格利斯散步的变化占据或不如说孕育了按下面的体系写作的三页篇幅:常常(暴风雨将临的天气)/在别的时候(散步中遇骤雨,在鲁森维尔树林中避雨)/也常常(在圣安德列-德尚教堂门廊下避雨)/有时(因天气变得太坏而回家)。这个体系比按行文顺序列举所表示的体系要复杂一些;因为变种 2 和 3 其实是同一门类(骤雨)的亚门类。真正的结构是:

1. 暴风雨将临、骤雨尚未到来的天气。

2. 骤雨——

　　　① 在树林里避雨,

　　　② 在门廊下避雨。

3. 最终变坏的天气。

但是仅靠内部说明的办法写作的最富特色的例子大概要算《在少女花影下》接近尾声时对阿尔贝蒂娜的描绘。大家知道它的主题为阿尔贝蒂娜面部的多样性,它象征着这位少女,最佳"稍纵即逝之人"的变幻不定和难以把握的性格。尽管普鲁斯特使用了"每一个阿尔贝蒂娜"的字眼,但无论描写如何多种多样,它没有把"每一个"变种当作个体,而是当作类型、出现的类别对待:有些日子/其他日子/别的时候/有时/常常/往往/偶尔/甚至有时……就像一套脸谱,这幅肖像集反复短语之大成:

阿尔贝蒂娜和她的女友们一样。有些日子,身材苗条,面色灰白,一脸不高兴,一种紫色的透明体斜降到眼底,如大海有时发生的情况,她似乎感到流亡者的忧伤。其他日子,更光滑的面孔把欲望粘在有光泽的表面,不让它们更外露;除非我突然看见她的侧影,因为她那无光泽的双颊好像表面涂了一层白蜡,内里透着粉红,叫人真想去亲吻,接触到这躲躲闪闪的不同面色。别的时候,幸福使双颊沐浴在闪烁不定的亮光中,皮肤变得流动而朦胧,好像让隐蔽的目光闪过,使它看上去与眼睛的颜色有别,但又同为肉质;有时,不由自主地,当人们注视她那张带小褐点的面孔,上面只浮动着两块更蓝的斑点,这脸就像一只金翅鸟的蛋,常常又像一块只在两处加工磨光的乳白色玛瑙,在褐色的石头中间,忽闪着一对眼睛,如同一只天蓝色蝴蝶的透明双翅,肉体在眼睛处变成镜子,使我们产生它比身体其余部分更让我们接近灵魂的错觉。但面孔往往更红润,因而更有生气;有时在她白皙的面庞上只有鼻尖是粉红的,鼻子细巧,像人们喜爱逗弄的一只奸诈的小猫;有时双颊那样光滑,脸上的玫瑰色脂粉看上去就像画上的一样,朝两边分开、浓密如云的黑发使脂粉显得更柔和、更内在;偶尔两颊的面色深得像仙客来发紫的玫瑰红;甚至有时,当她满脸通红或发热时,像某些红得发黑的玫瑰花那种深紫红,给人体弱多病的感觉,把我的欲望降低到更耽于肉欲,使她的目光流露出更反常、更不健康的东西;这每一个阿尔贝蒂娜都不相同,正如女舞蹈演员每次出场都不一样,随着聚光灯的千变万化变换着色彩、形体、性格。

当然,内限定和内说明两种手段可以在同一段中共同发挥作用。这在"贡布雷"里描写"两边"、提前追忆散步回程那一节开始的自然段落中表现得十分清楚和成功:

我们散步总回来得很早,以便在晚餐前去看看姑妈莱奥妮。初春天很短,我们走到圣灵街,房子的玻璃窗上仍闪着落日的反光,卡维尔树林深处还有一抹紫红,映照在更远的水塘里,这红色常常伴随着刺骨的寒气,使我联想到烤仔鸡的红色炉火,在散步带来充满诗意的乐趣之后,继之而来的将是贪吃美食、温暖和休憩的乐趣。夏季,正相反,我们回来时太阳还未落山,探望姑妈莱奥妮时,光线降低,触到窗户,在大窗帘和系绳之间被挡住,分隔,分叉,过滤,给五斗橱柠檬木镶上小金片,像在林下灌木丛中那样柔和地斜着照亮卧室。但是,某些难得有的日子,我们回来的时候,五斗橱早已失去了暂时的镶嵌饰,我们走到圣灵街时,玻璃窗上已没有任何落日的反光,卡维尔山脚下的水塘褪去了红色,有时它已成为乳白石色,长长一道月光越变越宽,横穿整个水塘,被一条条涟漪划出裂纹。

　　第一句"我们总回来得很早"提出一个绝对反复原则,在它内部通过内限定实现多样化:春季/夏季①,这个内限定支配后面的两个句子;最后,一个似乎同时涉及前两段的内说明引入第三个特殊(但并非单一)的变种:某些难得有的日子(看来是朝盖尔芒特散步的日子)。完整的反复体系按下面的示意图前后连接,这张图在文本表面均匀的连续性下显示出更复杂和更紊乱的等级结构:

$$
\text{回来} \atop \text{总很早}
\begin{cases}
\text{通常} \atop \text{较早}
\begin{cases}
\text{春季:黄昏}
\begin{cases}
\text{(零)} \\
\text{常常:寒冷}
\end{cases} \\
\text{夏季:太阳}
\end{cases} \\
\text{难得有} \atop \text{更晚:已经入夜}
\begin{cases}
\text{(零)} \\
\text{有时:乳白石色}
\end{cases}
\end{cases}
$$

　　人们或许有理由认为如此图解化表现不出这个段落的"美",但这并非它的意图。这里分析的不是用乔姆斯基的术语所称的"表层结构",或用叶姆斯列夫-格雷玛斯的术语所称的文体"表现"层面,而是"内在的"时间结构层面,这些结构给文本搭

---

① 本身是反复限定,因为每年重复一次。春/夏的对立在一年的范围内是纯限定,但如果纵观贡布雷的全部时间,它则变成限定与说明的混合体。——原注

起骨架,打好地基,没有它们,文本就不会存在(因为在此情况下,没有复原了的限定和说明体系,文本必然会平淡无奇地缩减为它的第一个句子)。而与通常一样,对基础的分析在连续意群宁静的水平层面下披露了选择与纵聚合关系的多变体系。如果分析的目的确是阐明文本存在(产生)的条件,那么正如俗话所说,就不能化复杂为简单,倒要让掌握简单秘诀的隐秘的复杂性露出真面目。

风景的照明与图形随时刻和季节变化的"印象主义"主题——普鲁斯特称作"时辰的多变景色"主题——还支配着巴尔贝克海景的反复性描写,特别是《在少女花影下》第 802—806 页的描写:"我从窗口看到的景象随着季节的推移而变化。首先天色大亮……不久白昼短了……几周后,我上楼时,太阳已经落山。和我在贡布雷散步回来,准备于晚餐前去厨房时在卡维尔山上方看到的一样,海的上空有一抹红霞……"继第一个限定引起的变化系列之后,接着是说明引起的另一个系列:"我被海的图像团团包围。但常常的确只是些图像……一次是日本木版画展览……一条船……那些晚上我更愉快,一艘船……有时大洋……另一天大海……而有时……"两页后写到抵达里弗贝尔的情景时用的是同一个样式,而且更接近贡布雷那一段的写法,虽然这一次并没有提到它:"最初,我们抵达时,太阳刚刚落山,但天还亮着……不久,我们下车时天完全黑了……"《女囚》中,在巴黎的变化形式可以说是听觉型的:清早钟声或街道喧嚷声

的细微差别告诉还躺在被窝里的马塞尔天气如何。始终不变的
是对气候变化的特别敏感,对室内温度计水银柱升降的几乎成
癖的关注(从隐喻上说,这是马塞尔从父亲那儿得到的遗传),在
此与我们有关的是时间与气象极有特点、极为丰富的联系,它把
法语 temps,我的意思是"temps"这个法语词(time/weather)①
的模糊性发展到最大限度,《欢乐与时日》的一个片段富于预兆
的标题"懊悔:时间的梦幻色彩"正是对这种模糊性的利用。时
辰、日子、季节的返回,宇宙运动的周而复始,既是最经常的样
式,又是我情愿称作普鲁斯特反复主义的最恰如其分的象征。

　　以上就是反复性多样化的手段(内限定和内说明)。这些手
段用尽后,还剩下两个办法,其共同点是拿单一为反复服务。我
们已经了解第一个办法,即假反复惯例。第二个不是辞格,它完
全一字不差并公开地引用一个单个事件,来诠释和证实一个反
复系列(就这样……),或相反作为刚定下的规则的例外(然而有
一次……)。《在少女花影下》的这一段是第一个功能的例子:
"有时(这是反复法则)这个或那个女子的亲切关注引起我很大
的震动,一时把对别人的欲望远远抛开。因此有一天,阿尔贝蒂
娜……(这是单数的诠释)。"马尔丹维尔钟楼插曲是第二个功能
的例子,这个插曲明明白白是对习惯的违背:通常,马塞尔散步
回来便忘了他有过的感受,也不试图了解其中的含义;"然而有

---

① 　英语:时间/天气。法语 temps 这个词既可作"时间",又可作"天气"解。

一次",他进了一步,立即写了一个描写片段,这是他的第一部作品和他的志趣的标记。《女囚》中山梅花风波的例外性更明显,它是这样开头的:"在我待在德·盖尔芒特夫人家久久不归的日子当中,我将把发生了一场小风波的那一天放到一边……"然后反复叙事这样接下去:"除去这唯一一场风波,我从公爵夫人家回来时一切正常"。因此,靠"有一次""有一天"等的作用,单一可以说也被纳入反复,不得不为它服务,从正面或反面说明它,或遵守规约,或违反规约——这是表现它的另一种方式。

内历时性和外历时性

我们至今认为反复单位关闭在自身的综合时距中,没有任何干预,实际历时性(从定义上讲是单一的)干预的目的只是标出构成系列的界限(限定),或使被构成单位的内容多样化(内限定),并不真正标出时间的流逝,使其陈旧过时,可以说,l'avant(前)与l'après(后)对我们只是单一词干的两个变种。其实,像失眠之夜这样由一个延续好几年的系列构成的反复单位,完全可以只按它本身从晚到早的连续性来讲述,丝毫用不着"外"时距,即第一个失眠之夜和最后一个之间的时日流逝进行干预;这个典型的夜晚在系列中将自始至终与自己相同,有变化而无演变。《斯万家那边》开头的段落确实就是这种情况,唯一的时间指示或属反复-交替类型(内说明):有时、抑或、偶尔、常常、时而……时而;或用于表示夜晚综合性的内时距,其进程支配着文本的进展:我的蜡烛刚一熄灭……半小时后……接着……立即……渐渐地……接着……对岁月的流逝如何改变这样的进程未作任何说明。

但反复叙事也可靠内限定的作用考虑实际的历时性,并把它纳入自身的时间进展中:比方在讲述贡布雷的星期天或贡布雷周围的散步这个单位时,同时考虑到在贡布雷度过几周的真实系列中时光的流逝(十余年)给它的进程带来什么变化。这些变化不被看成可以互换,而被看成不可逆转:死亡(莱奥妮、凡特依),绝交(阿道尔夫),主人公的成熟和衰老;新的兴趣(贝戈特),新的相识(布洛克、吉尔贝特、盖尔芒特公爵夫人),决定性经验(性欲的发现),使精神受创伤的场面("第一次认输"、蒙儒万的亵渎遗物)。于是必然提出内历时性(综合单位的历时性)和外历时性(实际系列的历时性)的关系问题,以及可能相互干扰的问题。《贡布雷》的第二部分中便出现了相互干扰,J. P. 豪斯顿因此认定叙事在日、季节、年这三个时距上同时向前发展。事情并不完全像这样清晰,这样有系统,但在写星期天的一段中,的确上午是复活节,下午和晚上却到了耶稣升天节,马塞尔在上午似乎的确忙着孩子的事,下午却忙于少年的事。两次散步,尤其朝梅塞格利斯的散步,以更明晰的方式在单个或惯常插曲的接续中考虑了月份在一年中的流逝(唐松维尔的丁香和开花的山楂树,鲁森维尔的秋雨),年份在主人公一生中的流逝,他在唐松维尔是个幼童,在梅塞格利斯是个受欲望折磨的少年,最后一个场面显然还要晚。我们已经指出公爵夫人在教堂的出现在朝盖尔芒特的散步中造成历时性的中断。在所有这些情况中,普鲁斯特依靠插曲的巧妙安排,以大致平行的方式处理内外历时性,没有公开脱离他作为叙事基础的反复时间。同样,斯万与奥黛特的爱情、马塞尔与吉尔贝特的爱情,将分反复性阶段进行,这些阶段以富于特色地使用"从那时起""从此""现在"等词为标志,整个故事没有处理成由因果关系连贯起来的一连串事件,而是不断互相替代、无联系可言的一系列状态。这里的反复不只是习惯,还是普鲁斯特的主人公(自始至终的斯万、顿悟前的马塞尔)经常的遗忘、没有感知人生的连续性和一个"时间"与另一个时间的关系的根本能力的时态(语体)。在马塞尔与吉尔贝特形影不离,变成她的"大红人"后,吉尔贝特向他指出自香榭丽舍大街玩捉人游戏的那个时期以来他们的友谊取得的进展,但马塞尔无法在心中复原已经过去、因而化为乌有的情境,他不能衡量这段距离,正如后来不能设想怎么有一天会爱上吉尔贝特,他想象不再爱她时的情景怎么与实际情况那样不同:"……她谈到一个变化,我不得不从外部去观察,但我内心并不拥有它,因为它由两个状态组成,我不能同时想到它们,除非二者不再泾渭分明。"同时考虑两个时刻,这对普鲁斯特的人物几乎始终等于认同和混淆二者:这个奇特的方程式便是反复的法则。

交替、过渡

一切似乎表明普鲁斯特叙事用以替代叙述综合形式的（古典小说的概要叙事，大家记得《追忆》中并不存在）是另一个综合形式，即反复：不再靠加速，而靠吸收和抽象综合。因此《追忆》叙事的节奏不像古典叙事取决于概要与场景的交替，而主要取决于另一种交替，即反复与单一的交替。

这个交替往往包括一个功能从属体系，我们的分析可以并应当指出它来，我们已经遇见过它的两个基本关系类型：具有描写或解释功能、从属于（一般插入）一个单一场景的反复段（例：在奥丽亚娜家晚宴中，盖尔芒特一家的精神）和具有阐明功能、从属于一个反复铺陈的单一场景（例：在盖尔芒特散步系列中，马尔丹维尔的钟楼）。但还存在更复杂的结构，比方一个单数逸闻阐明本身从属于单一场景的反复铺陈：阐明了盖尔芒特一家精神的玛蒂尔德王妃的招待会；或反之，从属于一个反复段的单一场景也要求一段反复插入语。我们已经看到，与穿粉红衣太太邂逅的插曲，在讲述了它对主人公在贡布雷的星期天的间接影响之后，开始详述马塞尔对戏剧和女演员怀有的青春热情，这段铺陈对于解释他为何突然拜访阿道尔夫叔祖不无必要。

但有时关系根本无法分析，甚至不能界定，叙事从一个方面转入另一个方面，不顾双方的功能，看上去甚至没有觉察到这些功能。罗贝尔·维涅龙（Robert Vigneron）在《斯万家那边》的第三部分遇到了这样的结果，他以为在他眼中的这"理不清的混乱"是由于格拉塞版第一卷单独出版的要求匆忙改写才造成的——为了把关于"今天"的布洛涅森林的精彩片段放在这一卷的结尾（即《斯万家那边》的结尾），并勉强与前面的文字衔接起来，普鲁斯特可能不得不大大改写了格拉塞版第 482—511 页的各个插曲的顺序。但这些增添的文字可能带来不少年代上的困难，普鲁斯特只能以时间"伪装"的代价来标明，而（反复性）未完成过去时将是粗略和笨拙的手段："为了掩饰这种年代和心理的混乱，作者努力把唯一的行动伪装成重复的行动，暗暗地给他的动词胡乱刷上未完成过去时的石灰浆。可惜，不仅某些行动的单一性使惯性重复变得不足为信，而且石灰浆下多处露出固执的确指过去时，暴露了骗人的把戏。"维涅龙以此解释为依据，通过假设复原了不幸被打乱的文本的"原始顺序"。大胆的复原，不可靠的解释。我们已经在《追忆》的几个部分中遇到了好几个假反复（的确是假反复）和不合规则的简单过去时的例子，但这些部分根本没有受到 1913 年强迫删节的影响，而且可以从《斯万》结尾部分找出的例子并非最出人意料。

　　让我们更仔细地看看备受维涅龙指责的一个段落：格拉塞版 486—489 页。这一段讲的是冬日香榭丽舍大街铺满白雪，不料下午出了太阳，马塞尔和弗朗索瓦丝临时安排了一次散步，但不抱遇见吉尔贝特的希望。正如维涅龙用另一种语言指出的那样,第一个自然段("直到这些日子……")是反复的,动词用重复性未完成过去时。"在下一个自然段,"维涅龙写道,("弗朗索瓦丝太冷了……")"未完成过去时和简单过去时无明显理由地一个接着一个,似乎作者不能最终选定一个视点,没能完成时态的转换"。为了让读者作出判断,我将按照 1913 年的版本援引这个自然段:

　　弗朗索瓦丝感觉太冷了,因为她站着不动,我们一直走到协和桥看结了冰的塞纳河,每个人,甚至孩子们都毫不畏惧地走近它,好像它是一头被抛到岸边的巨鲸,没有自卫能力,即将受到宰割。我们回到香榭丽舍大街:我在一动不动的木马和白色的草坪间受着痛苦的煎熬,草坪夹在纵横交错的小径中,小径的积雪已被清除,草坪上的塑像手握一根后添的冰凌,似乎说明了其动作。老妇人折起了《论战报》,向一位路过的保姆问钟点,她道谢说:"您真好!"然后求养路工把她的小孩子们叫回来,说她很冷,又补了一句:"劳您驾了。您知道我多不好意思!"突然空气撕裂开来:在木偶戏剧场和马戏场之间,在变得更美的天际,在半启的穹苍,我刚才瞥见小姐的蓝羽饰,如同一个神奇的征兆。吉尔贝特已经飞快地朝我跑来,方皮帽下两眼放光,面颊通红,寒冷、迟到和游戏的欲望使她生气勃勃;快到我跟前时,她在冰上滑倒了,或许为了更好地保持平衡,或许她觉得这样更优雅,抑或装出溜冰者的姿势,她微笑着前来,双臂大张,仿佛想把我搂在怀里。"好!好!这太好了,我会像您一样说这真好,真有胆量,如果我不是另一个时代的人,旧朝代的人的话",老妇人高声说,代表寂静无声的香榭丽舍街讲话,感谢吉尔贝特来了,没有被天气吓倒。"您和我一样,对我们的老香榭丽舍还是忠诚的;我们是两个无畏的人。我还要告诉您,我就喜欢这样的老香榭丽舍哩。这白雪,您要笑我了,它使我想到白鼬皮!"老妇人笑了起来。

应当承认,在这个"状态"里,文本颇符合维涅龙对它所作的严厉描绘:反复和单一形式混杂交错,动词语体极不明确。但含糊不清并不因此就说明"未完成时态转换"的解释性假设可以成立。我以为至少可作相反的推测。

的确,如果更用心察看被特别标出的动词的形式,可以看出,除其中一个外,所有未完成过去时都可解释为相伴未完成过去时,它们把全段定为单一性,真正表示事件的动词除其中一个外都用确指过去时:我们走,老妇人问,道谢,又补了一句,吉尔贝特滑倒了,老妇人高声说,笑了起来。我说"除一个外",这"一个"当然是"突然空气撕裂开来"[1];副词突然阻止把这个未完成过去时看成持续而只许理解为反复。唯独它实在无法与被解释

---

[1]　原文中动词用的是未完成过去时。

为单一的上下文调和,故唯独它在文本中导致了维涅龙所说的
"理不清的混乱"。然而,1917年的版本纠正了这个形式,代之
以意料之中的形式:"空气撕裂开来"①。我觉得这一纠正足以
使该自然段摆脱"混乱",整个以单一时态的面目出现。所以维
涅龙的描绘不适用于作者生前最后发表的《斯万家那边》的定
本;至于从单一到反复的"未完成转换"的解释,我们看到这个唯
一的纠正完全与它背道而驰:在1917年,普鲁斯特非但没有"完
成"给他在1913年不经心地留下过多简单过去时的文本"粉刷
未完成过去时"的工作,反而把这个片段唯一不可否认的反复形
式变为单一。维涅龙不大可靠的解释于是变得站不住脚了。

我要赶紧指出,这里只针对维涅龙对《斯万家那边》尾声的
混乱徒劳地寻求的合宜解释,仿佛普鲁斯特叙事的全部剩余部
分是协调和清晰的典型。然而同一位评论家曾在别处指出普鲁
斯特用回顾把"混杂"的素材统一起来,并把全部《追忆》形容为
"一件百衲衣,许许多多碎布块,无论料子多么鲜艳,无论怎样巧
妙地拼在一起,重新裁剪,调整,缝合,仍然由于料子织法和颜色
的不同透露出各种各样的来源"。这是无可辩驳的,各个"初版
本"后来的发表证实了,并可能将继续证实这种直觉。在《追忆》
中有"粘贴",或不如说有"patchwork"②,它作为叙事的统一,正

————————

① 原文中动词用的是简单过去时。

② 英语:补缀。

如普鲁斯特认为的《人间喜剧》或《四联剧》的统一,是事后的统一,由于时间更晚,并用各种来源、各个时代的素材辛勤创作而成,因此对统一的要求更为迫切。大家知道普鲁斯特非但不把它视为"虚幻"(维涅龙语),而且认为这种类型的统一不是"假的,也许由于出现在后,诞生于欣喜若狂之时,发现于只需相互连接的各个片段之间而更为真实,这类统一不被人了解,但又极其重要而且毫无逻辑,它没有禁止多样化,没有使制作冷却"。我觉得归根到底只能认为他有道理,但也许应补充一点,即他低估了有时感到的"片段相互连接"困难。(其中)香榭丽舍大街的混沌一片的插曲(相对古典叙述的规范而言)不只带有仓促出版的痕迹,恐怕还带有这种困难的痕迹。我们把有关段落与它先前的两个版本(纯粹单一的《让·桑特伊》和完全反复的《驳圣伯夫》)作一比较,就会信服这一点。普鲁斯特用拼接法构筑最后版本时可能对如何选择犹豫不定,最后有意无意地决定不作选择。

无论如何,阅读这一段落的最贴切的假设是它由反复开端(第一个自然段)和单一下文(我们刚研究过的第二个自然段和时态毫不含混的第三个自然段)组成。指出这个单一段相对于在它之前的反复段的时间地位算不了什么,哪怕只用"有一次"来说明,把它与它所属的系列隔离开来。但实际情况并非如此:叙事未预先通知便从习惯转入单个事件,仿佛非但事件不处于习惯之中或与习惯有关,习惯反倒可以变成,甚至同时是单个事件,这确实不可思议,指出了普鲁斯特原文中一个不可克服的不真实之处。还有一些同样不符现实的情况。如《索多玛与蛾摩拉》结尾部分,德·夏吕斯先生乘拉斯珀利埃尔小火车的旅行以及他与其他老主顾的关系的记述,开始的反复段有十分精确的说明"定期,每周三次……",继而受到内限定的限制"前几次……",接下去的三页是个未限定单一段"'戈达尔'调皮地说……",可以看出在这里只需把反复多数"前几次"改成单数("第一次"),一切便可恢复正常。敢于走这条路的人遇上"高傲者塔坎"的困难会更多一些,这是464—466页的反复段,在466页下端却突然变成单一的,直至插曲结束。分析《在少女花影下》中在里弗贝尔晚餐的叙事困难还要大,这段叙事错综复杂,既是用未完成过去时讲述的综合的晚餐("最初,我们到达时……"),又是用确指过去时讲述的单一的晚餐("我注意到这些侍者中有一个……一位金发少女望了望我……")。我们可以准确推定其时间,就是少女们第一次出现的那个夜晚,但与它所属系列的关系未作任何时间上的说明,它在系列中引起颇令人困惑的浮动感。

这些在反复和单一之间、无法确定时间关系的切点,其实往往有意无意被插入的、语体未定的中性段遮掩起来,正如豪斯顿所指出,这些中性段的功能似乎是阻止读者发觉语体的变化。

它们可以分为三种：即现在时的题外话推论，如《女囚》从反复开端到单一下文之间的过渡是个较长的中性段；但这种手法显然处于外叙述地位。第二种则不同，豪斯顿作过仔细的观察，这是没有陈述动词的对话[1]（有可能简化为一句对白）：豪斯顿举的例子是马塞尔和公爵夫人就她在圣厄维特晚宴上穿的袍子进行的谈话。从定义来讲，突兀的对话没有确定的语体，因为它没有动词。第三种类型更微妙，因为中性段实际是个混合段，更确切地说是个含混段：它在反复和单一之间插入语体价值不定的未完成过去时。下面是取自《斯万的爱情》的一例：开始是单一段；一天，奥黛特向斯万要钱，想单独与维尔迪兰夫妇去拜罗伊特；"她只字不提他，言下之意是有他们在必定要把他排除在外（单一描写未完成过去时）。那句可怕的回答，头一天他选定了每个字眼，却不敢希望有朝一日能用得上（含混愈过去时），这时他高兴地拿来作为回敬……（反复未完成过去时）。"在《在少女花影下》中，向反复的回返结束了"于迪迈尼尔三棵树"这一场景，变化因为短促而显得更加有效："车子开上岔道后，我转过脸去不再看他们，这时德·维尔帕里西斯夫人问我为何神情迷惘，愁眉不展，仿佛刚刚失去一位朋友，弃绝了自己，不认死者，或不再信

---

① 这就是丰塔尼埃称作的突兀：取消对话各部分之间或直接引语之前的习惯过渡以使陈述更加活泼有趣的修辞格（《话语修辞格》，342—343 页）。——原注

天主（单一未完成过去时）。该考虑回去了（含混未完成过去时）。德·维尔帕里西斯夫人……叫车夫走巴尔贝克的老路……（反复未完成过去时）。"相反，《斯万的爱情》的这段过渡更缓慢，但异常巧妙地把不明确状态维持了20余行：

　　　　但她看出他两眼一直盯着他不知道的事情和他们往日的爱情，这爱情在他的记忆中朦朦胧胧，因而既单调又甜蜜，现在，德·洛姆王妃家晚餐后，溶溶月光下布瓦岛上的这一刻好像给它撕了一道伤口。但他养成了根深蒂固的习惯，觉得生活很有趣味——欣赏可在其中发现的稀奇古怪的东西——所以一面悲伤地以为他不能长期忍受这样的痛楚，一面心里思量："生活真令人惊奇，准备了意想不到的快事；总之邪恶比人们想象的要普遍。这位是我原先信任的女子，她的样子那样纯朴，那样老实，无论如何，即使她举止轻佻，也显得十分正常，趣味健康：听到一个不足为信的揭发，我盘问她，她向我坦白了一丁点，但暴露的问题比原本可以怀疑的事要多得多。"可是他不能满足于这些无私的意见。他力图准确地估计她对他讲的事有多大价值，以便弄清他是否应当推断出这些事她过去经常做，今后还会再做。他在心里重复着她讲的话："那时我看出她到底要怎么样"，"两三次"，"这个大玩笑！"，但这些话在斯万记忆中重现时没有放下武器，个个手握尖刀又给了他一下。有很长时间，如同一个病人忍受不了时时试着做令他疼痛的动作，他在心里一再重复这些话……

我们看到真正毫无含混可言的转变是从"有很长时间"开始的，这个词组赋予"他在心里一再重复这些话"中的未完成过去时明显的反复价值，这将是整个下文的价值。《女囚》中"理想的"巴黎一日的叙事和二月真实一天的叙述之间的过渡便是这类过渡，但更加展开（不止 6 页），而且确实不大纯粹，因为它还包含叙述者用现在时抒发感想的好几个自然段，以及主人公简短的内心独白，J. P. 豪斯顿谈起这类过渡时不无道理地提到"那些瓦格纳的乐谱中的调性不断改变，而谱号毫无变化"。普鲁斯特的确以对和声的极大敏感利用了法语未完成过去时的含糊性包含的转调能力，仿佛在提及凡特依时明确指出《特利斯当与伊瑟》的半音性；之前，他想在诗歌上实现与其等同的东西。

可以设想，这一切不可能只是具体的偶然事件的结果。即使必须大大考虑到外部情况，普鲁斯特在创作某些段落时想必仍有某种隐隐约约、也许勉强意识到的愿望（如我们在别处遇到过的一样），即解除叙述时间性的形式的戏剧性功能，任这些形式为自身发挥作用，并且如他谈到福楼拜时所说，为它们谱曲。

与时间的游戏

关于《追忆》的总体结构和这部作品在小说形式演变中的地位,我们还需对叙述时间范畴总的说几句。我们的确不止一次地发现,为了阐述的方便而分别讨论的各种现象事实上有着密切的联系。在传统叙事中,倒叙(顺序现象)往往采取概要叙事形式(时距或速度现象),概要一般寻求反复的帮助(频率现象);描写几乎始终同时是点状的、持续的和反复的,但绝不禁止历时性运动的开端:我们看到在普氏作品中这种倾向发展到把描写吸收为叙述的地步;省略存在反复的形式(如贡布雷时期马塞尔在巴黎度过的所有冬天);反复集叙不仅是频率现象,它也触及到顺序(因为它综合"类似"事件时取消了它们的连续性)和时距(因为它同时取消了它们的间隔);这份单子还可拉长。因此只有从整体上考虑叙事在它自身的时间性和它讲的故事的时间性之间建立的全部关系,才能描绘叙事时间格调的特征。

我们在"顺序"一章中注意到《追忆》里大的时间倒错全部位于作品开头,主要在《斯万家那边》中,我们看到它的叙事起步艰难,似乎犹豫不决,被"中间主体"的记忆位置和有时重复的(《贡布雷》的第一与第二部分)各种故事位置之间不断的往返所切断,然后在巴尔贝克与时间序列签订了某种总的协定。人们必然会拿这个顺序现象与同样在这部分中具有特点的反复现象作对照,在文本的这一部分反复占主导地位。开头的叙述段主要是反复阶段:贡布雷的童年时代,斯万的爱情,吉尔贝特,在中间主体的头脑中,并通过他在叙述者面前呈现为几乎静止不动的时刻,时间的流逝被重复的表象遮盖起来。("意愿性"或非意愿性)记忆的时间倒错及其静止性显然互相联系,因为二者同是记忆的产物,记忆把(历时性)阶段化为(共时性)时期,把事件化为图景,不按时期和图景的顺序,而按它自己的顺序把二者排列起来。因此中间主体的记忆活动是叙事在简单时间倒错和反复时间倒错(更为复杂的时间倒错)两个相连的层面上从故事时间性中解脱出来的一个因素(我情愿说一个手段)。相反,从"巴尔贝克",尤其从"盖尔芒特"开始,时间顺序与单一部分的主导地位的同时恢复显然与记忆主体的逐渐消失有关,因而又与胜过叙事的故事的解放有关[1],二者的恢复把我们带回到看起来更传统的道路,与"巴尔贝克—盖尔芒特—索多玛"系列这一更规矩的排列相比,人们可能更喜欢"斯万"微妙的时间"混乱"。但时距的扭曲这时将要来接班,使表面上恢复了权利和规范的时间性发生变形(大省略,庞大场面),这不再是中间主体的作用,而

---

[1] 的确,一切似乎表明叙事夹在它讲述的事情(故事)和讲述它的东西(在此是由记忆引导的叙述)之间;叙事除了在前者的优势(传统叙事)和后者的优势(由普鲁斯特开创的现代叙事)二者间择其一外,别无选择;我们在语态一章将再讨论这一点。——原注

是叙述者的直接作用,他的急躁和焦虑与日俱增,既想和挪亚装载方舟一样,把他最后的几个场景装得快要爆裂,又想跳到结局(这的确是个结局),它最终使他得以存在并承认他的话语的合法性。这就是说我们在这儿触及的是另一种时间性,不是叙事的时间性,但终究受它支配:这是叙述本身的时间性,在下文中我们还会谈到。

　　这些时间的内插、扭曲、浓缩①,普鲁斯特依据源远流长、不会随他而消逝的传统,依据现实主义的动机,不断为它们辩解,至少在他意识到的时候(他似乎从来没有看出反复叙事在他作品中的重要地位),轮流提出想按照当时的"体验"和事后的回忆讲述事情的理由。因此,叙事的时间倒错时而是生活本身的时间倒错,时而是回忆的时间倒错,它服从时间之外的其他法则。同样,速度的变化时而是"生活"的现象,时而是记忆或不如说忘却的作品。

　　倘若需要,这些矛盾和通融将使我们避免过于相信那些回顾的据理说明,大艺术家对此从不吝啬,而这与他们的天才,即

---

①　这三个词在此显然指影响顺序、时距或频率的三大类时间"畸变"。反复集叙把好几个事件浓缩在一个叙事中;场景/省略的交替扭曲时距;最后应指出普鲁斯特本人把他欣赏的巴尔扎克作品中的时间倒错称为"内插":"为巴尔扎克清楚指出……时间的内插(《朗热公爵夫人》《萨拉金》)有如不同时代的熔岩搀合于土壤中。"(《驳圣伯夫》,七星诗社丛书版,第289页)——原注

他们对一切理论,包括自己的理论的超前实践成正比。分析家的职责不是对此感到满足,也不是视而不见,手法一经"揭露",他应当研究援引的动机在作品中如何作为美学介质发挥作用。人们将乐意像什克洛夫斯基那样说,在普氏作品中"朦胧回忆"为隐喻服务而不是相反;中间主体有选择的遗忘症使童年的叙事以"就寝悲剧"为开端;贡布雷日常生活的"常规"用于开动反复未完成过去时的输送带;主人公两次住疗养院为叙述者准备了两个漂亮的省略,小玛德莱娜蛋糕是个方便的借口,普鲁斯特本人至少明确说过一次:"我在……我的作品的最后一卷,把我的全部艺术理论建立在无意识的回忆上,暂且不提我觉得这些无意识回忆有多大价值,仅从写作角度来说,我从一个方面转入另一个方面时没有利用一个事实,仅仅用了我认为更纯净、更宝贵的接头,即一个记忆现象。翻开《墓畔回忆录》或热拉尔·奈瓦尔的《火焰姑娘们》,你们会看到人们乐于用纯形式的解释使他们的作品变得贫乏干巴的两位大作家,尤其是后一位,对这种骤然过渡的手法非常熟悉。"[1]是非意愿性记忆,对无时间性的醉心,对永恒的冥想? 或许是。但仅从"写作角度"谈,也是宝贵的接头,过渡的手法。让我们顺便在制作者[2]的这个自白中,品味一下对"人们乐于用纯形式的解释使他们的作品变得贫乏干

---

[1]　《驳圣伯夫》,七星诗社丛书版,第 599 页。——原注
[2]　普鲁斯特提起瓦格纳时谈到"制作者的喜悦"。——原注

巴的"作家们感到的极端懊悔之情。这是一块又落到自家花园里的石头,但它尚未说明"纯形式"解释在哪些方面使人贫乏和干巴。或不如说普鲁斯特证明了相反的情况,他以福楼拜为例,说明对"确指过去时、非确指过去时、现在分词、某些代词和某些介词"的某种使用如何"与康德的范畴、认识理论以及外部世界的实在性一样改变了我们对事物的看法"①。换言之,滑稽地模仿他本人的话说,看法也可以是个风格和技巧问题。

大家知道普鲁斯特的主人公如何以看上去站不住脚的模棱两可潜心探寻和"膜拜""外时间"和"纯状态时间";如何想整个地,并与他未来的作品一起既"在时间之外"又"在时间之中"。无论这个本体论的奥秘的谜底是什么,现在我们或许更清楚地看出这个自相矛盾的目的在普氏作品中是如何发挥作用和实现的:内插、扭曲、浓缩。普鲁斯特的小说想必正如他标榜的那样是部"失去并找回时间"的小说,但也是(或许更加隐蔽)一部"驾驭、征服、控制、暗中破坏,或确切地说曲解时间"的小说,提起它,正如其作者提起梦,怎能不谈(也许私下不无作一番比较的盘算)"它与时间做的绝妙游戏"呢?②

---

① 《驳圣伯夫》,七星诗社丛书版,第586页。——原注
② 顺便强调一下这里使用的动词:与时间做(并非玩)游戏,不仅与它玩,还把它变成游戏。一个"令人生畏"即危险的游戏。——原注

四、语式

有无叙事语式

如果说时间这个语法范畴显然适用于叙述话语的格调,那么语式范畴却可能天生就显得十分牵强,因为叙事的功能不是下达命令、表示愿望、陈述条件等等,而只是讲述故事,即"转述"(真实或虚构的)事情,它唯一的或至少具有代表性的语式严格说来只能是直陈式,因此对这个问题已毋庸多言,除非抓住语言隐喻大作文章。

无须否认隐喻造成的含义引申(和由此而来的畸变),对上述异议可作如下回答:不仅肯定、命令、祝愿之间有差别,而且肯定本身也有程度上的差别,这些差别通常以语式的变化来表现,在拉丁文中用不定式和间接引语的虚拟式,在法语中用表明情况未经证实的条件式。利特雷在确定语式的语法含义时显然考虑到了这个功能:"这个词就是指以不同程度肯定相关的事物和表现……人们观察存在或行动之不同角度的各种动词形式",这个措辞精当的定义在此对我们十分宝贵。讲述一件事的时候,的确可以讲多讲少,也可以从这个或那个角度去讲;叙述语式范畴涉及的正是这种能力和发挥这种能力的方式——"表现",更确切地说,叙述信息,是有程度之别的;叙事可用较为直接或不那么直接的方式向读者提供或多或少的细节,因而看上去与讲述的内容(借用一个简便常用的空间隐喻,但切忌照字面理解)保持或大或小的距离;叙事也可以不再通过均匀过滤的方式,而依据故事参与者(人物或一组人物)的认识能力调节它提供的信息,采纳或佯装采纳上述参与者的通常所说的"视角"或视点,好像对故事作了(继续借用空间隐喻)这个或那个投影。我们暂且这样命名并下定义的"距离"和"投影"是语式即叙述信息调节的两种形态,这就像欣赏一幅画,看得真切与否取决于与画的距离,看到多大的画面则取决于与或多或少遮住画面的某个局部障碍之间的相对位置。

距离

　　第一个探讨这个问题的人似乎是柏拉图。大家知道,柏拉图在《理想国》第 8 卷中提出两个对立的叙述语式,其一是诗人"以自己的名义讲话,而不想使我们相信讲话的不是他"(柏拉图称之为纯叙事),其二正相反,"他竭力造成不是他在讲话的错觉",若是口头表述的话语,则是某个人物讲的,这就是柏拉图所谓的模仿或 mimésis①。为了进一步揭示二者的差别,他甚至把荷马用完美模仿即戏剧中直接对话的形式描写的克律塞斯与阿凯亚人那场戏的结尾部分改写成 diégésis②,直接对话场面于是变成以叙述者为媒介的叙事,人物的"对白"经过融化,凝练为间接引语。在下文中我们还将看到,间接性与凝练性这两个"纯叙事"的特点与来源于戏剧的"模仿"表现相对立。在这些暂且采用的术语中,"纯叙事"与事件的距离比"模仿"更大,因为前者内容更简洁,方式更间接。

　　亚里士多德(把纯叙事和直接表现看作模仿的两种不同形式)曾试图调和二者的对立,而一向不注意叙述话语问题的古典主义传统(或许正为此缘故)忽略了这个对立。可是,19 世纪末 20 世纪初,这个问题却突然出现在英美的小说理论中,亨利·詹姆斯及其弟子们几乎原封不动使用的两个词 showing(展示)和 telling(讲述),很快在盎格鲁-撒克逊人的正宗文艺理论中成为小说美学的奥尔穆兹德和阿里曼③。从这个约定俗成的观点

---

① 希腊文:完美模仿。

② 希腊文:纯叙事。

③ 在古代伊朗琐罗亚斯德教中奥尔穆兹德(Ormuzd)与阿里曼(Ahriman)分别是善与恶的象征,二者势不两立,不断争斗。作者借此比喻叙事与模仿的不可调和。

出发，韦恩·布斯（Wayne Clayson Booth）在他的《小说修辞学》一书中，坚决地批判了新亚里士多德派对模拟的推崇。根据我们的纯分析观点，应当补充说（布斯在论辩时也顺便指出），展示这个概念与模仿或叙述表现概念一样完全是虚幻的（尤其是后者，因为它具有幼稚的直观性）：与戏剧的表现相反，任何叙事都不能"展示"或"模仿"它讲的故事，而只能以详尽、准确、"生动"的方式讲述它，并因此程度不同地造成模仿错觉。这是唯一的叙述模仿，理由只有一个，而且很充分：口头或书面叙述是一种言语行为，而言语则意味着不模仿。

当然，所指（叙述）的对象本身不能是言语。刚才我们回顾柏拉图对模仿所下的定义时，大家可能已经注意到这句看上去无关紧要的话："若是口头表述的话语"；倘若涉及的不是话语，而是事件和无声的行动，那又会怎样呢？模仿将如何进行？叙述者如何使我们产生"不是他在讲话的错觉"？（我不是说诗人或作者，叙事由荷马还是由奥德修斯来做只不过转移了问题。）如何像卢博克（Percy Lubbock）希望的那样，完全让叙述对象"自我讲述"而无需任何人代劳？对于这个问题，柏拉图避而不答，甚至不愿提出，仿佛他的改写只涉及对话，而叙事与模仿的区别，似乎就是间接对话与直接对话的区别，因为言语模仿只能用言语模仿。除此之外，我们只有，也只能有不同程度的叙事。在此我们必须分清事件的叙事和"话语的叙事"。

事件叙事

柏拉图对荷马史诗的"模仿"只是把一段非对话体文字翻译成"纯叙事"。下面是原文:"他开口讲话了,老人听到他的声音十分害怕,只好屈从。老人默默地离开,沿着海浪轻轻拍打的沙滩走着,等到只有他一个人的时候,便迫不及待地向阿波罗——长着一头秀发的勒托之子乞求帮助。"柏拉图把这段改写为:"老人听到恐吓胆怯了,他默默无言地走开;但一出营地便迫不及待向阿波罗祈祷。"

两段文字最显著的差别显然是长度不等(原文有 30 个词,改写后剩下 18 个,法文译本中各为 43 和 25 个词);柏拉图删减了多余的信息("他开口讲话了""屈从""勒托之子")以及状语和"描绘"成分,如"长着一头秀发",尤其是"沿着海浪轻轻拍打的沙滩",使文字简洁凝练。且不说荷马史诗与现实主义小说在写作上的巨大区别,海浪轻轻拍打的沙滩,这个在故事中毫无用处的细节,虽是陈言套语(在《伊利亚特》和《奥德赛》中出现数次),但这正是巴特所说的相当典型的真实效果。海浪轻拍的沙滩暗示因为它在那儿叙事才提它,除此之外它不起别的作用,叙述者放弃选择和把握叙事的职能,任凭"现实"操纵,周围有什么,什么要求"展示",他就写什么。但这个无用而琐碎的细节是造成似乎确有其事的错觉、因而产生模拟效果的最佳媒介,是完美模仿的内涵体。因此,柏拉图把它当作与纯叙事不兼容的一笔,在改写时毫不犹豫地删去了。

　　然而,无论采用什么语式,事件叙事始终是叙事,就是说用言语记录(假设的)非言语,因而对它的模仿将永远只是模仿的错觉,与所有错觉一样取决于信息发送者与信息接收者之间千变万化的关系。比如,同样一个文本,甲读者可以觉得它具有很强的"模仿力",乙读者却认为是篇"表现力"极差的叙述。历史的变迁在这里起了决定性的作用,对拉辛的"形象表现"(figuration)十分敏感的古典文学的读者,在于尔菲(Urfé)和费奈隆(Fénelon)的叙述性文字中很可能比我们感受到更多的模仿性,但对于自然主义小说如此丰富详尽的描写,他们或许觉得杂乱冗长,是"一堆混乱隐晦的东西",因而忽略了它们的模仿功能。我们必须注意到这种关系因个人、群体、时代而异,不仅仅取决于叙述的文本。

　　作品特有的模仿要素,我认为可以归结为柏拉图在其理论中已隐约提到的两个方面:一是叙述信息量大(叙事更展开,或更详尽),二是信息提供者即叙述者不介入(或尽可能少地介入)。"展示"只能是一种讲述的方法,这种方法既要求讲述尽可能多的内容,又要求尽量不留下讲述的痕迹,用柏拉图的话说,即"假装不是诗人在讲话",换言之,就是让人忘记叙述者在讲述。由此形成了展现的两大基本原则:詹姆斯式场景的优势(详尽叙事)和(伪)福楼拜式叙述者的透明度(典型例子有海明威的

《杀人者》或《白象似的群山》）。上述原则是基本的,更是密切相关的,佯装展现,就是佯装沉默,而最后必然用这样一个公式来表示模仿体与叙事体的对立:信息＋信息提供者＝C,这个公式表明信息量与信息提供者的介入恰成反比,完美模仿的定义是最大的信息量和信息提供者最小的介入,纯叙事的定义则正好相反。

我们立刻就会看到,这个定义一方面与一个时间限定即叙述速度有关,因为信息量自然与叙事速度大大成反比;另一方面它又牵涉到一个语态现象,即叙述主体的介入程度。语式在这里不过是一些非它独有的特点的综合产物,因此不必为它多费笔墨,不过有一点需要在此说明:《追忆》本身就自相矛盾,或构成对上述定义的否定,与我们刚才得出暗含公式的模仿"规范"完全不相符合。因为一方面(我们在第二章已看到),普鲁斯特的叙事几乎全部是(单一的或反复的)"场景",就是说采用了信息量最丰富,因而最有"模仿力"的叙述形式;但另一方面,叙述者又在叙事中频繁出现,完全违背了"福楼拜"的规则,关于这个问题,我们将在下一章中进一步讨论(但只要读一读作品就可一目了然)。叙述者出现在作品中,既是叙事的材料来源、担保人和组织者,又是分析评论员、文体家(马塞尔·米勒称之为"作家"),特别是(对此大家十分清楚)"隐喻"的创造者。因此普鲁斯特与巴尔扎克、狄更斯、陀思妥耶夫斯基一样(但更突出,因而更自相矛盾),把最高度的展现与最纯粹的讲述熔于一炉(甚至不止于此,他的话语往往丝毫不受讲故事的约束,我们也许可以用英语简单称其为 talking[1])。这一点尽人皆知,但不对作品进行详尽的分析就无法证明。为便于诠释,我将再次以第一章已引用过的贡布雷就寝场面为例。父亲"身材高大,穿着白睡袍,头上裹着紫色和玫瑰色相间的印度开士米围巾",他手持蜡烛盘,神奇的光影投射到楼梯墙上,孩子久久忍住泪水,只剩下母亲和他在一起时,才抽抽噎噎地哭起来。没有比父亲的身影和孩子的抽噎更真切的描写了,但同时这又分明是以叙述者为媒介,凿凿有据的回忆,既遥远又新近的回忆,在多年的淡忘之后,重新变得可以感知,因为在行将就木的叙述者周围"生活愈加沉默"。我们不能说叙述者在此让故事自行讲述,更不能说叙述者直接出面讲述,因为问题不在于故事本身,而在于它在一个人的记忆中留下的"印象",留下的痕迹。这个痕迹仍然是介入,虽然它出现得那样晚、那样间接,追溯得那样遥远。用模仿理论的规范衡量,这种间接的真切性是自相矛盾的,它对千百年来纯叙事与完美模仿的对立是一次有力的冲击,是完全而且付诸行动的拒绝。

大家知道,对后詹姆斯模仿小说派(和对詹姆斯本人)而言,最佳叙述形式是诺尔曼·弗里德曼(Norman Friedman)所谓的"一个人物用第三人称讲述的故事"(这个笨拙的表述显然是指

---

① 英语:改写。

叙述者讲述的聚焦叙事,叙述者并不是其中的人物,但采用某个人物的视点)。弗里德曼概括卢博克的论点,指出:"读者看到的是经过某个人物的意识过滤的情节,但他像情节影响意识一样直接感知情节,避免了第一人称的倒叙必然造成的距离。"大家知道《追忆》是二度倒叙,有时甚至是三度倒叙,它不仅不避免这个距离,反倒维持和培养它。但普鲁斯特叙事的奇迹(如同卢梭的《忏悔录》,在此我们不得不再次将两位作家相提并论),在于故事与叙述主体之间的时间距离没有引起故事与叙事间的任何**语式距离**:模仿错觉丝毫没有消失,没有淡化。媒介的出现极为频繁,同时间接性达到顶点。朦胧回忆引起的心醉神迷或许正是这一切的象征。

话语叙事

如果说用言语"模仿"非言语事件不过是空想或错觉,那么"话语叙事"似乎相反注定要做这种绝对的模仿,苏格拉底向克拉蒂勒论证这个问题时说,如果绝对模仿的确左右着词语的创造,那么它将用言语再现世界:"一切都将是双重的,分不清哪个是物,哪个是它的名称。"在《索多玛与蛾摩拉》的最后一页,马塞尔对母亲说"我无论如何要娶阿尔贝蒂娜",作品中的陈述和被认为是主人公说的那句话之间,只有从口头到书面的过渡,不存在其他差别。叙述者没有讲述主人公的话,说他模仿也很勉强,他不过抄写了那句话,从这个意义来说,这里无叙事可言。

假设荷马在转述克律塞斯和阿伽门农的对话时,"仿佛没有变成克律塞斯(和阿伽门农),而依然是荷马",那么这个对话会变成什么样呢? 柏拉图在思索这个问题时想到的正是叙事,所以他接着补充道:"不再有模仿,只有纯叙事。"这篇奇特的rewriting① 值得再读一遍,即使译文没有把某些细腻之处表达出来。我们只取阿伽门农回答克律塞斯哀求的一个片段。在《伊利亚特》中,原文是这样的:"老头,小心别让我再在船舰附近碰见你,今天不许你在这儿闲荡,明天也不许你再回来。你的权杖,甚至祭神的饰物,那时也帮不了你的忙。你想赎回的女子,我不会还给你的。她将远离祖国,待在我的阿耳戈斯王宫里织布,直到人老珠黄。我一声召唤,她就会跑到我的床前。滚吧,你若想安然无恙地离开,就别再惹我生气。"下面是柏拉图改写后的一段文字:"阿伽门农大发雷霆,命令他滚开,再也不要露面;因为他的权杖和祭神的头带帮不了他的忙;接着阿伽门农补充说,他女儿将和他待在阿耳戈斯,人老珠黄之前不会得到释放;他命令他离开,如果想安然无恙地回家,就别惹他生气。"

以上两段文字是人物话语的两种可能的状况,我们暂且做一个大略的区分,把荷马写的那段称为"模仿"话语,即假定被如实转述的人物的话语,称柏拉图改写的那段为"叙述化"话语,即

---

① 英语:改写。

被叙述者当作一般事件处理的话语:阿伽门农的话语在这里变成了行为,从表面上看很难分清哪些句子是从荷马加给主人公的台词衍变而来的("他命令他滚开"),哪些句子借用了这段以前的叙事诗句("他大发雷霆"),换句话说,很难分清哪些在原文中是讲话,哪些是手势、态度、情绪。毫无疑问,话语还可以进一步简化为事件,比方只写道:"阿伽门农拒绝并赶走了克律塞斯",这是叙述化话语的纯粹形式。柏拉图出于多保留一些细节的考虑,破坏了这种纯粹性,在文中掺入某些中间程度的成分,用从属关系比较紧密的间接叙述体改写("他补充说他女儿……不会得到释放";"因为他的权杖帮不了他的忙"),我们称这段文字为转换话语。上述三种类型既适用于"内心独白",也适用于口头表述的话语,但涉及内心独白时,这样区分往往不尽恰当。比如于连·索雷尔接到玛蒂尔德[①]表白爱情的信时,他的独白不时被"于连心里想""他大声说""他补充道"等打断(我们绞尽脑汁也搞不清楚该不该从字面上理解这些插入语),这个独白究竟是内心独白,还是自言自语呢? 依据小说的惯例,思想和感情不是别的,只是话语,除非叙述者着手把它们简化为事件,并当作事件去讲述,在上例中情况也许确实如此。

　　我们将区分人物话语(口头表述的或"内心的")的这三种类型,并和我们现在要谈的题目即叙述"距离"联系起来论述。

---

① 　于连·索雷尔和玛蒂尔德均系司汤达的《红与黑》中的人物。

　　1.叙述化话语或讲述话语,显然最能拉开距离,而且如我们刚才见到的情况,一般说来最凝练。假设《追忆》的主人公没有照搬他与母亲的对话,只在《索多玛与蛾摩拉》的结尾写道:"我告诉母亲我决定娶阿尔贝蒂娜。"如果要表达的不是他的话,而是他的"思想",那么陈述还可以更简短,更接近纯事件:"我决定娶阿尔贝蒂娜。"相反,叙述者自己出面对作出决定前的内心斗争所作的叙事,可以用传统上称作心理分析的形式大加发挥,我们可以把这个叙事看作思想叙事,或叙述化内心话语。

　　2.间接叙述体的转换话语:"我告诉母亲我无论如何要娶阿尔贝蒂娜"(口头表述话语),"我想我无论如何要娶阿尔贝蒂娜"(内心话语)。与讲述话语相比,这种形式有较强的模仿力,而且原则上具有完整表达的能力,但它从不给读者任何保证,尤其不能使读者感到它一字不差地复述了"实际"讲的话:叙述者的痕迹在句法中依然过于明显,所以话语不具备引文的文献式独立性。可以说叙述者事先得到允许,不仅把话语转换成从属句,而且对它加以凝练,并与自己的话融为一体,从而用自己的风格进行解释,正如弗朗索瓦丝用自己的风格转述德·维尔帕里西斯夫人的问候。①

────────────

① "她说:'你向他们问好。'"(第1卷,第697页)这里,转述的话不合常情地被当作一字不改的引语,而且由于嗓音的模仿更显得突出。如果弗朗索瓦丝只说"她要我向你们问好",这就符合间接引语的规范了。——原注

被称作"自由间接叙述体"的变种与上述情况不尽相同,从属关系的省略允许话语充分展开,虽需转换时态,但仍不失为初步的解放。不过主要的区别在于没有陈述动词,这可能引起双重的混乱(除非上下文中已有说明)。首先混淆了口头表述话语和内心话语的界限,如在这句陈述中:"我去找母亲;我无论如何要娶阿尔贝蒂娜",第二个分句既可理解为马塞尔去找母亲时的想法,又可理解为他对母亲说的话。其次,尤其混淆了人物话语(口头表述的或内心的)和叙述者话语的界限。玛格丽特·利普斯(Marguerite Lips)曾举出若干典型的例子,大家也知道福楼拜如何别具匠心地利用了这种模棱两可,使他能够把他人的语言,既令人厌恶又使人着迷的语言,用自己的话讲出来,自己不完全介入,又不完全身处局外。

3. 最有"模仿力"的显然是柏拉图所摒弃的形式,在这种形式中,叙述者佯装把发言权完全让给人物:"我对母亲说(或我想):我无论如何要娶阿尔贝蒂娜。"这种戏剧式转述话语自荷马以来便先后被史诗和小说这种"混合"①叙述体裁所采纳,作为对话(和独白)的基本形式,柏拉图对纯叙述的辩护之所以收效甚微,主要原因是亚里士多德反其道而行之,很快以人所共知的权威成功地支持了纯模仿的优越地位。我们不应低估戏剧念白受到的推崇在几个世纪里对叙述体裁的演变产生的影响。这不

① 柏拉图所指的纯叙事与完美模仿的混合。——原注

仅体现在整个古典传统都抬高悲剧,把它奉为最高艺术形式,而且更微妙地体现在(远在古典主义之后)叙述体裁受戏剧模式的制约,用"场景"一词来指小说叙述的基本形式便是极好的说明。直到19世纪末,小说场景仍相当可悲地作为戏剧场景的平庸仿效来构思;这是二度模仿,即对模仿的模仿。

奇怪的是,现代小说求解放的康庄大道之一,是把话语模仿推向极端,或不如说推向极限,抹掉叙述主体的最后标记,一上来就让人物讲话。设想一篇叙事作品是以这个句子开头的(但无引号):"我无论如何要娶阿尔贝蒂娜……"然后依照主人公的思想、感觉、完成或承受的动作的顺序,一直这样写到最后一页。"读者从一开卷就(可能)面对主要人物的思想,该思想不间断的进程完全取代了惯用的叙事形式,它(可能)把人物的行动和遭遇告诉我们。"大家也许看出这段描述正是乔伊斯对爱德华·迪雅尔丹(Édouard Dujardin)的《被砍倒的月桂树》(*Les lauriers sont coupés*)所作的描述,也是对"内心独白"所下的最正确的定义。内心独白这个名称不够贴切,最好称为即时话语,因为乔伊斯也注意到,关键的问题不在于话语是内心的,而在于它一上来("从一开卷")就摆脱了一切叙述模式,一上场就占据了前"台"。

大家知道,这本独辟蹊径的小书对后世作家,从乔伊斯到贝克特、娜塔丽·萨罗特(Nathalie Sarraute)和罗歇·拉波特(Roger Laporte)曾经产生和正在产生多么巨大的影响,这种新形式在20世纪小说史上引起了怎样一场革命。我们无意在此多谈这个问题,只想指出即时话语和"转述话语"之间往往被人忽略的关系,有无陈述动词引导是二者在形式上的唯一区别。正如《尤利西斯》中莫莉·布卢姆的独白,或《喧哗与骚动》前三部(班吉、昆丁和杰生相继的独白)的例子所指出的那样,独白无须扩展到整部作品才算"即时":独白不在长短,只需它主动出现,不通过被迫沉默的叙述主体,并承担该主体的职能。我们在这里看到即时独白与自由间接叙述体之间的根本区别,人们有时错把二者混同起来,或不恰当地相提并论:在自由间接引语中,人物的话语由叙述者讲述,或不如说人物借叙述者之口讲话,这时两个主体混在一起;在即时话语中,叙述者消失了,被人物所取代。在不占据整篇叙事的孤立独白中,如乔伊斯或福克纳的作品,叙述主体由上下文维持(但被撇在一边),《尤利西斯》最后一章之前的所有章节,和《喧哗与骚动》的第四部就属于这种情况:当独白贯穿整篇叙事时,如在《月桂树》(*Lauriers*)、《马尔特罗》(*Martereau*)或《出走》(*Fugue*)中,高层叙述主体销声匿迹,人们看到的是现在时"第一人称"叙事。这已触及语态问题。我们暂且不要扯远,还回来谈普鲁斯特。

不言而喻,除非故意抱有成见(如柏拉图改写荷马史诗时拒用任何转述话语),刚才我们从理论上区分出来的几种形式在作品实践中界限并不那样分明:在柏拉图的那段改写文字中(或至少在法语译文中),我们已经注意到讲述话语向转换话语、间接叙述体向自由间接叙述体的几乎不可觉察的转移。《斯万的爱

情》的一个片段里，也同样存在着这种转移，其中叙述者首先亲
自出面描写斯万在奥黛特家做客，并拿惯常的苦恼与当前的处
境作对照时的感情特征："于是……他对奥黛特的所有可怕和游
移不定的想法跑得无影无踪，与斯万面前的这个可爱的身躯融
为一体"；接着，以"他疑窦顿生……"引入用间接叙述体转述的
人物的一系列想法："……在奥黛特家，在灯下度过的这一时刻
也许不是假的……如果他不在这儿，她会给福什维尔端来同一
把扶手椅……奥黛特居住的世界是确实存在的天地，而不是另
一个可怕的、超自然的世界，他总想搞清她在其中的位置，但这
个世界或许只存在于他的想象中……"然后马塞尔用自由间接
叙述体（以及由此引起的语法转换）替斯万表达他的内心话语：
"啊！假若命运允许他和奥黛特居于一处，在她家就是在自己的
家，假若他问仆人中午的饭食，得到的回答是奥黛特开的菜单，
假若奥黛特早晨想去布洛涅森林大道散步，他作为好丈夫就有
义务陪她去，哪怕他不想出门……那么，斯万生活中所有那些使
他感到愁闷的区区小事，正由于同时成为奥黛特生活中的一部
分，甚至最习以为常的琐事……也会令他甘之如饴，涂上浓重的
神秘色彩！"在这段具有模仿气氛的文字之后，作品又回到从属
间接叙述体："然而他早就料到他如此惋惜的正是安宁和平静，
这对他的爱情不是有利的气氛……他心想，在他痊愈后，奥黛特
无论做什么他都不会在乎"，最后文本回到开初的叙述化话语语
式（"他像怕死似的怕这样的痊愈"），不知不觉地接上事件的叙

事："经过这些平静的夜晚,斯万的猜疑平息下来,他为奥黛特祝福,第二天一早便派人给她送去最美丽的首饰……"

间接叙述体和讲述话语的渐进或巧妙混合不应使我们忽略普鲁斯特叙事对转述内心话语的富于特点的使用。无论马塞尔还是斯万,普鲁斯特的主人公尤其乐在心潮激荡的时刻把自己的思想讲出来,如同真正的、使用十足戏剧性辞藻的独白。下面是斯万在发怒:"但是,我也太蠢了",他心想,"我花钱供别人享乐。她最好还是不要做得太过分,因为我可能一个钱也不再给了。不管怎样,暂时别去献额外的殷勤! 想想看,就在昨天,她说她想看拜罗伊特音乐节的演出,我糊里糊涂地向她建议在城郊为我们两人租一座巴伐利亚的漂亮城堡。她倒没显得多么高兴,也还没有表示可否,天主啊! 希望她会拒绝! 和她一起听半个月瓦格纳的音乐,而她的心思根本不在那上面,这才叫人开心哩!"下面是马塞尔在阿尔贝蒂娜走后试图给自己吃定心丸:"这一切不说明什么",我暗自思忖,"甚至比我料想的要好,因为她根本不这样想,她这样写显然是要狠狠给我一击,叫我害怕。应考虑最紧急的事,就是让阿尔贝蒂娜今晚回家。邦唐夫妇不是正派人,利用他们的侄女骗我的钱,想起来就叫人伤心。但这有什么关系?"有一次,斯万还"高声自言自语",而且是在街上,被排除于沙图聚会之外后忿忿然回家的时候:"'这样开心多么令人厌恶!'他边说边用嘴做出极其厌恶的表情,连贴着衬衣领的充血脖颈上的肌肉也感觉到这副怪相……'我的住处远在叽叽喳喳、吵吵嚷嚷地散布这些讨厌闲话的社会底层之上，一个维尔迪兰夫人开的玩笑玷污不了我的名声'，他昂起头大声说，骄傲地朝后挺直身子……他早已离开森林小径，快到家了，但还没有从痛苦和言不由衷的冷嘲热讽中清醒过来，他自己的虚假语调和做作的嗓音时时刻刻向他倾注更多的醉意，他继续在静谧的夜里高谈阔论……"我们看到，在这里嗓音和虚假的语调是思想的一部分，或不如说暴露了思想，尽管有缺乏诚意的言过其实的否认："斯万的嗓子大概比他本人更高明，它只肯用虚假的语气讲出对维尔迪兰一帮人充满厌恶与他们一刀两断如何快乐的字眼，仿佛选择这些字眼不是为了表达他的思想，而是为了发泄他的怒气。的确，当他在那里痛骂的时候，他的思想很可能不知不觉被一个完全不同的目标所占据……"这个目标不仅不同，而且与斯万对自己讲的那段傲气十足的话完全相左，显然就是要不顾一切地重新博得维尔迪兰夫妇的好感，求他们邀请他出席沙图的晚宴。内心话语常常具有这种两重性，而最能表现它的莫过于高声讲出来的口是心非的独白，如同自己给自己演的一场戏，一出"喜剧"。"思想"即话语，同时，该话语与其他所有话语一样"拐弯抹角"，扯谎骗人，一般不忠实于"感受到的真相"，任何内心独白都不能恢复这个真相，小说家必须下决心让它透过不真诚的伪装，即"意识"本身显露出来。在《重现的时光》中，继"作家的义务和任务与翻译家相同"这句名言之后的一个片段对此作了相当清楚的陈述：

当涉及比如关系到自尊心的不准确言语时,如果要修正拐弯抹角的内心话语(它离最初的和中心的印象越来越远),直到它与本该从印象出发的率直话语融为一体,如果这一修正因我们的怠惰而难以进行,那么,还有另外一些情况,比如涉及爱情的时候,同样的修正就变得痛苦不堪了。所有假装的漠不关心,对极其自然、与我们自己扯的谎极其相似的谎言的全部愤慨,总之,每当我们感到不幸或遭到背叛时,我们不停地对所爱的人讲的话,甚至在见到所爱的人之前不停地对自己讲的话,偶尔高声自言自语打破了房间的安静,诸如"不,这样的手段真让人受不了"和"我想最后一次接待你,我不否认这使我伤心",要使这一切复原为相距甚远的感受到的真相,无异于取消我们最珍惜的一切,取消我们在兴奋地筹划着写信或进行活动时充满热情的自言自语。

此外我们知道,人们或许期待在年代上处于迪雅尔丹和乔伊斯之间的普鲁斯特朝这个方向发展,但是他的作品里没有任何可与《月桂树》或《尤利西斯》中的"内心独白"相提并论的东西。把穿插于小玛德莱娜蛋糕插曲中用现在时写的片段("我喝了第二口,与第一口的感觉一模一样……")称为内心独白是完全错误的,这个片段的格调更多地使人想到笛卡尔或柏格森著作中表述哲学经验的叙述现在时；叙述者在这里对假设为主人公的独白大包大揽，显然出于论证的目的，这与把人物封闭在既不能超越，又不能交流的主观"实际经验"中的现代内心独白的精神相去不能再远了。《追忆》中唯一一次出现即时独白的形式和精神是在《女囚》的第 84 页，J. P. 豪斯顿把它指了出来，并不无道理地说它在"普鲁斯特的作品中实属罕见"。但是豪斯顿只引述了这一段的前几行，这几行虽写得很活泼，但或许属于自由间接叙述体；构成《追忆》中唯一一例真正乔伊斯式的段落的是抛掉一切时态转换的后几行。下面是这一段的全文，为几个确实为即时独白的句子作了标示。

> 巴尔贝克的这些日场音乐会新近才举办。然而，在距今不算远的那个时候，我根本未把阿尔贝蒂娜放在心上，甚至刚到的那几天，我并不知道她在巴尔贝克。是谁告诉我的呢？呵！对了，是埃梅。那天和今天一样天气十分晴朗。好埃梅！他见到我很高兴。但是他不爱阿尔贝蒂娜。不可能人人都爱她。是的，是他告诉我她在巴尔贝克。他怎么知道的呢？噢！他遇见她了，觉得她举止粗俗……

总之，普鲁斯特对内心话语的处理手法是十分传统的，但理由不尽相同，他对迪雅尔丹所称的"未经拣选"的心理活动，用大量"句法"简化到"最低程度"的亚语言表达的"萌芽状态的思想"

抱有明显的、有些人认为不合常情的反感:与普鲁斯特的心理最格格不入的莫过于真正内心独白的空想,这种独白的未经组织的始动(inchoatif)将保证把"意识流"或无意识的最深层的潜流清晰忠实地表现出来。

唯一明显的例外是写马塞尔在巴尔贝克做梦时的最后一句话:"然而你知道我将永远生活在她身边,鹿群,鹿群,弗朗西斯·詹姆斯,餐叉"——这个句子与直到此时在梦中一清二楚的交谈适成对照。如果看得更仔细些,可以发现这个对照本身就具有十分确切的含义,在这句显然缺乏条理的话之后,叙述者立即补充说:"但我已再次渡过弯弯曲曲的黑河,浮到水面上活人的世界。因此,如果我还重复:弗朗西斯·詹姆斯,鹿群,鹿群,这一串字眼对我不再具有片刻之前还那样自然地表达出来,而我再也记不起来的清晰含义和逻辑。我甚至不明白父亲刚才对我说的'哎呀'这个词为什么竟毫无疑问地立即意味着:'小心着凉'。"这就是说,鹿群、弗朗西斯·詹姆斯、餐叉这一亚语言序列绝没有被当作呓语的例子,而是作为一觉醒来时醒觉意识和这种语言发生断裂、对它无法理解的佐证。在做梦这段时间里,一切清晰而自然,表现为话语十分连贯。醒来时,即协调的世界让位于另一个(逻辑不同的)世界时,原来"清晰"与"合乎逻辑"的东西失去了透明度。同样,《斯万家那边》开头几页那个睡眠者第一觉醒来时,他梦中的主题(成为一座教堂,一曲四重唱,弗朗索瓦一世和查理五世的竞争)"开始(对于他)变得难以理解,如同灵魂转生之后前世的思想"。因此，"未经拣选"的亚语言在普氏作品中从来不是具有非逻辑深度（即使是梦的深度）的话语，而只是以某种暂时和临界的误会形象地表现两种同样清晰的逻辑互相脱离的手段。

　　至于"外部"话语，即传统上所谓"对话"的格调——哪怕参加对话的不止有两个人物，我们知道普鲁斯特完全不用福楼拜的自由间接叙述体。玛格丽特·利普斯挑出了两三个例子，但都是特殊情况。其中话语的模糊传送、说话者的杂乱，与普鲁斯特的风格根本不符，他的风格更类似巴尔扎克的模式，后者的特点是以转述话语为主，以普鲁斯特称作的"客观化"语言为主，就是给予人物，至少给予某些人物以言语上的自主权："巴尔扎克在某些方面保留了文字不加组织的风格，所以有人可能以为他没有设法使人物的语言客观化，或者当他使语言变得客观时，又忍不住时时刻刻指出其特别之处。其实情况恰恰相反。巴尔扎克一面天真地卖弄自己对历史、对艺术等的见解，一面藏起最隐秘的意图，让人物的语言自行描绘真相，手法如此巧妙，以致可能不被人注意，他也绝不设法指出它来。当他让美丽的罗甘夫人（才智上属于巴黎女人，对图尔省来说是省长夫人）讲话时，她对罗格隆家室内陈设开的全部玩笑确实是她的，而不是巴尔扎克的！"这个自主性往往引起争议，比如马尔罗认为它"完全是相对的"。加埃唐·皮孔（Gaëtan Picon）说巴尔扎克"力图给每个人物以个人的声音"想必有些过分，倘若个人的声音意味着个人

特有的风格的话。"性格词语"之所以是性格词语（如莫里哀的
作品），主要靠的是词义而不是风格；最有特征的语调，如纽沁根
或施穆克的德国口音，西博大妈的门房腔调，与其说是个人风
格，不如说是群体语言。无论如何，表现特征的努力是明显的，
个人习惯语也好，社会习惯语也好，人物的谈吐确实"客观化"
了，叙述者话语和人物话语之间的分野十分鲜明，因而模拟效果
很可能比以往任何一位小说家的作品更为强烈。

至于普鲁斯特，他把这种效果大大推进一步，他指出并有点
夸大了巴尔扎克作品中模拟效果的存在，仅仅这个事实就说明
了（与所有这类失实的批评一样）他本人采用了什么方法。毫无
疑问，在他之前，甚至在他之后，据我所知没有人用任何语言如
此猛烈地攻击过"客观化"和人物风格的个性。我曾在别的文章
中谈到这个问题，要作透彻的分析则需要对夏吕斯、诺普瓦、弗
朗索瓦丝等人的话语进行比较文体分析（这些人物的"心理"必
然在参考之列），并且把这些虚构（或部分虚构）的仿作的技巧与
《勒穆瓦纳事件》(*Affaire Lemoine*)等真实仿作的技巧拿来加
以对照。我们不打算在此谈论这个问题，只想提醒大家注意这
一事实的重要性及其不均匀的分布。认为普鲁斯特的所有人物
都有个人习惯语，而且具有同样的稳定性和力度，这的确有些过
分和简单。实际情况是，几乎所有人物都至少在某个时刻表现
出言语不规则的特点、错误的或常带社会特性的表达方式、方言
土语、创造或借用的具有特征的词、不合时宜的话、漏字、意味深

长的口误等等;可以说他们当中没有一个人避开了与言语的这种最低程度的内涵关系,也许主人公除外,况且他极少像主人公那样讲话,在这里的作用不如说是观察、学习和辨认。处于第二层的是语言带有循环特征的人物,这个特征是他们的习癖,表明个性和(或)社会成分的迹象:奥黛特的英语外来语,巴森的用词不当,布洛克带学生腔的假荷马史诗风格,萨尼埃特的古语,弗朗索瓦丝或巴尔贝克旅馆经理的联诵错误,奥丽亚娜的文字游戏和外省方言,圣卢的文社隐语,主人公的母亲和祖母的塞维涅夫人风格,谢巴托夫王妃、布雷奥泰、法芬埃姆的发音毛病,等等。普鲁斯特正是在这些地方与巴尔扎克模式最为接近,这也是后来人们最经常模仿的做法。处于最高层的是既特殊又稳定的狭义的个人风格[1],如布里肖(蛊惑人心的教授的学究气和随便的谈吐),诺普瓦(半官方的自明之理和外交家的婉转措辞),朱皮安(纯正的典范语言),勒格朗丹(颓废风格),尤其是夏吕斯(过分华丽的辞藻)。"程序化"陈述是话语模仿最极端的形式,作者对人物的"模仿"不仅表现在言谈的内容上,而且表现在对字面的夸张拘泥上,这是仿作式的一字不差的照搬,它总比原作多一点个人习惯语,正如"模仿"由于特点的堆集和强调始终是一种讽刺性夸张。因此勒格朗丹或夏吕斯总给人以自我模仿,

---

[1] 这并不意味着个人习惯语在这里完全丧失了典型价值;布里肖以巴黎大学教书匠的方式讲话,诺普瓦以外交家的方式讲话。——原注

并最终把自己画成漫画的印象。模仿效果在此达到了顶点,更确切地说达到了极限,极端的"写实"触到了纯粹的非现实。叙述者的一贯正确的祖母就说过勒格朗丹讲话"有点太像书本":从更广泛的意义来说,任何过分完善的言语模仿都有这个危险,最终会在柏拉图早已指出的加倍关系循环中互相抵消。勒格朗丹讲话像勒格朗丹,就是说像普鲁斯特模仿勒格朗丹,而话语最终参照的是"引述"它,即事实上构成它的文本。

这种循环也许能解释为什么与文体自主性同样有效的"描绘特征"手法在普鲁斯特的作品中未能构成具有实体的和确定的现实主义意义上的人物。大家知道,普鲁斯特的"人物"自始至终,或不如说随着作者一页页写下去而变得越来越难以确定,难以捉摸,"稍纵即逝",他们行为上的前后矛盾显然是最主要的,也是作者最精心安排的原因。但是他们语言上夸张的前后一致非但不能抵消他们在心理层面的逐渐消逝,反而常常使这种消逝更突出、更严重。勒格朗丹、诺普瓦,甚至夏吕斯也不能完全逃脱作为典型的命运,这是巴尔贝克旅馆经理,塞勒斯特·阿尔巴雷或跟班佩里戈·约瑟夫等次要人物的命运:与自己的言语混同直至化为一体。在这里,词语的最强有力的存在是某种消失的征兆和开端。在文体"客观化"的限度内,普鲁斯特的人物找到了极富象征意义的死亡形式:在自己的言语中消亡。

投 影

　　我们运用隐喻暂且称作的叙述投影,即通过选择(或不选择)一个限制性"视点"调节信息的第二种方式,是 19 世纪末以来涉及叙述技巧的所有问题中人们最经常研究的问题,并在评论方面取得了毋庸置疑的成果,如珀西·卢博克评论巴尔扎克、福楼拜、托尔斯泰或詹姆斯的有关章节,或乔治·布兰(Georges Blin)对司汤达作品中"限制视野"手法的研究。然而我认为有关这个问题的大部分理论著述(基本上停留在分类阶段)令人遗憾地混淆了我所说的语式和语态,即混淆了视点决定投影方向的人物是谁和叙述者是谁这两个不同的问题,简捷些说,就是混淆了谁看和谁说的问题。二者的区别,看上去清晰可辨,实际上几乎普遍不为人知,这个问题我们下面还要谈到。1943 年,克林斯·布鲁克斯(Cleanth Brooks)和罗伯特·潘·沃伦(Robert Penn Warren)提出一个包括四项的分类,明确(并恰当地)建议用叙述焦点(focus of narration)作为"视点"的同义词,现将类型图表翻译如下:

	从内部分析的事件	从外部观察的事件
叙述者作为人物在情节中出现	(1) 主人公讲述自己的故事	(2) 见证人讲述主人公的故事

	从内部分析的事件	从外部观察的事件
叙述者不是人物，不在情节中出现	(4) 善于心理分析或无所不知的作者讲述故事	(3) 作者从外部讲述故事

　　显而易见，只有垂直分界与"视点"（内部或外部）有关，水平分界涉及语态（叙述者的身份），(1)和(4)之间（相当于阿道尔夫[①]和阿尔芒斯[②]）、(2)和(3)之间（华生讲述夏洛克·福尔摩斯的故事和阿加莎·克里斯蒂讲述赫尔克里·波罗的故事）在视点上没有任何真正的差别。1955 年，F. K. 斯坦策尔（F. K. Stanzel）将小说的"叙述情境"分为三种类型：auktoriale Erzählsituation，作者"无所不知"的叙述情境（《汤姆·琼斯》型）；Ich Erzählsituation，叙述者为人物之一的叙述情境（《白鲸》型）；和 Personale Erzählsituation，依据一个人物的视点所做的"第三人称"叙事（《专使》型）。第二和第三类情境间仍然不存在"视点"的差别（第一类则以视点作为划分标准），因为伊斯梅赫尔和斯特雷瑟在两篇叙事作品中实际占据相同的焦点位置，只不过在一篇中焦点人物就是叙述者，而在另一篇里"作者"不在

[①] 阿道尔夫系法国作家邦雅曼·贡斯当(1767—1830)的著名小说《阿道尔夫》中的主人公。

[②] 阿尔芒斯系法国作家司汤达的小说《阿尔芒斯》中的人物。

故事中露面。同年,诺尔曼·弗里德曼(Norman Friedman)提出一个更加复杂的八项分类法,其中包括:两类或有或无"作者闯入"的"无所不知"型叙述(菲尔丁或托马斯·哈代的作品);两类"第一人称"叙述——我=见证人(康拉德的作品)或我=主人公(狄更斯的《远大前程》);两类"有选择性的无所不知"型叙述,即有限视点叙述,或"多视点"(弗吉尼亚·伍尔夫的《到灯塔去》),或"单视点"(乔伊斯的《青年艺术家的肖像》);最后是两类纯客观叙述,其中第二类纯属假设,并且与第一类无明显区别,它们是"戏剧式"叙述(海明威的《白象似的群山》)和"电影式"叙述,一种不加选择和组织的纯粹纪录。显而易见,第三、第四类(康拉德和狄更斯)与其他类的区别仅在于它们是"第一人称"叙事,第一、第二类(或有或无作者闯入)之间的差异还是语态问题,涉及叙述者,与视点无关。值得注意的是,弗里德曼把第六类(《青年艺术家的肖像》)描述为"由一个人物用第三人称讲述的故事",这一提法表明他显然混淆了焦点人物(詹姆斯所谓的"反射体")和叙述者。韦恩·布斯显然有意识地也把这二者等同起来,1961年他发表的题为《论距离与视点》的论文实际上论述的是语态问题(区分隐蔽的作者与出场或不出场的、值得或不值得信赖的叙述者的问题),何况他建议"对作者采用的各种语态作出更加细致周详的分类"时,明确承认了这一点。布斯还说:"即使始终用第三人称,斯特雷瑟'叙述'的大部分仍是自己的故事。"那么他的地位是否与恺撒在《高卢战记》中的地位相同呢？可见语式与语态的混淆已经造成多么大的混乱。最后，贝蒂尔·龙伯格(Bertil Romberg)于1962年重新采用斯坦策尔的分类，并补充了第四种类型：行为主义式的客观叙事(即弗里德曼的第七类)，由此形成四项分类：(1)无所不知的作者的叙事；(2)视点叙事；(3)客观叙事；(4)第一人称叙事，其中第四类显然与前三类的分类原则不一致。博尔赫斯想必还可以在此基础上增加第五类，即精雕细镂的典型中国式叙事。

对"叙述情境"进行分类时同时考虑到语式和语态自然理所应当，但只从"视点"范畴提出这样的分类，或开列一张单子，让两种限定在显然含混不清的基础上互相竞争，这就不合情理了。所以我们在此只应考虑纯语式的限定，即关系到通常所谓的"视点"或让·普荣(Jean Pouillon)和茨维坦·托多洛夫(Tzvetan Todorov)称之为"视角"或"语体"的限定。如果人们同意缩小考虑范围，就不难对一个包括三项的分类取得一致意见。第一类相当于盎格鲁-撒克逊的评论界所称的无所不知的叙述者的叙事，和普荣所说的"后视角"，托多洛夫用叙述者＞人物这个公式来表示(叙述者比人物知道的多，更确切地说，叙述者说的比任何人物知道的都多)；在第二类里，叙述者＝人物(叙述者只说某个人物知道的情况)，这就是卢博克的"视点"叙事，布兰的"有限视野"叙事和普荣的"同视角"；在第三类中，叙述者＜人物(叙述者说的比人物知道的少)，这就是被普荣称作"外视角"的"客观"叙事或"行为主义"叙事。由于视角、视野和视点是过于专门的视觉术语,我将采用较为抽象的聚焦一词,它恰好与布鲁克斯和沃伦的"叙述焦点"相对应。

聚焦

我们把第一类,即一般由传统的叙事作品所代表的类型改称为无聚焦或零聚焦叙事,将第二类改称为内聚焦叙事,它又分三种形式:固定式(典型的例子是《专使》,其中一切都通过斯特雷瑟的视角呈现,更佳的例子为《梅西所知道的》,我们几乎始终不离开这位小姑娘的视点,她的"有限视野"在这个她不解其意的成年人的故事中特别引人注目);不定式(如在《包法利夫人》中,焦点人物首先是查理,然后是爱玛,接着又是查理,在司汤达的作品中焦点人物的变动更为迅速和难以把握);多重式,如书信体小说可以根据几个写信人的视点多次追忆同一事件,我们知道,罗伯特·布朗宁的叙事诗《指环和书》(讲述的是先后由凶手、受害者、被告方、起诉人等所目睹的一桩谋杀案件)曾在几年中被当作这类叙事的典型例子,后来被影片《罗生门》所取代。第三类将改称为外聚焦叙事,这类作品在两次大战之间变得家喻户晓,这归功于达希尔·哈梅特(Dashiel Hammett)的小说(他的主人公就在我们眼前活动,但永远不许我们知道主人公的思想感情)和海明威的某些短篇小说,如《杀人者》,尤其是《白象似的群山》,他守口如瓶,一直发展到叫人猜谜的地步。但是我们不应把该叙述类型只限于这一文学手法上。米歇尔·莱蒙（Michel Raimond）正确地指出，在"因存在一个谜而饶有趣味"的情节小说或惊险小说里，作者"不一下子把他知道的情况和盘托出"，事实上，从沃尔特·司各特，经过大仲马到儒勒·凡尔纳，大量惊险小说的开头都是以外聚焦来处理的。请看菲莱阿斯·福格（Philéas Fogg）的同时代人一开始如何以好奇的目光从外部注视他，他那不近人情的谜如何到他做出豪侠之举后才解开。但是19世纪的许多"严肃"小说也使用这类高深莫测的手法，比如巴尔扎克的《驴皮记》《当代史内幕》，甚至《邦斯舅舅》中的主人公长时间地被当作一个身份可疑的陌生人来描写和跟踪。采取这种叙述态度自然还有其他动机，如《包法利夫人》中出租马车那一段，就是为了不失体统（或对于伤风败俗行为的恶作剧）而完全依照一个不知内情的目击者的视点来讲述的。

最后一例表明，聚焦方法不一定在整部叙事作品中保持不变，不定内聚焦（这个提法已十分灵活）就没有贯穿《包法利夫人》的始终，不仅出租马车那一段是外聚焦，而且我们已有机会说过，第二部分开始时对永镇的描写并不比巴尔扎克的大部分描写更聚在一个焦点上。因此聚焦方法并不总运用于整部作品，而是更常运用于一个可能非常短的特定的叙述段。另外，各个视点之间的区别也不总是像仅仅考虑纯类型时那样清晰，对一个人物的外聚焦有时可能被确定为对另一个人物的内聚焦：对菲莱阿斯·福格的外聚焦也是对被新主人吓得发呆的帕斯帕尔图的内聚焦。之所以坚持认为它是外聚焦,唯一的原因在于菲莱阿斯的主人公身份迫使帕斯帕尔图扮演目击者的角色。当目击者没有个性化,只是个无人称的、时隐时现的旁观者时(如《驴皮记》的开头),这种双重性(或可逆性)同样十分突出。不定聚焦和无聚焦之间的分野有时也很难确定,因为无聚焦叙事常常可以依照"难事都能做,容易的事不在话下"的原则,作为任意选择的多重聚焦叙事来分析(不要忘记,按布兰的话说,聚焦的本质是限制);然而,谁也不至于在这点上把菲尔丁的手法与司汤达或福楼拜的混为一谈。

还需指出,不折不扣的所谓内聚焦是十分罕见的,因为这种叙述方式的原则极其严格地要求绝不从外部描写甚至提到焦点人物,叙述者也不得客观地分析他的思想或感受。司汤达在下面这段陈述中描写了法布里斯·台尔·唐戈的行动和心理活动,因而不存在严格意义上的内聚焦:"法布里斯心里厌恶得要命,然而还是毫不犹豫地跳下马,握住死尸的手,使劲地晃了晃,接着就像傻了似的站在那里。他觉得自己已经没有力气再跨上马。最叫他害怕的是那只睁着的眼睛。"相反,下面这段陈述只描写主人公看到的情景,是十足的内聚焦:"一颗子弹从鼻子旁边打进去,从另一边的太阳穴上穿出来,使死人的脸变得非常难看,他的一只眼睛还睁着。"让·普荣十分正确地揭示了这一矛盾,他指出"同视角"(vision avec)不是指"从人物的内部"观察人物,"因为正当我们全神贯注的时候必须从中走出来,我们是从人物对他人的印象中观察他,而他在这个印象中可以说袒露无遗。总之,我们把握人物就像把握我们自己,不是从自身,而是通过我们对事物的直接意识,对周围事物的态度的直接意识来把握自己。因此可以得出以下结论:以对他人的印象为视角不是与中心人物'同视角'的结果,而是'同视角'本身。"①内聚焦只在"内心独白"叙事或罗伯-格里耶的《嫉妒》这一边缘作品中得到充分的实现,该作品的中心人物绝对处于他的唯一的焦点地位,并完全从这一地位中演绎出来。因此,对内聚焦这个词,我们只取其必然不大严格的含义。罗兰・巴特在给叙事作品的个人语式下的定义中指出了它的最低标准,这个标准就是可以用第一人称改写供研究的叙述段(如原来未用第一人称写的话),而不引起"除改变语法代词之外的任何其他话语的变化"。比如"詹姆斯・邦德瞧见一个年纪五十开外、步履仍很矫健的男人……",这个句子可以用第一人称来表述("我瞧见……"),因此我们认为它属于内聚焦。相反,"敲打玻璃杯的叮当声似乎突然使邦德灵机一动",这个句子不能用第一人称来表述,否则意思显然就不通了。该句属于典型的外聚焦,因为叙述者显然不知道主人公的真实思想。这个标准用起来很方便,但是不应混淆聚焦和叙述这两个主体,二者甚至在"第一人称"叙事中,即两个主体由同一个人来承担的叙事中也分得一清二楚(现在时的

---

① 参见让・普荣《时间与小说》,第79页。——原注

内心独白除外）。马塞尔写道："我看见一个年纪四十岁左右的男子，身材魁伟，略显肥胖，蓄着乌黑的唇髭，一边用手杖神经质地敲打着裤腿，一边双眼瞪得滴溜圆地盯着我。"在巴尔贝克看见一个陌生人的少年（主人公）和数十年后重提旧事，并清楚地知道这个陌生人就是夏吕斯（以及他当时的态度意味着什么）的成年人（叙述者），实际上是同一个"人"，但这不应掩盖二者在功能和信息上的区别，后一点在此对我们尤为重要。叙述者几乎总比主人公"知道"得多，即使叙述者就是主人公，因而对主人公的聚焦就是对叙述者视野的限制，不论用第一人称还是用第三人称，这种限制都是人为的。下面我们论述普鲁斯特的叙述投影时还将谈到这一关键性问题，但在此之前需要确定对这个研究必不可少的两个概念的含义。

变音

在叙事过程中产生的"视点"变化可以作为聚焦的变化来分析，如《包法利夫人》中的聚焦变化：这是不定聚焦，无所不知加上对视野的部分限制，等等。这是一种完全说得通的叙述方法，后詹姆斯派批评把前后一致视为荣誉攸关的规范显然是武断的。卢博克要求小说家"忠实于某种方法，恪守他采纳的原则"但为什么这个方法不可以是绝对自由和前后不一致的呢？福斯特和布斯曾指出假詹姆斯式准则的不切实际，今天又有谁会重视萨特当年对莫里亚克的告诫呢?

　　但是聚焦变化,尤其当它单独出现于前后连贯的上下文中时,同样可以作为一时越出支配该上下文的规范的现象来分析,但这个规范的存在并不因此受到否定,正如在古典音乐中,调性的暂时变化,甚至不协和音程的复现,均被视为转调或变音,而总的调性并不受影响。我利用 mode 一词在语法和音乐上的双重含义①,把总体和谐一致、主导语式(调式)的概念依然成立时的那些孤立的违规现象统称为变音。有两种可以设想的变音类型,一是提供的信息量比原则上需要的要少,二是提供的信息量比支配总体的聚焦规范原则上许可的要多。第一种类型被冠以修辞学上的一个名称,我们论述补充性时间倒错时曾见到过,即侧面省略或省叙。第二种类型尚未定名,我们给它取名为赘叙,因为这里不再是略去一个应当获得(并提供)的信息,而相反是获得并提供一个应当丢弃的信息。

　　值得注意的是,传统的省叙是在内聚焦规范内省略焦点主人公的某个重要行动或思想,无论是主人公还是叙述者都不可能不知道这一行动或思想,但叙述者决意对读者隐瞒。大家知道司汤达是如何运用这个方法的,让·普荣谈到"同视角"时提到了这一现象,在他看来,"同视角"的主要缺点是人们事先对人物过于熟悉,一切均在意料之中——因此才有故意省略这种他

———————

① 　mode 可作"语式"或"调式"解。

认为十分笨拙的对付办法,例如司汤达在《阿尔芒斯》中通过主
人公多次的假独白来掩饰显然时时刻刻萦回于他脑际的中心思
想:他的阳痿。普荣指出,如果从外部观察奥克塔夫,这样故弄
玄虚还情有可原,"但是司汤达没有停留在外部,他做了心理分
析,因此向我们隐瞒奥克塔夫自己应当知道的事就很荒唐了;如
果说奥克塔夫心情忧郁,他是知道其中缘由的,他感到忧郁时不
可能不想到它,因此司汤达应当向读者交代,可惜他没有这样
做;当读者终于豁然开朗时,他取得了出其不意的效果,但是,成
为一个谜并不是小说人物的主要目的"[1]。看得出来,这个分析
是假定问题已经解决,其实并没有完全解决,因为奥克塔夫的阳
痿确切地说并不是文本提供的信息。不过这也无妨,就让我们
以此假设为例吧。这个假设还包括一些本人不敢苟同的意见,
但它的长处在于很好地描述了一种现象,自然这不是司汤达作
品所特有的现象。巴特在论及他所谓的"体系的混合"时,举出
阿加莎·克里斯蒂"弄虚作假"的手法为例是很有道理的,她在
《五点二十五分》或《罗杰·艾克罗伊德谋杀案》等作品中,将叙
事聚焦于凶手身上,同时从凶手的"思想"中抹去对凶杀的记忆。
我们知道,最传统的侦探小说尽管一般聚焦于调查案件的侦探
身上,但在最后披露真相以前,常常对我们隐瞒侦探的一部分发
现和他所作的归纳。

---

[1]   参见让·普荣《时间与小说》,第 90 页。——原注

　　相反的变异，即过多的信息或赘叙，可以表现为在一般聚焦处理以外的叙述过程中闯入人物的意识。《驴皮记》开头的一些句子可以视为这种变异："年轻人……才明白他破产了"或"他摆出一副英国人的气派"，这些句子与至此一直明确采用的外视角方法适成对照，开始逐步向内聚焦过渡。在内聚焦中，这类变化也可以表现为对非焦点人物的思想或焦点人物不可能见到的景象提供次要的信息。《梅西所知道的》中描写梅西不可能了解的法朗奇夫人思想的那个片段便是这种次要信息："她知道，她有朝一日宁愿把梅西硬塞给她父亲，而不愿从他手中夺过来，而这一天临近了。"

　　在回到普鲁斯特的叙事之前，还要提出最后一点带普遍性的意见，就是不应把聚焦叙事提供的信息与要求读者对此信息所作的（或读者不请自作的）解释混同起来。人们经常指出梅西不能理解她的所见所闻，但读者无须费力便解其意。夏吕斯在巴尔贝克注视马塞尔时"瞪得滴溜圆的"眼睛，对内行读者来说可以是个征象，相反主人公却一无觉察，正如在《索多玛与蛾摩拉》的第一卷之前他全然不知男爵对待自己的全部举动一样。贝蒂尔·龙伯格（Bertil Romberg）分析了 J. P. 马尔康（J. P. Marquand）的小说《H. M. 普拉姆先生》的情况，这部小说的叙述者是个轻信的丈夫，他目睹妻子与一位朋友的举止，不怀恶意地作了转述，而最不机敏的读者也能领会其中的含义。暗含的信息超出明白说出的信息，这是巴特称之为标志的全部手法的基础,它同样在外聚焦中发挥作用:海明威在《白象似的群山》中未加解释地转述两个人物的谈话,仿佛叙述者和马尔康的主人公一样,不理解自己正在讲述的事情。但这丝毫不妨碍读者根据作者的意图作出解释,正如每当小说家写道:"他感到脊背上冷汗直流",我们便毫不犹豫地解释为:"他害怕了"。叙事作品说的总比知道的少,但使读者知道的常常比它说的要多。

复调式

我们再重复一遍:使用"第一人称",换句话说,叙述者和主人公同为一人,这丝毫不意味着叙事聚焦于主人公身上。恰恰相反,"自传"的叙述者,不论自传是真实的还是杜撰的,比"第三人称"叙事的叙述者更"天经地义地"有权以自己的名义讲话,原因正在于他就是主人公。特里斯特拉姆·项狄①叙述他以往的"生活"时插入自己当前的"见解"(和信息),就不像菲尔丁叙述汤姆·琼斯的生活时插入自己的见解那样不妥。因此,客观叙事之所以倾向于内聚焦,唯一的原因(如果这是个原因的话)是审慎和尊重萨特所谓的人物的"自由",即无知。自传的叙述者没有任何理由缄默不语,因为他无须对自己守口如瓶。他必须遵守的唯一聚焦是根据叙述者当前的信息,而不是主人公过去

———————————

① 即指英国小说家斯特恩(1713—1768)的作品《项狄传》中的人物。

的信息确定的。① 如果他愿意,他可以选择聚焦的第二种形式,但他没有任何必要这样做。如果他做了这个选择,人们也可视它为省叙,因为叙述者为了紧紧扣住主人公在行动时刻所掌握的信息,必须舍弃他在其后得到的、往往至关重要的一切信息。

很明显,普鲁斯特在很大程度上强制自己作了这种夸张的限制(我们已遇到一例),《追忆》的叙述方式往往是对主人公的内聚焦。支配叙事的通常是"主人公的视点",及其受限制的视野,一时的无知,甚至被叙述者私下里当作年轻人的谬误、幼稚的言行、"应丢掉的幻想"之类的东西。普鲁斯特在写给雅克·里维埃尔的著名信件中,着重谈了他如何注意隐藏内心深处的思想(在此处就是叙述者马塞尔的思想),直到最后顿悟的时刻。他有力地指出,《斯万家那边》最后几页表露出来的思想(我们还记得这几页叙述了一次新近的经验),与"我的结论正相反,它看上去很主观,流露出一时的兴致,实际上却是通向最客观、最可信的结论的一个阶段。如果由此推论出我的思想是看破红尘的怀疑主义,那就和这样的观众一模一样:他们在《帕西法尔》②第

---

① 当然,这样区分只适用于传统的自传体叙事。在这类叙事中,叙述与事件隔得较远,因而叙述者掌握的信息明显不同于主人公掌握的信息。当叙述与故事同时进行时(内心独白、日记、书信),对叙述者的内聚焦就是对主人公的聚焦。J. 鲁塞以书信体小说为例对此作了说明(《形式与内涵》第 7 页),我们在下一章里还将谈到这一点。——原注

② 《帕西法尔》系瓦格纳创作的三幕歌剧。

一幕的结尾看到帕西法尔对仪式毫不理解,并被古尔纳芒茨赶走,便猜想瓦格纳想说的是心地单纯的人将一事无成"。同样,小玛德莱娜蛋糕的经验(也是新近的经验)在《斯万家那边》中被作了转述,却未加解释,因为朦胧的回忆产生快感的深刻原因尚未透露:"我要到第三卷结束时再作解释。"暂时还必须尊重主人公的无知,为其思想的发展、志向的缓慢形成精心做好准备。"但对思想的这一演变过程,我不愿进行抽象的分析,而想赋予它生命,把它再现出来。因此,我不得不描写那些谬误,但我不认为必须指出我视此为谬误,如果读者以为我把这一切当作真相,那也只好如此。第二卷将加深这一误会,我希望最后一卷能将其消除。"大家知道误会并未完全消除,这是聚焦显而易见要冒的风险,司汤达防备它的方法是煞有介事地在书页下方加上注释:"这是主人公的见解,他疯了,但他会改的。"

普鲁斯特以最大的努力精心安排的聚焦显然针对的是主要之点,即非意愿性记忆的经验和与其有关的文学志向,他禁止自己作任何过早的说明、任何不慎的鼓励。马塞尔在写作上的无能、不可救药的兴趣观点,对文学日益增长的厌恶等方面的"证据"越积越多,直到在盖尔芒特公馆院子里发生了那场惊人的突变;在这一点上十分严格的聚焦为悬念作了长时间的准备,因而使突变更为惊人。还有其他许多主题也贯彻了不干预原则,如同性恋,尽管蒙儒万那一幕已呈现出预兆,但直到《索多玛与蛾摩拉》开头的几页,它对读者和主人公来说都是一块遇到过上百次,却从未认出的大陆。

这种叙述方法最大量的表现,大概要算对主人公和《斯万的爱情》中斯万这个第二层主人公的爱情关系的处理方式。内聚焦在此恢复了普雷沃神甫在《曼侬·莱斯戈》中赋予它的心理功能:一贯采用一个主要人物的"视点"几乎可以对另一个主要人物的感情完全置之不理,因而毫不费力地使其成为一个神秘暧昧的人物,这就是普鲁斯特所谓的"稍纵即逝的人"。在斯万或马塞尔恋爱的每个阶段,我们并不比他们更了解奥黛特、吉尔贝特、阿尔贝蒂娜内心的"实情"。按照普鲁斯特的看法,最有效地说明爱情的"主观性"实质的,莫过于爱情对象不断的逐渐消逝,稍纵即逝的人从定义上讲就是被爱的人。我们不必在此列举其真正含义在许久之后才被主人公和读者所发现的那些插曲(与吉尔贝特的邂逅、阿尔贝蒂娜的假自白、山梅花风波等等),除这些一时的无知或误会之外,还应补充几个因主人公与叙述者的投影重合而形成的永久的不透明点,比如我们将永远不会知道奥黛特对斯万、阿尔贝蒂娜对马塞尔的"真实"感情。《在少女花影下》的一个片段清楚地表明,叙事面对这些不可捉摸的人可以说抱着疑问的态度,马塞尔被阿尔贝蒂娜拒绝后,思忖为何少女作出一系列主动接近他的明白表示后,却拒绝他的一吻:

　　……她在这个场面中的态度,我无法对自己解释清楚。对于她坚守贞洁的假设(我提出这个假设,首先是因为阿尔贝蒂娜那样奋力拒绝我吻抱和占有她，尽管我对女友心地善良、禀性正直的看法丝毫无须作此假设)，我作了多次修正，因为它和我第一天见到阿尔贝蒂娜所作的假设有天壤之别！而且在她为了摆脱我而用力拉铃的举动的前前后后，又有多少对我充满体贴的行动(温存的、时而因怕我偏爱昂德蕾而妒忌不安的体贴)！为什么她要我来到她的床边度过一个晚上？为什么她的话总充满柔情蜜意？如果你拒绝给一个朋友如此单纯的乐趣，如果这对你不是一种乐趣，那又何必要见这个朋友，担心他更喜欢你的女友，想方设法讨他的欢心，浪漫地对他说别人不会知道他在你身边度过了这个晚上？不管怎样，我不能相信阿尔贝蒂娜贞洁到如此地步，我怀疑她这样粗暴是否出于卖俏的需要，比方她以为自己身上有股难闻的气味，担心因此使我不快，抑或是由于懦弱，比方她不知爱情实际上是怎么回事，以为我的神经衰弱通过亲吻会传染给她。

叙事作品多少以假设的形式对非主人公的人物心理所作的展示，仍应作为聚焦的标志来解释，比方马塞尔根据对话者的面部表情猜度或臆测其思想："我从戈达尔仿佛怕误了火车似的不安眼神中看出，他正在思忖自己是否已流露出温和的天性，努力回想着是否没忘记戴上一副冰冷的假面具，就像人们寻找一面镜子以便看看是否没忘记系领带一样。他满腹狐疑，为了以防万一，他回答得很粗鲁。"自斯皮泽以来，人们常常注意到表态性词组（也许、大概、仿佛、似乎、看来）的使用十分频繁，这些词组使叙述者可以假设他不能肯定的事情，又不离开内聚焦，马塞尔·米勒不无道理地把这些词组视为"小说家的托词"，小说家用有点虚伪的借口把自己的真理强加于人，尽管主人公，或许还有叙述者对此并无把握，因为二者可以说同样无知，更确切些说：作品的模棱两可使我们无法确定"也许"是不是间接叙述体的一个后果，它表示的犹豫是否因此只是主人公的犹豫。我们还应注意到，这些假设往往具有的多重性大大减弱了其未言明的赘叙功能，相反却加强了聚焦指示标志的作用。当叙事就夏吕斯为什么唐突地回答加拉尔冬夫人而做出三个可供选择的、以"也许"开头的解释时，或者当巴尔贝克的电梯司机沉默不语的原因被不分主次地归于八种可能时，我们事实上并不比在我们面前自问为什么遭到阿尔贝蒂娜拒绝的马塞尔更"知情"。米勒尔责备普鲁斯特以"一系列小秘密"取代"每个人的秘密"，同时把以下看法强加于人：真正的动机必然存在于他列举的动机之中，因而"一个人物的表现总有一个合理的解释"。我们在此不能同意米勒尔，因为互相矛盾的众多假设更暗示出问题难以解决，至少叙述者无力解决。

我们已经注意到普鲁斯特的描写具有强烈的主观性，而且始终与主人公的感觉活动连在一起。他的描写的聚焦十分严格，不仅"时距"从不超出实际沉思的时间，而且内容也从不超出沉思者的实际感受。我们不再谈这个众所周知的题目,只想提请大家注意《追忆》中一些场景的象征意义,在这些场景中,主人公常常出于天赐的巧合无意中看到一幅景象,他只感受到其中的一部分,而叙事一丝不苟地遵守视觉和听觉上的限制:斯万伫立在误以为是奥黛特家的窗前,透过"百叶窗的斜窗棂",他什么也看不见,只听到"寂静的夜里喁喁的谈话声";在蒙儒万,马塞尔在窗口目睹了两位少女之间发生的那一幕,但他看不清凡特伊小姐的眼神,也听不见她的女友在她耳边说的悄悄话,当她"带着厌倦、不自然、忙碌、诚恳和忧郁的神情"走来关上百叶窗和窗户时,这一幕对他即告结束;还是马塞尔,他在楼梯高处,继而在隔壁的店铺里窥伺夏吕斯和朱皮安的"结合",其第二部分纯粹是他凭耳朵感觉到的;始终是这个马塞尔,他透过一扇"侧面的小圆窗"无意中发现夏吕斯在朱皮安家中遭到鞭打。人们普遍并正确地指出这些情境令人难以置信,它们使视点原则受到暗中的歪曲;但首先必须承认,与一切作弊一样,这些情境默认并证实了准则的存在。刺探秘密的高难技巧,如此分明的视野限制,尤其表明主人公感到难以满足自己的好奇心,难以深入了解别人的生活。因此它们应当算作内聚焦。

我们曾有机会指出,恪守这一准则有时会发展到采用省叙这种过分限制视野的形式,马塞尔对公爵夫人爱情的淡漠、斯万的死、贡布雷小表妹的插曲为我们提供了几个例子。诚然,我们之所以知道这些省叙的存在,只是因为叙述者后来做了披露,即由于某种本身属于赘叙的干预,如果人们认为自传体形式必然要求对主人公聚焦的话。但我们已经看到事实完全不是这么回事,这个相当普遍的看法是由于人们相当普遍地混淆了两个叙事主体才产生的。"第一人称"叙事唯一合乎逻辑的聚焦是对叙述者的聚焦,我们即将看到这第二种叙述方式在《追忆》中与第一种方式同时并存。

这种新前景明显地表现在"顺序"那一章里提到的预告上,人们谈到蒙儒万那个场景时说它后来对主人公的一生将产生决定性的影响,但此预告不可能由主人公,而只能由叙述者作出,从更普遍的意义来说,预叙的一切形式总超过主人公的认识能力(除非有超自然的干预,如带有预见性的梦)。用"我此后听说……"这类词组引入补充信息,这正是预叙法,这些信息得之于主人公后来的经历,换句话说,得之于叙述者的经历。把这样的干预算在"无所不知的小说家"的账上是不对的,自传叙述者不过陈述了一些主人公尚不知道的事实,而且不认为应推迟到主人公获悉时再提这些事实。在主人公的信息和小说家的无所不知之间,还有叙述者的信息,他随心所欲地支配该信息,有确切的理由时才扣住不发。评论者可以怀疑对信息作这些补充是否合乎时宜,但不能否认这些补充在自传体叙事作品中是合情合理或真实可信的。

还必须承认,这一点不仅仅适用于明确公开的信息预叙。马塞尔·米勒(Marcel Muller)注意到,"我当时不知道……"这类向针对主人公的聚焦提出的真正挑战，"意思可以是我此后听说，这两个我毫无异议指的是主要人物"。他补充说："模棱两可是常见的现象，人们经常在小说家和叙述者之间任择其一当作信息的来源。"我认为必须（至少开始时）运用正确的方法，即只把真正无法归于叙述者的事情归于（无所不知的）"小说家"。这样，米勒尔归于"有穿墙功夫的小说家"的某些信息以后就可以完好无损地告知主要人物，比方夏吕斯对布里肖课堂的参观，马塞尔出席盖尔芒特家的午后聚会时在贝尔玛家发生的那一幕，甚至包括斯万来拜访的当天晚上父母之间的谈话，倘若主人公当时果真没能听到这一谈话。同样，夏吕斯和莫雷尔之间关系的许多细节也能以这种或那种方式为叙述者所知晓。可作同样假设的还有：巴森见异思迁的行为，他对德雷福斯派的赞同，他与奥黛特姗姗来迟的私情，尼西姆·贝尔纳先生的不幸爱情，等等。这些泄露出来的内情和流言蜚语，或真或假，但在普鲁斯特的天地中并非完全不足为信。最后我们要指出主人公对斯万和奥黛特往日爱情的了解也是通过这类关系，他了解得极为确切，以至叙述者认为应当为他辩解，辩解的方式可能显得很笨拙，何况又不能节省唯一可以说明这篇叙事中的叙事聚焦在斯万身上的假设，这就是说，不论中间可能转过多少道手，第一个来源只能是斯万本人。

真正的困难开始于叙事作品直截了当地告诉我们主人公本

人在场时另一个人物的想法的时候：康布尔梅夫人在歌剧院，掌门官在盖尔芒特家的晚宴上，投石党运动史专家或档案保管员在维尔帕里西斯家的午后聚会上，巴森或布雷奥泰在奥丽亚娜家的晚宴上，同样，我们不经过任何明显的媒介，直接了解到斯万对其妻的感情，或圣卢对拉歇尔的感情，甚至贝戈特临终时的思想，人们经常指出，这些思想实际上不可能转达给马塞尔，因为任何人当然都无法知道。这一下它永远成了赘叙，无论做何假设，它也不能归结为叙述者的信息，而只能算到"无所不知"的小说家的头上，这足以证明普鲁斯特能够逾越他自己的叙述"体系"的界限。

但是，我们显然不能借口这是实际上唯一不可能存在的场景而把赘叙局限于此。起决定作用的标准与其说是实际存在的可能性，甚至心理上的真实性，不如说是作品的前后连贯和叙述的基调。因此，米歇尔·莱蒙将夏吕斯把戈达尔拉到邻室单独与他交谈的场景归到无所不知的小说家的头上。尽管原则上完全可以设想这场对话与其他对话一样，是戈达尔本人转述给马塞尔听的，但阅读这个片段后人们不能不认为这是没有中介的直接叙述。与上述情况相同的还有我在上一自然段列举的所有片段，以及其他几个片段。在这些片段里，普鲁斯特显然忘记或忽略了自传叙述者的虚构性和由此产生的聚焦，更不必说其夸张的形式，即对主人公的聚焦，因此他处理作品用的是第三种方式，即零聚焦，也就是古典小说家的无所不知。顺便提一句，如果《追忆》是真正的自传（某些人现在仍这样看），上述做法是行不通的。所以我以为有些场景会引起纯"视点"派的反感，在这些场景中，"我"和其他人受到同等对待，仿佛叙述者与康布尔梅、巴森、布雷奥泰，与过去的"我"有着完全一样的关系："康布尔梅夫人想起曾听斯万说过……就我而言，想到那两个表妹……康布尔梅夫人试图分辨……至于我，我不怀疑……"这样一篇文字构筑的基础显然是康布尔梅夫人和马塞尔的思想之间的对照，仿佛在某处存在着一个点，从这点出发，我的思想和他人的思想在我看来是对称的。这样就完全丧失了个性色彩，使普鲁斯特著名的主观主义形象变得有点模糊了。还有蒙儒万那个场景，我们已经指出在可以耳闻目睹的行为上（针对马塞尔的）聚焦是十分严格的，相反，在思想和感情方面却完全聚焦于凡特伊小姐身上："她感到……她想……她觉得自己很冒失，敏感的心因此而忐忑不安……她佯装……她猜想……她懂得……"仿佛见证人不能看到和听到一切，相反却能猜到全部思想。实际情况显然是存在着两个互相竞争的准则，它们在对立但不相交的两个平面的现实上发挥作用。

这种双重聚焦当然与组织整个片段（正如凡特侬小姐这整个人物，"腼腆的处女"和"粗野的兵痞"）的对照法相吻合，拿来作对照的是（为主人公兼见证人所觉察的）伤风败俗的粗暴行为和极为细腻的感情，而后者只有无所不知的、与上帝一样能够透过行为探测肺腑的叙述者才能披露。这种难以想象的共处可以作为普氏全部叙述实践的标志,他毫无顾忌地、好像未加留意似的同时运用三种聚焦方式,任意地从主人公的意识转入叙述者的意识,轮流地停留在各式各样人物的意识之中,这种三重的叙述立场无法与古典小说单纯的无所不知相比拟,因为该立场不仅拒绝服从产生写实错觉的条件(萨特曾这样指责莫里亚克),而且还违背了人们不能同时既在内部又在外部这个"精神法则"。联系到上文使用过的音乐隐喻,我们可以说,在一切违规现象(赘叙和省叙)均称作变音的调性(或语式)体系和任何规范都占不了上风,连违规概念本身也失去意义的无调性(无语式)体系之间,《追忆》较好地说明了一种中间状态,一种复数状态,类似于恰好于同年,1913 年,由《春之祭》①所开创并流行一时的复调性(复语式)体系。我们不想过多地从字面上去理解这一比较,但希望它至少能为我们阐明普氏叙事这一人们喜欢称作复调式的使人困惑的典型特点。

我们在结束本章前要提醒大家,这种模棱两可的,或不如说复杂的、故意制造混乱的立场,不仅标志着《追忆》的聚焦体系的特点,而且标志着它全部语式实践的特点:最高度的模仿和原则上与一切叙述行动的小说模仿相悖的叙述者的介入,既同时并存又彼此矛盾,直接引语的优势因人物语体的自主性而更为加

① 俄裔美国作曲家斯特拉文斯基(1882—1971)创作的芭蕾舞剧。

剧(对话的高度模仿),但最终使人物全神贯注于一个巨大的语言游戏之中(高度的文学非现实性),与现实主义全然对立;最后,在理论上互不兼容的各种聚焦之间展开竞争,动摇了叙述表现的全部逻辑。我们已经多次看到,对语式的这种破坏与叙述者的活动,或不如说与他的存在,与对叙述源泉的干扰——叙事中的叙述行为,是分不开的。现在我们应对无意中已多次遇到的这最后一个主体,即语态,作一番专门的研究。

五、语态

叙述主体

　　"有很长时间我睡得很早"：显然，这样一个句子与"水在一百度沸腾"或"三角形各角的总和等于两个直角"不同，要理解它，就必须考虑这句话是谁说的，在什么情况下说的；有了他才能区分出我，被讲述的"行动"与讲述它的时间相比才成为过去。借用本韦尼斯特[①]的著名术语，这里故事与一部分陈述齐头并进，要说明情况几乎始终如此并不太困难，连"拿破仑卒于圣赫勒拿岛"这类历史性记叙的过去时态也意味着故事先于叙述，而且我不能肯定"水在一百度沸腾"（反复叙事）中的现在时是否真像看上去那样不具时间性。不管怎样，这些蕴涵的大小与关联

---

① 本韦尼斯特（Emile Benveniste，1902—1976），法国语言学家。

程度基本上是变化不定的，这种可变性可以解释或规定至少具
有实用价值的一些差别和对立。当我读《冈巴拉》(*Gambara*)或
《不知名的杰作》(*Le Chef-d'œuvre inconnu*)时，我感兴趣的是
故事，而不想知道故事是谁讲的，在何时何地讲的；如果我读的
是《法奇诺·卡内》(*Facino Cane*)，那我一刻也不能忽略叙述者
存在于他讲述的故事中这一事实；如果读的是《纽沁根银行》
(*La Maison Nucingen*)，作者本人负责把我的注意力吸引到那
个健谈的毕克修和他的一群听众身上；如果是《红色旅店》
(*L'Auberge rouge*)①，那么我更加注意的想必不是埃尔曼讲述
的故事如何以不难预料的方式向前发展，而是一个名叫塔依费
尔的听众会有什么反应，因为叙事分两层进行，而惨剧最引人入
胜的部分发生在第二层，即讲述的那一层。

　　我们即将在语态范畴内研究这类后果。旺德里埃斯
(Vendryès)说，语态即"言语行为与主语的关系"——这里的主
语不仅指完成或承受行为的人，也指(同一个或另一个)转述该
行为的人，有可能还指所有参与(即便是被动地)这个叙述活动
的人。我们知道，语言学经过一段时间之后才着手阐述本韦尼
斯特所称的言语中的主观性②，即从分析句子过渡到分析句子
与产生这些句子的主体(今天称作陈述行为)之间的关系。诗学

---

① 《冈巴拉》等均系巴尔扎克的作品。
② 参见本韦尼斯特所著《普通语言学问题》，第258—266页。——原注

在谈到产生叙述话语的主体(我们也同时称其为叙述)时似乎感到了类似的困难。这种困难尤其表现在我们对是承认和尊重这个主体的自主性,或仅承认和尊重其特殊性有点犹豫不决(大概是无意识的):一方面,正如我们已指出的那样,叙述陈述行为问题被简化为"视点"问题;另一方面,叙述主体与"写作"主体,叙述者与作者,叙事的接受者与作品的读者又被等同起来。如果是历史性记叙或真实的自传,这种混淆也许情有可原,但如果是虚构的叙事作品,这种混淆就不合情理了,因为在这类作品中,叙述者本身就是个虚构的角色,即便它由作者直接承担,而且假设的叙述情境可能与有关的写作行为(或听写行为)大相径庭:讲述曼侬与格里厄的爱情的,不是普雷沃神甫,甚至也不是《一位贵人的回忆录》的假想作者勒侬古侯爵,而是格里厄本人,在他的口头叙述中,"我"只能指他,"此地"和"此时"指的是他的叙述行为的空间和时间,而不是真正的作者写《曼侬·莱斯戈》的空间和时间。连《项狄传》中提到的写作情境针对的也是特里斯特拉姆的(虚构)行为,而不是斯特恩的(真实)行为;更为微妙、也更为彻底的是,《高老头》的叙述者不"是"巴尔扎克,尽管他不时表述巴尔扎克的见解,因为这位叙述者兼作者是个"了解"伏盖公寓及其房东和房客的人,而巴尔扎克只不过把这一切想象出来。从这个意义来说,一篇虚构作品的叙述情境当然永远不会和它的写作情境相吻合。

尚待我们研究的正是这个叙述主体,研究的依据,是这个主

体在被认为是它产生的叙述话语中留下的(被认为是它留下的)
痕迹。当然,在同一篇叙事作品中,这个主体不一定一成不变:
《曼侬·莱斯戈》的主要情节是格里厄讲述的,但有几段出自勒
依古先生之口;相反,《奥德赛》的主要情节由"荷马"讲述,第
9—12章则由奥德修斯讲述;巴洛克风格的小说如《一千零一
夜》《吉姆老爷》①使我们习惯于更加复杂的情境。叙述分析显
然应当研究这些变化或不变的因素,因为如果说奥德修斯的冒
险经历由两个不同的叙述者讲述值得注意的话,那么斯万和马
塞尔的爱情由同一个叙述者来讲述同样也值得注意。叙述情境
与其他情境一样,是一个复杂的整体,在这个整体中,分析或单
纯的描述要做到醒目,就只有扯破叙述行为、主要人物、时空的
限定以及与包含在同一叙事中的其他叙述情境之间的关系等等
织成的紧密的关系网。阐述的需要迫使我们做出这种无法避免
的暴烈举动,因为评论与其他文章一样,不可能面面俱到。因
此,下面我们仍将逐个研究实际上同时发挥作用的一些限定因
素,把这些因素基本上归入三类:叙述时间、叙述层和"人称"即
叙述者(可能还有他的一个或多个受述者)与所讲的故事之间的
关系。

---

① 英国小说家康拉德(1857—1924)的作品。

叙述时间

由于存在某种不对称（其深刻的原因我们尚不甚了了，但它表现在语言的结构中，或至少表现在西方文化的主要"文明语言"的结构中），我完全可以讲一个故事而不点明故事发生的地点以及该地点与我讲故事的地点之间的距离，但我几乎不可能不确定这个故事与我的叙述行为相对而言发生的时间，因为我必须用现在、过去或将来的一个时间来讲述它。叙述主体的时间限定明显地比空间限定重要，原因也许正在于此。二度叙述的背景一般由故事的上下文说明（奥德修斯面对菲阿西斯人、《宿命论者雅克》中的老板娘在她的客店里），除这类叙述外，注明叙述地点的情况极为少见，而且可以说叙述地点与叙述从无直接关联。我们大致知道普鲁斯特在哪儿写了《追忆》，但不知道马塞尔被认为在哪儿叙述了他的一生，我们也不想为此花费脑筋。相反，我们很有必要知道，比方说《追忆》的第一个场景（"就寝悲剧"）发生的时刻和用下面的话追述这一场景的时刻相隔有多久："这是多年以前的事了。我看见他举着蜡烛所走的那座楼梯的墙壁早已不复存在……"；因为这段时间距离以及在其间发生的事是表现叙事含义的一个至关重要的因素。

叙述主体的主要时间限定显然是它与故事的相对位置。叙述只能在被叙述的事情发生之后进行,这似乎是不言而喻的,但许多世纪以来,渊源于蒙昧时代的"预言"叙事的各种形式(预言、启示录、神谕、占星术、手相术、纸牌占卜、占梦等)的存在,以及至少从《被砍倒的月桂树》以来的现在时叙事手法,否定了这个显而易见的道理。我们还应考虑到,过去时的叙述几乎可以分割成几个部分,作为多少带点即时性的报道插入到故事的不同时刻中去,这是书信和日记,因而也是"书信体小说"或日记形式的叙事作品(《呼啸山庄》《一个乡村教士的日记》)的惯用手法。因此,单从时间位置的角度来看,应当区分出四种叙述类型:事后叙述(过去时叙事的传统位置,可能比其他位置常见得多),事前叙述(预言性叙事,一般用将来时,但完全可用现在时,如在《被救的摩西》中若卡贝尔的梦),同时叙述(与情节同时的现在时叙事)和插入叙述(插入到情节的各个时刻之间)。

最后一种类型先天地最为复杂,因为这种叙述包含好几个主体,而且故事和叙述可以交错混杂在一起,使叙述反过来影响故事。这种情况尤其出现在有好几个通信者的书信体小说里,正如大家所知,书信在其中既是叙事的媒介,又是情节的组成部分。当日记的形式松散开来,变成时间位置不明确、甚至不连贯的某种事后独白的时候,插入叙述也可能成为最棘手、最难分析的类型:《局外人》的细心读者的确遇到过这类不明确的情况,而这正是这部作品也许并非有意采用的大胆手法之一。最后,故事与叙述在时间上的极为接近往往在事件叙事的微小时间差距

（"下面是我今天遇到的事"）和陈述思想感情的绝对同时性（"下面是我今晚对此事的想法"）之间产生（容我冒昧地讲）某种微妙的摩擦效果。日记和私人信件总把广播用语中的直接播送和录音广播，把准内心独白和事后转述结合起来。这里叙述者既是主人公，又已经是另一个人——当天的事件已成为过去，"视点"可能已经改变；当晚或次日的感情则完全属于现在，对叙述者的聚焦同时也是对主人公的聚焦。塞西尔·沃朗日写信给麦特侬夫人，向她叙述前一天夜里她如何被瓦尔蒙诱奸，并向她倾诉自己的悔恨之情；诱奸的场景已成为过去，她那慌乱的心绪也已成为过去，早已感受不到，甚至已设想不出了；剩下的是羞耻和对自己既不理解而又有所发现所感到的惊愕："我最责怪自己而又不能不对你说的一点，是我担心我没有尽最大努力进行自卫。我不知道这是怎么回事；我肯定不爱瓦尔蒙先生，相反，我对他讨厌之极；但有些时候我又好像爱着他……"这是今天的塞西尔眼里所见、嘴里所说的那个近在眼前、又已远去的昨天的塞西尔。在这前后两个女主人公当中，（只有）后一个（也）是叙述者，她强加给别人的是自己的视点，即事后即时视点，该视点与事件的距离恰好可以显示前后的不协调。我们知道，从《帕美勒》①到《奥贝曼》②，18 世纪的小说大大利用了这种宜于使用最巧妙、

---

① 英国小说家理查逊（1689—1761）的作品。

② 法国作家瑟南古（1770—1864）的小说。

也最"恼人"的对位法的叙述情境,即时间距离最小的情境。

　　相反,第三种类型(同时叙述)原则上最为简单,因为故事与叙述完全重合在一起,排除了各式各样的相互影响和时间上玩的花样。不过应当注意到,主体的混同可以根据强调的是故事还是叙述话语而朝两个相反的方向进行。"行为主义"式的、纯事件的现在时叙事看上去可能极为客观,因为残留在海明威风格叙事中的陈述行为的最后痕迹,即使用过去时态必然带有的故事与叙述之间的时距标记,在最终为故事所取代的、完全透明的叙事中消失了。法国"新小说派"的作品,尤其是罗伯-格里耶的早期小说一般被视为这类叙事:"客观文学""注视流派",这些名称贴切地表达了因普遍使用现在时而促使人们产生的叙述的绝对及物感。相反,如果强调的是叙述本身,如在"内心独白"叙事中,主体的重合则有利于话语,情节似乎不过是个借口,并终将消失。这个效果在迪雅尔丹的作品中已很明显,在贝克特、克洛德·西蒙、罗歇·拉波尔特的作品中又不断得到加强。因此,现在时的使用缩短了主体间的距离,其后果似乎是打破它们之间的平衡,使整个叙事作品根据强调重点的微小转移或偏向故事一边,或偏向叙述即话语一边。近年来法国小说很容易从一个极端走到另一个极端,或许正说明了这种双重性和可逆性。

　　第二种类型(事前叙述)在文学中的运用直到现在仍比不上其他类型,大家知道,甚至从威尔斯(Wells)到布拉德伯里(Bradbury)的完全属于预言体裁的科学幻想小说,也几乎总把暗含的后于故事的叙述主体的时间向后推延,这说明虚构的主体不受真正写作时刻的牵制。预言式叙事只出现在文学作品的第二层,如圣阿芒①的《被救的摩西》中,关系到摩西前途的阿隆的预言式叙事(第 6 篇)或若卡贝尔带有预兆的长梦(第 4、5、6篇)。这些二层叙事的共同特点显然在于其预见性是相对即时叙述主体(阿隆、若卡贝尔的梦)而言,而并非相对最后的主体(《被救的摩西》中没有指明的作者,显然就是圣阿芒)而言。以上是事后预见的明显例证。

事后叙述(第一种类型)支配着当今创作的绝大多数叙事作品。使用过去的一个时态足以表明这是事后叙述,但并不能指出叙述时刻和故事发生时刻之间的时间距离。在传统的"第三人称"叙事作品中,这个距离一般是不明确的,而且由于过去时态标志着某种没有年代的过去,所以提这个问题并不恰当。故事的时间可以注明,如巴尔扎克的作品最经常的情况,但叙述的时间却不注明,不过有时现在时的使用能透露情节与叙述相对的同时性,或在作品开头,如《汤姆·琼斯》《高老头》,或在作品结尾,如《欧也妮·葛朗台》《包法利夫人》。结尾处的会聚效果最为强烈,因为故事的时距逐步缩小了它与叙述时刻的距离。但这些效果的力量来自出人意料地披露故事与其叙述者之间一

---

① 圣阿芒(Saint-Amant,1594—1661),法国诗人。《被救的摩西》(*Moyse Sauvé*)是他于 1653 年创作的圣经史诗。

直掩盖着的——或在《包法利夫人》中久已被忘却的——时间同步(以及某种程度上的故事同步)。相反,在"第一人称"叙事作品中这种同步一开始就很明显,叙述者一下子就被视为故事中的人物,结尾处的聚合几乎已成惯例,《鲁滨孙飘流记》的最后一段可为我们提供聚合方式的例子:"最后,当我已度过72年丰富多彩的生活,充分认识到退隐的价值和宁静地度过余生的幸福之后,我下定决心不再殚精竭虑,我正在为比所有这些旅行更长的一次旅行做准备。"这里没有任何戏剧性效果,除非最后的情境本身是一个暴烈的结局,如在《双重的赔偿》(Double Indemnity)中,主人公与他的女同谋潜入大洋,被一条鲨鱼吞食之前,正在写他的忏悔性叙事的最后一行:"我没有听到有人打开舱房的门,但我写作时,她待在我的身边。我感觉到她的存在。月亮升起来了。"

　　为了让故事与叙述聚合,叙述的时距当然不应超过故事的时距。大家知道特里斯特拉姆①遇到了一个滑稽的难题:由于他写了一年时间才讲述了他一生的头一天,他发现自己落后了364天,因而与其说他前进了,倒不如说他后退了,他生活的速度是他写作速度的364倍,因此他越写,剩下要写的东西就越多,总之他的大作绝无完成的希望。这个推论天衣无缝,并且它

------

① 即《项狄传》中的男主人公。

的前提毫不荒谬。讲述需要花费时间(山鲁佐德[1]的生命即维系于此),小说家展现一个二度口头叙述时不会不考虑这一点:当《宿命论者雅克》中的女店主讲述阿尔西斯侯爵的故事时,客店里发生了许多事情,《曼侬·莱斯戈》的第一部分以下述评论收尾:骑士花了一个多小时讲故事,实在需要吃顿夜宵"轻松一下"。我们有理由认为普雷沃写这一百来页用了远远不止一个小时,并且我们知道福楼拜写《包法利夫人》花了将近五年时间。然而,总之十分奇怪的是,这部叙事作品的虚构叙述,与世界上除《项狄传》以外的几乎所有小说一样,被认为没有任何时距,更确切地说,时距问题仿佛是个完全不恰当的问题:文学叙述的虚构之一(由于可以说未引起注意或许是最强有力的虚构)在于它是个无时间长度的即时行为。有时人们给这个行为注上日期,但从不去测量它。我们知道叙述者写最后一句话时郝麦先生刚得了荣誉团勋章,却不知道叙述者写第一句话时发生了什么事;我们明知这个问题是荒谬的,因为除了作为文本的叙事的无时间性空间外,可以说没有任何东西将叙述主体的这两个时刻隔开。同时叙述或插入叙述赖以存在的是叙述时距以及该时距与故事时距之间的关系,与这两种叙述相反,事后叙述的存在归因于下述矛盾:它既拥有时间情境(就已发生的故事而言),又具有无时间性的本质,因为它本身无时距。它与普鲁斯特的朦

---

① 《一千零一夜》中的女主人公。

胧回忆一样，神思恍惚，"一闪而过"，因惊叹而休克，是"挣脱时间束缚的片刻"。

　　《追忆》的叙述主体显然符合最后一种类型。我们知道普鲁斯特用了十多年时间写他这部小说，但马塞尔的叙述行为不带任何时间延续和划分的标记：它是即时的。与主人公的各种过去时态混在一起、几乎页页可见的叙述者的现在时，是独一无二的、无进展的时刻。马塞尔·米勒认为热尔梅娜·布雷（Germaine Brée）做出了在最终顿悟的前后有双重叙述主体的假设，但该假设没有任何依据，而且老实说我只看到热尔梅娜·布雷埃滥用"叙述者"一词（尽管是常用词），用它代替主人公，这或许是米勒尔在这个问题上搞错的原因。至于《斯万家那边》最后几页表达的感情（我们知道它不符合叙述者最终的信念），米勒尔本人清楚地指出这种感情丝毫不能证明在顿悟之前存在一个叙述主体，相反，上文已提到的致雅克·里维埃尔的信表明，普鲁斯特在这里坚持把叙述者的话语与主人公的"谬误"协调起来，从而把不是叙述者的见解加在叙述者的头上，以免过早暴露自己的思想。马塞尔叙述了盖尔芒特晚宴后他的作家生涯的开端（隐居、头几篇习作、读者最初的反应），这篇叙事必然考虑到写作延续的时间（"我呢，我要写别的，要写得更长，为了不止一个人。写起来是很慢的。白天，我至多可以设法睡一觉。我只在夜间

工作,但我需要许多夜晚,也许一百个,也许一千个")。马塞尔
还叙述了写作将因死亡而中断的焦虑。上述叙事和叙述它的虚
构即时性是不矛盾的,因为马塞尔那时开始在故事中写的书理
所当然不会和当时作为叙事几乎已经写完的书,也就是《追忆》
相混淆。虚构的书,这个叙事的对象,和所有的书一样"写起来
是很慢的"。但真实的书,即叙事作品却不知本身的"长度":它
取消了自己的时距。

　　1909 年至 1922 年普鲁斯特的叙述现在时相当于许多写作
"现在时",我们知道《追忆》大约有三分之一(其中恰好包括最后
的篇章)是从 1913 年开始写的。因此叙述的虚构时刻事实上在
真正撰写的过程中发生了变动,今天它不再是 1913 年普鲁斯特
以为作品完成后将由格拉塞书屋出版的那个时刻。这样,当他
谈就寝场景时写道:"这是多年以前的事了",或谈小玛德莱娜蛋
糕引起对贡布雷的模糊回忆时写道:"我感觉到阻力,听到穿越
距离时的喧哗",他想到并要表明的时间距离仅仅由于故事时间
的延长而增加了十余年,所以上述句子的含义就变了。由此产
生了某些无法消除的矛盾,如叙述者的今天对于我们来说显然
是指战后,但《斯万家那边》最后几页中的"今天的巴黎",按其历
史的限定(情景内容)仍是战前的巴黎,和当时所见所写的巴黎
一样。小说的所指(叙述时刻)变成了 1925 年,但与写作时刻相
应的历史所指对象却没有跟着变,仍然是 1913 年。叙述分析应
把这些变动,和由此可能产生的不一致,作为作品实际创作过程

的后果记录下来；但它最终只能考虑作品定稿时的叙述主体，将其视为独一无二的、没有时距的时刻，该时刻必然要比最后的"场景"晚好几年，因而是在战后，甚至……在马塞尔·普鲁斯特死后。应当指出，这并非自相矛盾，因为马塞尔不是普鲁斯特，不必和普鲁斯特同时辞世。反之，马塞尔必须于1916年后在疗养院度过"许多年"，这样，他回巴黎及盖尔芒特午后聚会的时间必定最早在1921年，他与"变得痴呆"的奥黛特相遇是在1923年。这是必然的结果。

独一无二的叙述时刻和故事的各个时刻之间的距离必定不一样。如果说贡布雷就寝一幕已过去"许多年"，那么"曾几何时"叙述者又开始听到他儿时的啜泣，而他与盖尔芒特午后聚会之间的距离显然小于初次抵达巴尔贝克时的距离。语言的体系和对过去时清一色的使用无法表明在一大篇叙述话语中时距的逐步缩短，但是我们看到，普鲁斯特通过叙事时间系统中的一些变化在一定程度上成功地使我们感受到这种缩短：反复性动词逐步消失，单一场景被拉长，间断越来越大，节奏得到加强，仿佛故事的时间越接近尾声（也是其源泉）就越膨胀，越变得突出起来。

根据"自传"叙述的惯常写法，有人可能料定叙事会把主人公引到叙述者等待他的地点，使这两个实体合并，最终合二为一。这样断言有时未免草率。事实上，正如马塞尔·米勒表明的那样，"王妃举行招待会的那一天和叙述者讲述该招待会的那一天，中间相隔整整一个时代，主人公和叙述者之间保持着一段无法逾越的距离:《重现的时光》结尾部分的动词形式全部是过去时"。让·鲁塞认为,叙述者恰恰把他的主人公的故事(即他自己的叙事)一直引到"主人公即将变成叙述者"之处,我宁愿说开始变成叙述者之处,因为主人公的确开始动笔写作了。米勒尔写道:"如果主人公去和叙述者会合,那要按渐近的方式:二者的距离趋向于零,却永远不等于零",但是这个形象化的比喻蕴含着在两个时距上做文章的斯特恩式手法,普氏作品中事实上不存在这种手法。当主人公寻觅到真理和他生活的意义,因而这个"志向的故事"(普氏叙事的公开对象)结束的时候,叙述也戛然而止,剩下的事(我们已从在此收尾的小说里得知其结果)不再属于"志向",而属于实现这个志向要做的工作,因而只应勾画出一个轮廓。《追忆》的主题是"马塞尔变成作家",不是"作家马塞尔",因此它仍是一部描写新人成长的小说,一部未来小说家的小说,如果把它视为和《伪币制造者》①一样的"小说家的小说",那就曲解了它的意图,尤其歪曲了它的含义。黑格尔恰恰在论及 Bildungsroman② 时说过:"下文再没有一点点小说的味道……"普鲁斯特很可能乐意把这个提法用到自己的作品中去:故事性,即最终有所发现(顿悟)的求索和追寻,而不是以后对该发现的利用。真理最后被发现,志向迟迟被领悟,正如情人幸福

---

① 　法国作家纪德(1869—1951)创作的小说。

② 　德语:成长小说、教育小说。

的团聚,只能是个结局,不能是个阶段;从这个意义来说,《追忆》的主题是个传统的主题。因此叙述必须在主人公与叙述者会合之前中止,两人一起收尾是无法想象的。主人公终于写出第一句话时,叙述者(因而)才写最后一句话。故事结束与叙述时刻之间的距离,正是主人公写这部书(既是又不是叙述者在一刹那间向我们透露的那部书)所需要的时间。

叙述层

格里厄结束叙事时声称他刚乘船从新奥尔良到勒阿弗尔-德格拉斯,又从勒阿弗尔到加莱,去和正在数法里外等他的兄弟会面,这时,被讲述的行动和叙述行为之间一直存在着的时(空)距离逐渐缩小,最后到零:叙事到达此时此地,故事与叙述相接。不过,在骑士爱情的最后这些插曲和他在晚餐后向勒侬古侯爵讲述这些插曲的"金狮"旅店的餐厅和就餐者(其中包括他本人与他的客人)之间仍存在着距离,这不是时间和空间上的距离,而是二者因与格里厄的叙事关系不同所造成的差距。我们笼而统之而且必然不大恰当地把这些关系分为在内(不言而喻在叙事之内)和在外两类。二者间与其说有距离,倒不如说有一条由叙述本身表示的界线,有不同的层次。对我们来说,"金狮"旅店、侯爵和作为叙述者的骑士存在于某一个叙事中,这不是格里厄的,而是侯爵的叙事,即《一位贵人的回忆录》;从路易斯安那的回程，从勒阿弗尔到加莱的旅行和作为主人公的骑士存在于另一个叙事、即格里厄的叙事中，它包含在第一个叙事里，不仅仅因为第一个叙事为它添上序言和结尾（此处并无结尾），而且因为它的叙述者已经是第一个叙事中的人物，产生它的叙述行为是第一个叙事中讲述的一件事。

我们给层次区别下的定义是：叙事讲述的任何事件都处于一个故事层，下面紧接着产生该叙事的叙述行为所处的故事层。勒依古先生撰写虚构的《回忆录》是在第一层完成的（文学）行为，可称为故事外层；《回忆录》中讲述的事件（其中包括格里厄的叙述行为）是第一叙事的内容，因此称为故事或故事内事件；格里厄的叙事即二度叙事中讲述的事件称为元故事事件①。同样，勒依古先生作为《回忆录》的"作者"处于故事外，因为他尽管是虚构的人物，却和卢梭或米什莱一样面向真正的读者；作为该《回忆录》的主人公，这同一个侯爵处于故事层或在故事内，与他情况相同的有"金狮"旅店的叙述者格里厄，以及在帕西第一次

---

① 前缀 méta-（总括，元）和在"元语言"中一样，显然包含向第二度的过渡：元叙事是叙事中的叙事，元故事情境是这第二叙事的天地，正如故事情境指的是（按照目前流传的惯例）第一叙事的天地。不过应当承认这个术语的用法正好与其逻辑学和语言学的范例相反：元语言是一种在其中谈另一种语言的语言，所以元叙事应该是在其中讲述第二叙事的第一叙事。但我认为不如把最简单和最通用的名称留给第一度，并因此颠倒嵌合的前后关系。——原注

相遇时侯爵瞥见的曼侬；但作为自己的叙事主人公的格里厄、女主人公曼侬及其兄弟和那些无关紧要的人物，则属于元故事。这些词语指的不是人，而是相对的情境和功能。

从定义上来讲，第一叙事的叙述主体是故事外主体，而第二叙事（元故事）则为故事主体，等等。必须强调指出，第一个主体可能具有的虚构性和随后的主体可能具有的"真实"性都不能改变这一情况：勒依古先生不是普雷沃神甫叙事中的"人物"，他是《回忆录》的虚构作者（而我们知道其真正作者是普雷沃），正如鲁滨孙·克鲁索是以他命名的笛福那部小说的虚构作者，然后两个人都变成各自叙事中的人物。还需要指出的是，我们的问题涉及的是叙述主体，而不是文学主体，因此普雷沃和笛福都不在我们探讨的范围之内。勒依古先生和克鲁索既是叙述者，又是作者，这种身份使他们和读者，即你和我，处于同一个叙述层。格里厄的情况不同，他从不对我们讲话，只向耐心的侯爵讲述；相反，即使这位虚构的侯爵在加莱遇到了一个真实的人物，比方说正在旅行的斯特恩，那么尽管实有其人，这个人物仍是故事人物，正如大仲马笔下的黎塞留，巴尔扎克笔下的拿破仑，或普鲁斯特笔下的玛蒂尔德王妃。总之不能把故事外性质与真实的历史存在混为一谈，也不能把故事性（甚至元故事性）与虚构混为一谈：巴黎和巴尔贝克处在同一层，尽管一个实际存在，另一个纯属虚构，我们每天即使不是小说的主人公，也是叙事的对象。

但是一切故事外的叙述不一定就是文学作品，其主要人物不一定与勒侬古侯爵一样，是能够向被称为听众的那些人讲话的叙述者兼作者。日记体小说，如《一个乡村教士的日记》或《田园交响乐》，原则上不针对任何听众，甚至任何读者。书信体小说亦如此，不论是只有一个写信者、常常被称作假书信的日记体小说如《帕美勒》（*Paméla*）、《维特》（*Werther*）或《奥贝曼》（*Obermann*），还是有好几个通信者的小说如《新爱洛伊丝》或《危险关系》。贝尔纳诺斯、纪德、理查逊、歌德、瑟南古或拉克洛只以"出版者"的身份出现，但这些日记或这些"由……搜集并出版的书信"的虚构作者显然（与勒侬古、克鲁索或吉尔·布拉斯不同）不会自视为"作者"。而且故事外的叙述甚至不一定是书面叙述，我们丝毫不能断言默尔索或马洛纳撰写了我们当作内心独白来读的文本，当然，《被砍倒的月桂树》的文本只能是未用口笔表述、但被迪雅尔丹神秘地接收并译释出来的一股"意识流"。即时话语的特点，正是对它构成的叙述主体不作任何形式上的限定。

反之，一切故事内的叙述不一定和格里厄的叙述一样产生一篇口头叙事，它可以是一篇书面文字，如阿道尔夫撰写的无接受对象的回忆录，甚至是一篇虚构的文学作品——作品中的作品，如《堂吉诃德》中的教士在一只箱子里发现的《奇怪的鲁莽汉》的"故事"，或《阿尔贝·萨瓦吕斯》[1]的主人公在一份虚构的

---

① 巴尔扎克的小说。

杂志上发表的短篇小说《爱情造就的野心家》,小说的主人公是
一篇元故事作品故事内的作者。但第二叙事的形式也可以既非
口头,又非书面,人们可以公开或非公开地视其为内心叙事,如
《被救的摩西》中若卡贝尔的梦,更为常见且不如其神奇的是一
个人物(在或不在梦中)所作的各式各样的回忆,如在《西尔薇
娅》①的第二章出现了(大家知道这个细节给普鲁斯特留下了多
么强烈的印象)阿德里安娜唱歌的插曲("似梦非梦的回忆"):
"我又上了床,但无法安眠。在几乎半睡半醒的状态中,全部青
春的岁月又浮现在我的记忆中……我回想起亨利四世时代的一
座古堡……"最后,第二叙事可以是非言语的表现(往往是视觉
表现),叙述者通过描述这种形象的资料(在《忒修斯和佩莱的婚
礼》中表现阿里阿德涅被遗弃的油画,或在《被救的摩西》中表现
洪水的挂毯),或更为少见的是让一个人物描述这种资料(在《被
救的摩西》中阿姆拉姆解说表现约瑟夫一生的图画),把非言语
表现转换为叙事。

元故事叙事

　　二度叙事是一种上溯到史诗叙述发端的形式,因为正如我

---

①　法国诗人、散文家奈瓦尔(1808—1855)于1854年创作的抒情散文集《火的
　　女儿》中的一篇。

们所知，《奥德赛》的 9—12 章就是写奥德修斯在菲阿西斯人的集会上所作的叙事。这个手法（大家知道它在《一千零一夜》中被大量运用）经过维吉尔、阿里奥斯托和塔索，在巴洛克时代变成小说的传统手法，比方像《阿斯特雷》这样的作品，它的大部分篇幅就是由这个或那个人物的叙事构成的。18 世纪时尽管有书信体小说等新形式的竞争，人们继续采用这一手法，这在《曼侬·莱斯戈》《项狄传》或《宿命论者雅克》中看得很清楚，甚至现实主义的到来也不妨碍它在巴尔扎克的作品（《纽沁根银行》《妇女再研究》《红房子旅馆》《萨拉金》《驴皮记》）和弗罗芒坦①的作品（《多米尼克》）中继续存在；在巴尔贝②的作品或在《呼啸山庄》里（伊莎贝拉对内莉作的叙事，被内莉转述给洛克伍德，后者又将其载入日记），特别在《吉姆老爷》中（该作品线索错综交织，达到常人理解力的极限），对该手法的运用甚至有增无减。对它进行形式的和历史的研究将大大超出本书的主旨，但为了下文的需要至少应区分出元故事叙事和它插入其中的第一叙事之间可能存在的主要几类关系。

第一类关系是元故事事件和故事事件之间直接的因果关系，它赋予第二叙事解释的功能。巴尔扎克的"这就是为什么"即在此列，但这里解释工作由一个人物承担，无论他讲的是另一

---

① 弗罗芒坦（Eugène Fromentin，1820—1877），法国作家、画家。
② 巴尔贝·多尔维利（Barbey d'Aurevilly，1808—1889），法国作家。

个人的故事(萨拉金),还是(在最常见的情况下)他本人的故事(奥德修斯、格里厄、多米尼克)。所有这些叙事无论明确与否回答的都是"哪些事件导致了当前的局面"这类问题。故事内听众的好奇心往往不过是满足读者好奇心的一个借口,如古典戏剧中展开情节的几场戏,而元故事叙事常常不过是解释性倒叙的一个变种。因此在声称的功能和真实的功能之间产生了某些不协调,消除这些不协调往往有利于后者。如在《奥德赛》的第12章,奥德修斯到达卡吕普索所辖岛屿时中断了叙事,尽管他的大部分听众不知下文,这样做的借口是他在前一天已向阿尔基诺奥斯和阿雷泰作了简略的讲述(第7章);真正的原因显然是读者通过第5章的直接叙事对下文已有详尽的了解。"故事为人知晓时",奥德修斯说,"我讨厌再讲一遍"。这种厌恶首先是诗人本人的厌恶。

第二类关系是一种纯主题关系,因此不要求元故事和故事之间存在任何时空的连续性:这是对比的关系(忒修斯婚礼的欢乐气氛和被遗弃的阿里阿德涅的不幸),或类比的关系(如在《被救的摩西》中若卡贝尔对执行神旨犹豫不决,阿姆拉姆便向他讲述亚伯拉罕献子燔祭的故事)。20世纪60年代的"新小说派"大为赏识的著名的纹心结构(la structure en abyme),显然是这种类比关系发展到恒等极限的极端形式。此外,当主题关系被听众觉察时,它能对故事情境产生影响:阿姆拉姆叙事的直接效果(也是其目的)是说服若卡贝尔,这是具有说服功能的一个exemplum①。大家知道,真正的体裁如讽谕故事或道德说教性寓言依据的正是类比的这种告诫作用:梅内纽斯·阿格里帕向群起造反的平民讲述《四肢与胃》的故事;接着,李维②补充道:"他指出体内的骚动与平民对元老院的反抗何其相似,终于将他们说服。"普鲁斯特的作品将表明儆戒作用没有如此之大。

第三类关系不包含在两层故事之间的任何明确的关系,在故事中起作用的是不受元故事内容牵制的叙述行为本身,比方分心作用和(或)阻挠作用。最著名的例子当推《一千零一夜》中山鲁佐德借助各式各样(只要能使苏丹感兴趣)的叙事推迟死期。可以看出,从第一类到第三类关系,叙述主体变得越来越重要。在第一类中,(连贯)关系是直接的,它不通过叙事,并且完全可以不要叙事:不管奥德修斯讲不讲,是风暴将他抛到菲阿西斯人的海岸,他的叙事带来的唯一变化纯属认识范畴。在第二类中,关系是间接的,严格地以叙事为媒介,叙事对情节的连贯必不可少;只要梅内纽斯把四肢与胃的奇遇讲给平民听,他们便会冷静下来。在第三类中,关系只存在于叙述行为与当前的情境之间,元故事的内容(几乎)并不比为阻挠辩论在国会讲坛上读的那段《圣经》更重要。这个关系证实(如果需要的话)叙述

---

① 拉丁文:例子。

② 李维(公元前64或59—公元17),古罗马历史学家,所著《罗马史》共142卷。

是个普普通通的行为。

转喻

　　从一个叙述层到另一个叙述层的过渡原则上只能由叙述来承担,叙述正是通过话语使人在一个情境中了解另一个情境的行为。任何别的过渡形式,即使有可能存在,至少也总是违反常规的。科塔萨尔[①]在一篇作品中讲述了一个人惨遭谋杀的故事,凶手是他正在阅读的那部小说中的人物,这是被古典作家称为作者转喻的叙述手法的相反(和极端)形式。该手法假装诗人"本人造成他咏唱的后果",比方维吉尔在《埃涅阿斯纪》的第四章"让"狄多"死去",狄德罗更暧昧地在《宿命论者雅克》中写道:"有什么能拦住我替主人娶妻并让他戴绿帽子呢?"或对读者说,"如果你们乐意,就让我们重新把农妇扶上马,坐在赶马人的身后,让他们离去,我们再回过头来讲那两位旅客"。斯特恩甚至恳求读者介入,请他们关上门或帮项狄先生重新上床。但原则只有一个:故事外的叙述者或受述者任何擅入故事领域的行动(故事人物任何擅入元故事领域的行动),或如科塔萨尔作品中的相反的情况,都会产生滑稽可笑(当斯特恩或狄德罗用开玩笑的口吻描写这种行动时)或荒诞不经的奇特效果。

---

①　科塔萨尔(Julio Cortázar,1914—1984),阿根廷小说家,1951年迁居巴黎。

我们把叙述转喻①这个术语推而广之,用它指上述一切违规现象。其中有一些和古典修辞学中的违规现象一样平常和无伤大雅,利用故事和叙述的双重时间性做文章,如上文已引述过的巴尔扎克《幻灭》中的一段:"正当可敬的教士攀登昂古莱姆的石扶梯时,有必要解释……"仿佛叙述与故事齐头并进,故事停顿的时间必须填满。普鲁斯特正是依照这个广泛流传的样板写道:"我动身去巴尔贝克之前再无时间着手描绘人情世态……"或"当小火车到站停下,列车员喊着冬西埃尔、格拉特瓦斯特、梅内维尔等站名时,我这里只记下小海滨浴场或兵营使我回想起的往事",他还写道:"但是该去追在前面走的男爵了……"大家知道,斯特恩运用时间的手法更大胆一些,即稍稍更拘泥于字面的意义,如(故事外的)叙述者特里斯特拉姆的题外话使其父(在叙述中)不得不把午睡时间延长一个多小时,但这里原则仍然未变。从某种意义来说,扮演者时而是主人公,时而是演员的《六个寻找作者的剧中人》或《今晚即兴表演》的皮兰德娄式手法不过是大大扩展了的换层叙述,正如热内②的戏剧中运用它产生的一切特点和罗伯-格里耶的叙事中叙述层的变化:人物从一幅画,一本书,一页剪报,一张照片,一个梦,一个回忆,一种幻

---

① 转喻与预叙、倒叙、集叙和赘叙构成一个体系,在此专指"换层讲述"。——原注

② 让·热内(Jean Genet,1910—1986),法国小说家、诗人和戏剧家。

觉……中解脱出来。所有这些手法通过强烈的效果表明它们尽
力设法跨越——不管可能与否——的界限有多么重要,而这条
界限恰恰是叙述(或表现)本身;这是两个世界之间变动不定但
神圣不可侵犯的边界,一个是人们在其中讲述的世界,另一个是
人们所讲述的世界。因此,博尔赫斯流露的不安完全是有根据
的:"这样的手段暗示:如果一部虚构作品中的人物可以是读者
或观众,那么我们作为他们的读者或观众就可能是虚构的人
物。"转喻中最令人困扰的是人们难以接受又坚持提出的这个假
设:故事外或许始终已在故事之中,叙述者和他的受述者,即你
和我,或许仍是某个叙事中的人物。

　　有一种不那么大胆、但可归入换层叙述的叙述法,在和上下
文相同的叙述层上,把原则上或不如说在来源上被视为(或不难
猜测为)元故事的事件当作故事事件来讲述,仿佛勒侬古侯爵承
认从格里厄本人那里听到他的爱情故事以后(甚至让他讲了几
页以后),又亲自把这个故事讲一遍,并如柏拉图所说,不再"佯
装他变成了格里厄"。运用这一手法的典型当推《泰阿泰德》,我
们知道,这是苏格拉底、塞奥多洛和泰阿泰德之间的一次谈话,
被苏格拉底转述给欧几里得听,后者又转述给泰尔西翁听。但
是欧几里得说,为了避免"在陈述中使用令人生厌的插入语,如
苏格拉底谈到自己时说'而我,我说'或'而我,我回答说',谈到
对方时说'他同意了'或'他不同意'",谈话是以"苏格拉底与其
交谈者们直接对话"的形式撰写的。在这些叙述形式中,元故事

的中转不管提不提都立即被取消,代之以第一叙述者,这样可以说就省去一个(有时是好几个)叙述层。我们称这些叙述形式为简化的元故事(言下之意简化为故事)或假故事。

老实说,这种简化有时并不明显,更确切地说,在文学叙述作品中,元故事与假故事之间的差别有时并不容易察觉。(与电影剧本相反,)文学叙述作品除人称的变化外,没有足以标志一个片段的元故事性的特征:如果勒依古先生替代格里厄来讲述后者的风流韵事,那么替代立即表现为从我向他的过渡;但是当《西尔薇娅》的主人公在梦中重温年轻时的一段往事时,我们根本无法确定该叙事是这场梦的叙事,还是越过睡梦主体对这段往事的直接叙事。

从《让·桑特伊》到《追忆》,或假故事的胜利

在兜过这个新圈子之后,我们将更容易抓住普鲁斯特在《追忆》中有意无意所作的叙述选择的特点。但首先应当指出普鲁斯特在第一部叙述巨作中,更确切地说,在《追忆》的第一个版本即《让·桑特伊》中作了什么选择。在这部作品中,叙述主体是双重的:没有名姓的故事外叙述者(他是主人公的第一个替身,其境遇后来被写成马塞尔的境遇)与一位朋友在孔卡尔诺海湾度假;两个年轻人结识了一位姓 C 的作家(主人公的第二个替身),他正在写一部小说,应他们的要求,每晚把白天写的段落读

给他们听。朗读的这些片段没有记录成文，但几年以后，C去世了，叙述者不知如何拥有了小说的一个抄本，决定拿去发表，这就是《让·桑特伊》，其中的主人公显然就是马塞尔的第三个雏形。这种不连贯的结构也可算作仿古，但与《曼侬·莱斯戈》所代表的传统还有两处细微的差别。故事内叙述者在这里不讲述他本人的故事，他的叙事不是口头的，而是书面的，甚至具有文学性，因为这是一部小说。下面我们还要谈到这第一个差别，它涉及"人称"问题。现在必须着重谈谈第二个差别，它表明在这些手法已经不盛行的时代，作者写小说时畏首畏尾，并且显然需要与比《追忆》更接近自传的让的传记"保持距离"。元故事叙事的文学性和"虚构"性（因为是小说）使叙述的双重性更为突出。

我们应当记住，普鲁斯特在第一阶段并非不知道"抽屉式"的叙述方法，并且曾受到它的诱惑，他在《女逃亡者》中曾影射过这一手法："小说作者们常常在前言中声称，他们在某国旅行时遇到的某个人向他们讲述了一个人的身世。于是他们便让这个萍水相逢的朋友讲述，他对他们作的叙事恰恰就是他们的小说，如法布里斯·台尔·唐戈的身世便是帕多瓦的一名议事司铎讲给司汤达听的。当我们恋爱的时候，即当我们觉得另一个人的生活十分神秘的时候，我们多么希望找到这样一位知情的叙述者啊！自然，他是存在的。我们自己不是常常毫无激情地把这个或那个女人的身世讲给一位朋友或一位素昧平生的人听吗？他们对这个女人的爱情生活一无所知，好奇地听我们讲述。"看得出来,这段说明不仅关系到文学创作,而且可以推广到最常见的叙述活动,如在马塞尔的生活中可以进行的叙述活动。甲向乙作的有关丙的叙事是编织我们"经验"的经纬线,其中大部分是叙述的经验。

这段往事和这个影射更突出了《追忆》叙述的主要特点,即几乎一贯取消元故事叙事。首先,搜集到手稿这个虚构情节被直接叙述所取代,主人公兼叙述者公开把自己的叙事当作文学作品来介绍,因而与吉尔·布拉斯或鲁滨孙一样,承担起(虚构)作者的角色,与读者大众直接接触。因此,他用"这本书"或"这部作品"来指他的叙事,使用学院式的复数,向读者讲话,甚至写出斯特恩式或狄德罗式的有趣的假对话:"这一切",读者会说,"没有告诉我们任何关于……"

"这的确令人遗憾,读者先生。而且比你想的还要可悲……"

"阿尔帕荣夫人究竟有没有把你介绍给亲王?"

"没有,你别说话,让我继续讲下去。"

小说《让·桑特伊》的虚构作者没有敢这样写,这个差别可以衡量出叙述者在摆脱束缚方面取得了多大的进展。其次,《追忆》中几乎完全没有元故事的插入,几乎只能举出这些例子:斯万就他与倒向德雷福斯派的盖尔芒特亲王的谈话向马塞尔所作的叙事,埃梅有关阿尔贝蒂娜以往品行的汇报,尤其是被当作龚古尔兄弟手笔的关于维尔迪兰家晚宴的叙事。我们还将注意到,在这三例中,叙述主体被置于引人注目的地位,其重要性与被转述的事情不相上下：斯万幼稚的偏袒比亲王立场的转变更使马塞尔感兴趣；埃梅用书面语体，带着次序颠倒的括号和引号而作的汇报是一篇虚构的仿作，假龚古尔式的叙事，这篇真正的仿作，与其说是关于维尔迪兰沙龙的一份资料，倒不如说是一篇文学作品，一个文学虚荣心的佐证。由于这许多原因，要简化这些元故事叙事，即让叙述者重新承担这些叙事是不可能的。

相反，在《追忆》其他所有的篇章里，常用的叙事方法是我们所谓的假故事，它原则上为第二叙事，但立即被引回到第一层，而且不论来源如何，一律由主人公兼叙述者负责。第一章提到的大部分倒叙或出自主人公的回忆，即某种奈瓦尔式的内心叙事，或出自第三者向主人公作的叙述。比方说，《在少女花影下》的最后几页属第一类，通过主人公回到巴黎后的回忆，追述巴尔贝克阳光灿烂的清晨："当我回想巴尔贝克时，眼前几乎总浮现出这样的时刻：在气候宜人的季节，每天清晨……"然后，追述忘却了记忆这个托词，以直接叙事自行发展直到最后一页，以致许多读者没有注意到在时空上绕的弯子导致了直接叙事，还以为这不过是没有改变叙述层的同故事的"回顾"；或如用下面这句话引出 1916 年在巴黎逗留期间对 1914 年的回顾："我想我有好久没有再见到这部作品中的任何一人了。只是在 1914 年……"接下去是对这第一次回顾的直接叙事，仿佛这不是在第二次回顾中唤起的回忆，或仿佛这个回忆在这里不过是叙述的借口，即普鲁斯特所说的"过渡手法"；几页之后，描写圣卢来访的一段以同故事的倒叙开始，以"我一面这样回想圣卢的来访……"这句事后揭示记忆来源的话结束。特别需要指出的是，《贡布雷》的第一部分是失眠时的遐想，《贡布雷》的第二部分是小玛德莱娜蛋糕的滋味激起的"非意愿性回忆"，而自《斯万的爱情》开始，其后的一切章节又都是失眠者的追忆。实际上，整部《追忆》是以"中间主体"的回忆为名，旋即被最后的叙述者当作叙事来要求和承担的长篇假故事倒叙。

上一章谈聚焦问题时提到的全部插曲都属于第二类，这些插曲于主人公不在场时发生，因此叙述者通过中间叙事才掌握了情况，如斯万结婚的前前后后，诺普瓦和法芬埃姆之间的交易，贝戈特之死，斯万死后吉尔贝特的表现，贝尔玛家不成功的招待会。我们看到，这些消息的来源时而公开，时而隐蔽，但无论在何种情况下，马塞尔都把他从戈达尔、诺普瓦、侯爵夫人或天知道什么人那里得来的消息小心翼翼地插入自己的叙事中，仿佛他不能容忍别人分享他一丝一毫的叙述特权。

《斯万的爱情》是最典型、自然也是最重要的例子。从原则上说，这段插曲是双重的元故事，首先因为该插曲的细节是一个叙述者在某个未确定的时刻转述给马塞尔听的，其次因为马塞尔在某些不眠之夜又回忆起这些细节；这是对以往叙述的回忆，因而在此之后，故事外的叙述者再一次把全部材料捡拾起来，以自己的名义讲述他出生以前发生的这整个故事，并打上自己后来生活的一些难以觉察的印记，这些印记就像是他的签名，使读者不会过久地将他忘却——这是叙述以"我"为中心的精彩一例。普鲁斯特在《让·桑特伊》中尝到了元故事的陈旧的乐趣，一切看上去仿佛他曾发誓再也不用这种手法，把全部叙述职能留给自己（或他的代言人）。由斯万本人讲述《斯万的爱情》恐怕会破坏主体的统一和主人公的垄断。在《追忆》最后的结构中，马塞尔的前替身斯万只应是个不幸的和不完善的先驱，因而他无权"发言"，即叙事，更无权（我们在下面还要谈到）出现于承载和伴随该叙事、并赋予其含义的话语中。因此，最后应当由马塞尔，并且只应当由他撇开其他一切主体来讲述这段他人的艳史。

但是，正如大家所知，这段艳史预示了并在某种程度上决定了马塞尔的艳史，这就是上文分析过的某些元故事叙事的间接影响。斯万对奥黛特的爱情原则上对马塞尔的命运没有任何直接影响，为此，古典主义的规范恐怕会认为斯万的爱情纯粹是个插曲；但它的间接影响，即马塞尔通过叙事了解这段爱情后受到的影响，却是巨大的。他在《索多玛与蛾摩拉》里亲自作了说明：

> 于是我想到我所了解的斯万如何爱奥黛特，一生如何受愚弄的全部情况。其实，我所以愿意去想，是因为对别人讲给我听的斯万夫人性格的回忆和我的定见，使我渐渐设想出阿贝蒂娜的全部性格，并对我无法完全控制的一个人每时每刻的生活做出痛苦的解释。这些叙事促使我后来设想阿尔贝蒂娜可能不是个好姑娘，可能像老娼妓一样淫

荡下流,惯于欺诈,我想象着在这种情况下,一旦爱上她后本该经受的一切痛苦。

"这些叙事促使……"正由于对斯万爱情的叙事,马塞尔有朝一日才确实有可能想象出一个与奥黛特相像的阿尔贝蒂娜(水性杨花,淫荡下流,难以接近)并因此爱上她。后果如何,尽人皆知。叙事的威力何其大焉……

总之,我们不要忘记,俄狄浦斯之所以能够做到每个人据说仅能想想而已的事,那是因为神示事先讲述他有朝一日将杀父娶母:没有神示他不会被放逐,因而不会隐姓埋名,也就不会杀父和乱伦。《俄狄浦斯王》的神示是一个将来时的元故事叙事,一经陈述就会发动足以实现神示的"爆炸装置"。实现的不是一个预言,而是一个以叙事为形式"请君入瓮"的圈套。是啊,叙事多么有威力(又多么诡计多端)! 有些叙事让人活下去(山鲁佐德),有些却置人于死地。如果我们不把斯万被人讲述的爱情理解为命运的一个工具,那么我们对《斯万的爱情》就作不出正确的评价。

人称

至此人们可以发现,我们使用"第一或第三人称叙事"这些词语时总附有表示异议的引号。的确,我认为这些常用词组是

不贴切的,因为它们把变化符号加到叙述情境中事实上不变的
因素,即叙述者这个"人"或明或暗的存在上。与任何陈述中的
陈述主体一样,叙述者在叙事中只能以"第一人称"存在——恺
撒《回忆录》①中传统的语法形式替换除外。强调"人称"恰恰使
人们以为,叙述者的(纯语法和修辞的)抉择和恺撒决定"用"这
个或那个人称写《回忆录》的抉择始终是一回事。大家知道事实
上问题并不在此。小说作者不是在两个语法形式之间,而是在
两种叙述态度之间(语法形式只是表现在语言结构上的结果)进
行抉择:让他的一个"人物"或一个与故事无关的叙述者讲故事。
因此叙事作品中出现第一人称动词可以有两种十分不同的情
况,语法对二者不加区别,叙述分析则应分辨清楚。一是叙述者
把自己称作叙述者,如维吉尔写道:"Arma virumque cano"②。
一是叙述者和故事中的一个人物同为一人,如克鲁索写道:
"1632 年我生于约克……""第一人称叙事"显然指的是第二种
情况,这种不对称证明该词组是不确切的。由于叙述者可以随
时以此身份介入叙事,因此从定义上来讲任何叙述都有可能用
第一人称进行(即便用学院式的复数亦如此,如司汤达写道:"我
们将承认……我们开始讲我们的主人公的故事……")。真正的
问题在于叙述者是否有机会使用第一人称来指他的一个人物。

---

① 指《高卢战记》和《内战记》。

② 拉丁文:我歌唱战斗和武士……

在此要把两种类型的叙事区分开来，一类是叙述者不在他讲的故事中出现（例如荷马与《伊利亚特》或福楼拜与《情感教育》），另一类是叙述者作为人物在他讲的故事中出现（例如《吉尔·布拉斯》或《呼啸山庄》）。出于明显的理由，我把第一类称作异故事，把第二类称作同故事。

　　但选用的这些例子大概已经暴露出这两类叙事在地位上的不对称。荷马和福楼拜两人完完全全，而且程度相等地不介入两个有关的叙事，相反，我们不能说吉尔·布拉斯和洛克伍德程度相等地介入各自的叙事。吉尔·布拉斯毫无疑义是他讲的故事的主人公，对洛克伍德就要打个问号了（"介入程度"更小的例子比比皆是，下面我就要谈到）。不介入是绝对的，介入则有程度之别。因此至少应在同故事类型中区分出两个种类：一是叙述者为叙事的主人公（《吉尔·布拉斯》），一是叙述者只起次要作用，可以说始终扮演观察者和见证人的角色，如上文提到过的洛克伍德，《路易·朗贝尔》①中的匿名叙述者，《白鲸》②中的以实玛利，《吉姆老爷》中的马洛，《了不起的盖茨比》③中的凯拉威，《浮士德博士》④中的蔡特布罗姆——还少不了柯南道尔笔

---

①　巴尔扎克的作品。

②　美国作家梅尔维尔（1819—1891）的小说。

③　美国小说家菲茨杰拉德（1896—1940）的代表作。

④　德国小说家托马斯·曼（1875—1955）的作品。

下那个最有名、最典型、感情外露(但嘴巴不紧)的华生大夫。叙述者仿佛在作品中不能是个不起眼的配角,他要么是挂头牌的演员,要么是普通的观众。我们将不得不把自身故事这个术语留给第一个种类(它可以说代表了程度较高的同故事类型)。

用这些术语界定的叙述者与故事的关系原则上不会改变,甚至当吉尔·布拉斯或华生作为人物暂时消失时,我们知道他们仍属于他们叙事的故事天地,早晚会重新露面。因此读者必然把从一个地位向另一个地位的过渡视为(至少当他觉察时)对某个未成文的准则的违犯,如在《红与黑》或《包法利夫人》中开头的叙述者兼见证人(悄然)消失,或叙述者拉米埃尔(大事张扬地)消失,公开走出故事"以便成为作家。因此,友善的读者啊!永别了! 你再也听不到别人谈论我了"。指同一个人物时改换人称是更严重的违规现象,如在《妇女再研究》中皮安训骤然从"我"变为"他",仿佛他突然放弃了叙述者的角色;在《让·桑特伊》中主人公反过来从"他"变为"我"。在古典小说范围内,以及在普鲁斯特笔下,这样的后果显然出自某种叙述上的毛病,可能是作品修改得仓促和未完成状态所致;但是大家知道,当代小说已经越过了包括这条界限在内的许多界限,毫不犹豫地在叙述者和人物(们)之间建立起可变的或不稳定的关系,用令人目眩的代词转换表现更自由的逻辑和关于"个性"的更为复杂的观念。在摆脱束缚方面突破最大的形式也许不是最易觉察的形式,因为"人物"的传统属性——专有名词、外貌和精神上的"特征",已在这些形式中消失,随之消失的还有语法转换的标记。博尔赫斯在《剑的外形》(*La forme de l'épée*)中为我们提供的犯规例子大概最为精彩,恰恰因为这种犯规现象发生于传统的叙述体系中,使对比更加鲜明。在这篇短篇小说里,主人公先以他的牺牲品的身份讲述自己可耻的遭遇,然后承认他实际上是另一个人,即一直以应有的轻蔑态度用"第三人称"处理的那个卑鄙的告发者。穆恩曾对这种叙述手法作了以下的"思想"评论:"一个人的行为仿佛是所有人的作为……我就是别人,无论是谁都是所有的人。"在这点上作为整个现代文学标志的博尔赫斯式的虚幻是不偏袒任何人的。

我并不想把普鲁斯特的叙述朝这个方向上拉,尽管在他的叙述中"人物"的蜕变已开始迈出大大的(和人所共知的)一步。《追忆》从根本上说是一部自身故事的叙事作品,我们看到这部作品的主人公兼叙述者可以说从不把叙述职能这个特权让给任何人。这里最重要的不是传统形式的存在,而首先是什么变化导致了该形式的产生,其次是该形式在这样一部小说中遇到了什么困难。

一般来说,把《追忆》,这"伪装的自传"视为用"第一人称"写的自传叙事是不言而喻、十分自然的。但这种显而易见的情理却是骗人的,因为,热尔梅娜·布雷早在 1948 年似乎就曾怀疑——这种怀疑后来被《让·桑特伊》的发表所证实——普鲁斯特起初并未打算给这种叙述方法以任何位置（卷首的部分除外）。需要指出的是，《让·桑特伊》有意采用了异故事形式。由于绕了这个弯子，我们不能把《追忆》的叙述形式视为真正个人陈述的直接延伸，它和马塞尔·普鲁斯特实际生活的不一致只是一些次要的偏差。热尔梅娜·布雷正确地指出："第一人称叙事是有意识的美学抉择的结果，而不是直抒胸臆、表白心曲的自传的标记。"先让作家 C 讲述"让"的一生，后又让"马塞尔"本人讲述"马塞尔"的一生，这种叙述抉择的确与笛福为《鲁滨孙飘流记》或勒萨日为《吉尔·布拉斯》所作的抉择同样明确，同样意味深长，而且由于绕了个弯子而更加明确，更有意义。再者，我们不能不看到从异故事向自身故事的转化伴随着上文已提到过的从元故事向自身故事（或假故事）的另一转化，并成为后者的补充。从《让·桑特伊》到《追忆》，主人公可以从"他"变为"我"，叙述主体的层次并不因此而消失：只要 C 的"小说"是自传，或仅仅具有自身故事的形式。反之，双重主体可以在不改变主人公与叙述者关系的情况下缩简为一，只需去掉开场白，这样开篇："有很长时间马塞尔睡得很早……"因此我们必须充分探讨从《让·桑特伊》到《追忆》叙述体系的过渡构成的双重转化具有何种蕴涵。

　　如果我们同时用叙述者的叙述层（故事外或故事内）和他与故事的关系（异故事或同故事）来确定叙述者在一切叙事中的地位，那么可用一个行列对查表来表示叙述者地位的四种基本类

型。① 故事外-异故事,范例:荷马,第一层叙述者,讲述与本人
无关的故事;② 故事外-同故事,范例:吉尔·布拉斯,第一层叙
述者,讲述本人的经历;③ 故事内-异故事,范例:山鲁佐德,第
二层叙述者,讲述一般与本人无关的故事;④ 故事内-同故事,
范例:9—12 章的奥德修斯,第二层叙述者,讲述本人的经历。
在这个体系中,《让·桑特伊》几乎全部叙事的(第二)叙述者,即
虚构的小说作者 C,应作为故事内-异故事类型填入山鲁佐德那
一格,《追忆》的(唯一)叙述者应作为故事外-同故事类型填入与
其完全(斜向)相对的吉尔·布拉斯那一格(无论行列如何排列):

层 关系	故事外	故事内
异故事	荷马	山鲁佐德 C
同故事	吉尔·布拉斯 马塞尔	奥德修斯

　　这是一种完全颠倒的情况,因为我们从以主体完全分离为
特征的情境(第一叙述者-故事外作者"我"/第二叙述者-故事内
小说作者"C"/元故事主人公"让")转入其特征为集三个主体为
一"身"的相反情境:主人公-叙述者-作者马塞尔。这个大转变
最明显的含义在于表明直接自传形式以迟缓但坚定的步伐升堂
入室,我们应当立即把它与一个看来矛盾的现象联系起来,即

《追忆》的叙述内容不像《让·桑特伊》那样直接源于自传;普鲁斯特似乎首先不得不克服对自身的某种附着力,摆脱开自己,以便取得以"我"自称的权利,更确切地说,让那个既不完全是他自己,又不完全是别人的主人公取得以"我"自称的权利。在这里,得到"我"并不是回到自我,不是在"主观性"的安乐窝里安身,或许恰恰相反,这是与自身有关系的一次困难的经验,即与自身拉开(微小的)距离和发生偏移,主人公兼叙述者和小说作者非常不引人注目的、仿佛出于偶然的半同名,就是这个关系的极好象征。

但是,可以看出,这个解释主要分析了从异故事向自身故事的过渡,对元故事层的取消涉及甚少。主体的骤然压缩或许在《让·桑特伊》的一些篇章中已经开始,叙述者(哪一个?)"我"似乎由于疏忽替代了本为主人公的"他":这大概是性急的结果,但与其说这是急于揭开小说虚构的假面具来"表现自己"或"讲自己",不如说这是对主体的分离给话语格调(在《让·桑特伊》中已不仅仅是叙述话语)造成的障碍或麻烦感到恼火。对于一个满心希望无休止地评论自己的"故事",说明其深刻根源的叙述者来说,最使他为难的恐怕莫过于必须不停地改变"语态",用"第三人称"讲述主人公的经验,然后亲自出面加以评论,一再地并始终不合时宜地闯入故事。因此他产生了越过障碍,及要求取得该经验并最终占为己有的愿望,如在一个片段里,叙述者先讲述日内瓦湖的景色使让回想起在贝梅伊海滨时"重新获得的感受"，然后接着讲自己的回忆，和自己决心"只在纵横于想象，使往事突现于眼前，在一股气味、一个景致中复活时，和只在这份快乐给予我灵感时"才动笔写作。可以看出，这已不是疏忽的问题，这暴露出《让·桑特伊》中采用的总的叙述方法不大恰当，终于迫于需要在话语最深层的主体面前作了让步。这样的"事故"既预示《让·桑特伊》是部失败之作，不久后将遭抛弃，也预示后来将用《追忆》的语态、即对自身故事的直接叙述的语态重新创作。

但是，正如我们在"语式"一章所看到的那样，运用新方法也有困难，因为必须把全部社会传闻融汇到自传体叙事作品中，而这些传闻常常超出主人公直接的认识范围，甚至叙述者有时也难以了解，如《斯万的爱情》。事实上，正如 B. C. 罗杰斯（B. C. Rodgers）[①]所指出的那样，普氏的小说费了九牛二虎之力才把两个互相矛盾的公设调和起来：一个是无所不在的理论话语公设，这个话语不能用传统的"客观"叙述来表现，它要求把主人公的经历与叙述者的往事揉在一起，使叙述者能够评说主人公的经历而不留介入的痕迹（因此最终采用了直接自身故事的叙述，主人公、叙述者和面向需要教育和说服的读者大众的作者这三个声音可以在该叙述中交织混合在一起）。另一个是叙述内容广阔、大大超出主人公的内心经验，不时要求有一个几乎"无所

---

① 　B. C. 罗杰斯，《普鲁斯特的叙事技巧》，第 120—141 页。——原注

不知"的叙述者的公设。由此产生了我们已碰到过的聚焦困难和聚焦的多样性。

　　《让·桑特伊》的叙述方法想必难以维持，事后回想起来我们认为对它弃之不用是"有道理"的；《追忆》的叙述方法更适应普氏话语的需要，但远远谈不上协调一致。事实上二者都不能完全满足普鲁斯特的意图：既不满足于异故事叙事过分疏远的"客观性"（这种客观性使叙述者的话语与"情节"脱节，因而与主人公的经历脱节），又不满足于自身故事叙事的"主观性"（这种主观性个人色彩太浓，又似乎太狭隘，不可能令人信服地囊括大大超出这个经历的叙述内容）。需要明确指出，这里指的是主人公虚构的经历，普鲁斯特出于众所周知的原因，希望主人公的经历比他本人的经历更有局限性。从某种意义来说，《追忆》中没有一件事越出普鲁斯特经历的范围，但他以为应当加在斯万、圣卢、贝戈特、夏吕斯、凡特依小姐、勒格朗丹和其他许多人身上的一切，显然超出了马塞尔的经历，故意分散自传的"素材"造成叙述的某些困难。因此，这里只提两个最明显的赘叙，人们可能会奇怪马塞尔知道贝戈特临终前的思想，却不会奇怪普鲁斯特了解这些思想，因为 1921 年 5 月的某一天普鲁斯特在网球场博物馆"体验"过这些思想；同样，我认为马塞尔洞悉凡特依小姐在蒙儒万的暧昧情感可能远远不如普鲁斯特赋予她这种情感更令人惊讶。这一切和许多别的事皆来源于普鲁斯特，我们不会对"所指事物"蔑视到佯装视而不见的地步，但我们也知道，普鲁斯特希望把这一切从主人公的身上卸下来,以便卸去自己的重负,因此他同时需要一个能够驾驭客观化内心经验的"无所不知"的叙述者,和一个能够亲自承担、用自己的评论证实和阐明心灵经验的自身故事的叙述者,这经验赋予其余一切以最终的含义,并始终为主人公所专有。由此出现了一个自相矛盾、引起某些人反感的情况:"第一人称"的叙述有时又是无所不知的叙述。在此,《追忆》仍然无意地,或许不知不觉地,出于关系到它的题旨的深刻本质(它包含着深刻的矛盾)的原因,违反了小说叙述根深蒂固的传统,不仅打破了小说叙述的传统"形式",而且动摇了小说话语的逻辑,这是更为隐秘、因而更有决定意义的震动。

主人公/叙述者

与任何自传体叙事作品一样,被斯皮泽称为 erzählendes Ich(叙述的我)和 erzähltes Ich(被叙述的我)的这两个行动者,在《追忆》中因年龄和经历上的不同被区分开来,使前者能够带着某种屈尊俯就或冷嘲热讽的优越感对待后者,比方马塞尔被介绍阿尔贝蒂娜,但未得到她青睐的那一幕,或拒绝接吻那一幕,这种优越感就十分明显。但《追忆》的主旨,它与几乎所有其他真实或虚构自传的区别,在于除去这个本质上要起变化的差别外(主人公在"学习"怎样做人的道路上愈朝前走,这个差别必然愈小),还有一个更彻底、似乎是绝对的、难以被单纯的"进步"

消除的差别,就是最后的顿悟,非意愿性记忆和美学志向的决定性经验所造成的差别。在此《追忆》离开了"成长小说"的传统,与宗教文学的某些形式更加接近,如圣奥古斯丁的《忏悔录》:其叙述者不仅全凭经验比主人公知道得多,而且他的知是绝对的,他了解真相,主人公持续不断的前进没有向这个真相靠拢,相反,尽管真相大白之前有先兆和预示,真相却在主人公从某种意义来说离它不能再远的时刻猛然朝他扑过来。"人们敲了所有堵死的门,唯一那扇可以进入、却要白白找寻一百年的门,人们无意中叩了一下,它就打开了。"

《追忆》的这一特点为主人公的话语和叙述者的话语之间的关系带来了决定性的后果。的确,这两个话语直到此刻仍然并列交织在一起,但除去两三处例外,二者从未完全混同:谬误和患难的声音不可能与知识和智慧的声音等同,这就是说,帕西法尔的声音不可能与古尔纳曼茨的声音等同。① 相反,从最后的顿悟开始两个声音可以在同一话语中融合混同,或交替使用,因为从此以后主人公的"我想"可以写做"我懂得""我发现""我猜测""我感到""我知道""我真感到""我想起""我已做出这个结论""我明白"等等,就是说可以和叙述者的"我知道"相吻合。因而间接叙述体突然被大量采用,并且不加对照和对比地与叙述者的现在时话语交替使用。我们已指出,午后聚会上的主人公

————————

① 取材于亚瑟王传说和圣杯故事的小说《帕西法尔》中两个不同类型的骑士。

在行为上尚未和最后的叙述者认同,因为后者写出作品对前者来说尚属未来之事;但是两个主体在"思想"上,即在言语上已经相合,因为二者赞成同一个真理,该真理现在无须修正,仿佛可以通行无阻地从一个话语移向另一个话语,从一个时间(主人公的未完成过去时)移向另一个时间(叙述者的现在时)。最后这句如此灵活、如此自由的话(奥尔巴赫将称其为全时间性的话)正是他本人意图的完美图解:"至少,如果在较长时间里我仍有力量完成我的作品,那么首先我一定要在其中描写人(哪怕把他们写得像一群怪物),和他们在空间中如此有限的位置相比,我要使他们占据重大的位置,在时间中无限延长的位置,因为他们犹如潜入岁月之河的巨人,同时接触到相距遥遥、其间流逝了不知多少时日的不同时代。"

叙述者的职能

这个最后的变化十分明显地涉及普氏叙述者的基本职能之一。乍一看,让随便哪个叙述者承担除狭义的叙述,即讲故事之外的其他职能似乎有些奇怪,但事实上我们清楚地知道小说或别类作品的叙述者的话语可以承担其他的职能。为了更好地评价普氏叙述的特殊性,或许有必要对这些职能作一概述。我认为可以根据有关叙事(广义而言)的各个方面来分配这些职能(与雅各布森分配言语的功能有些类似)。

　　第一个方面自然是故事,与它有关的职能是狭义的叙述职能,任何叙述者离开这个职能便会同时失去叙述者的资格,他也完全可以试图,如某些美国小说家所做的那样,把自己的作用局限在这个职能上。

　　第二个方面是叙述文本,叙述者可以参照它用某种元语言话语(在此为元叙述话语)指明作品如何划分篇章,如何衔接,以及相互间的关系,总之指明其内在的结构:这些被乔治·布兰称作"管理指示"(indications de régie)的话语"组织者",属于可叫作管理职能的第二个职能。

　　第三个方面是叙述情境,它的两个主角是在场、不在场或潜在的受述者和叙述者。与面向受述者、注意和他建立或保持联系、甚至与他对话(《纽沁根银行》中的真实对话或《项狄传》中的虚构对话)相应的职能,使人同时联想到雅各布森的"联系"(phatique)功能(检查渠道是否畅通)和"使动"(conative)功能(对交谈者产生影响)。罗杰斯把这些始终面向读者大众、常常对自己与他们的关系比对自己的叙事更感兴趣的项狄式叙述者称作"讲述者"。在过去他们大概被叫作"健谈者",他们倾向于优先承担的职能或许应称为交际职能。我们知道这个职能在书信体小说,也许特别在让·鲁塞称之为"书简独唱"的形式中十分重要,如在《葡萄牙人信札》(Lettres portugaises)中,其不出场的收信人的存在变为话语(摆脱不掉)的主导因素。

　　最后,叙述者因面向自己而产生的职能,它对应于雅各布森命名，但用词不大贴切的"情感"功能。这个职能说明叙述者在多大程度上以该身份介入他讲的故事，他和故事有什么关系，自然这是情感关系，但也是精神或智力关系。当叙述者指出他获得的信息的来源、他本人回忆的准确程度，或某个插曲在他心中唤起的情感时，该关系可表现为单纯的见证，似可称为证明或证实职能。但是叙述者对故事的直接或间接的介入也可采取对情节作权威性解释的、更富说教性的形式，表现出来的职能可称作叙述者的思想职能。我们知道巴尔扎克大大发展了这种解释和辩解性话语的形式，它在巴尔扎克和其他许多作家的作品中传递出现实主义的动机。

当然，我们不应把这四种职能之间的界限看得过于泾渭分明，它们中没有一种是纯而又纯，不和其他职能掺杂在一起的，除第一种职能外，没有一种绝对不可或缺，也没有一种（不论我们怎样留意）完全可以避免。这毋宁说是个强调什么和相对占多大比重的问题。巴尔扎克比福楼拜更多地"介入"叙事，菲尔丁比拉法耶特夫人更经常地对读者讲话，菲尼莫尔·库珀或托马斯·曼作品中的"管理指示"不如海明威的隐蔽，等等。这些事尽人皆知，但我们不能就此列出一张繁杂的分类表来。

我们也不再回过头来谈在别处已经看到的普氏叙述者叙述外职能的种种表现：对读者说话，用预告和旧事重提的办法组织叙事，指明出处，以记忆为证。在此还需强调指出叙述者几乎垄断了我们所说的思想职能的情况，以及该垄断的蓄意性（非必要性)。的确,在所有叙述外的职能中,只有思想职能不一定为叙述者所有。我们知道有多少像陀思妥耶夫斯基、托尔斯泰、托马斯·曼、布洛赫、马尔罗这样著名的观念派小说家,他们注意把发表议论、进行说教的任务移交给笔下的某些人物,直至把《群魔》①《魔山》②或《希望》③中的一些场面变成真正的理论讨论会。普氏作品则完全不同,除马塞尔外,他没有给自己找任何"代言人"。斯万、圣卢和夏吕斯尽管十分聪明,也仍然是观察的对象,而不是真理的喉舌,甚至不是真正的对话者(何况我们知道马塞尔如何看待交谈和友情对增长才智起的作用)。他们的谬误,可笑的举止,失败和堕落,比之他们的见解更有教育意义。连贝戈特、凡特依或埃尔斯蒂尔这些进行艺术创作的人物,可以说也不是为了发表权威性的理论论述在作品中出现的。凡特依一言不发,贝戈特欲言又止或说些无关痛痒的话,对他们的作品进行思考的是马塞尔:埃尔斯蒂尔象征性地做出比施先生那类劣等画家的滑稽动作,而他的画给人的无声教诲比之他在巴尔贝克发表的言论更加重要。以智力活动为题的交谈显然不合普鲁斯特的口味。我们知道他蔑视所有"思索"的人,他认为雨果在早期诗歌中仍在思索,而"不像自然界那样只满足于引人思

---

① 俄国作家陀思妥耶夫斯基(1821—1881)的小说。

② 托马斯·曼的小说。

③ 法国作家马尔罗(1901—1976)的小说。

索"。从贝戈特到弗朗索瓦丝,从夏吕斯到萨扎哈夫人,整个人类在他面前仿佛是负责激发思想而不是表达思想的"自然界"。这是知识唯我论的极端例证。归根结底,马塞尔是个按自己的方式自学成才的人。

其结果是没有一个人(处于上述情况下的主人公有时除外)能够并应该否认叙述者享有发表思想评论的特权,众所周知的"auctorial"①话语大肆泛滥的原因即在于此。这个词借自德语评论家,它既表示(真实或虚构的)作者的存在,又表示在作品中作者的存在享有的至高无上的权威。尽管《追忆》加以否认,但这个心理的、历史的、美学的、形而上学的话语在数量和质量上的地位十分重要,使得小说形式的传统平衡在这部作品中(并且由于该作品)受到了最强烈的震动。这一震动大概可以归因于这一话语,从某种意义来说可以归功于它。如果说大家都感到《追忆》不"再完全是一部小说",它在其水平上结束了体裁(各种体裁)的历史,并和其他几部作品一起开拓了现代文学无边无际的、似乎尚未确定的领域,那么这显然归功于议论对故事、随笔对小说、叙事话语对叙事的"入侵",尽管这同样不符合"作者的意图",而且这是一股因不由自主而更加不可抗拒的潮流所带来的后果。

---

① 英语:作者的。

受述者

理论论述的蔓延扩张和真理在握的坚定信心可能使人倾向于认为接受信息者在这里的作用纯粹是被动的,只限于原封不动地接受信息,事后"消受"一部他未参与写作、早已完成了的作品。这个看法与普鲁斯特的信念、他的阅读经验以及他的作品最强烈的要求相去再远不过了。

在研究普氏叙述主体这个最后的问题之前,必须对我们称之为受述者的人物(他在叙事中的职能似乎极不稳定)说上几句更带普遍性的话。受述者与叙述者一样是叙述情境的组成部分,二者必然处于同一个故事层,这就是说,受述者并不先天地与读者(哪怕是潜在的)相混,正如叙述者不一定与作者相混一样。

与故事内的叙述者相对应的是故事内的受述者,格里厄或毕克修的叙事不是讲给《曼侬·莱斯戈》或《纽沁根银行》的读者听的,而只是给勒侬古先生,给菲诺、库蒂尔和布隆丹听的。作品中有可能出现的"第二人称"符号只是指他们,正如书信体小说中的第二人称符号只能指通信者。我们读者不能认为自己就是这些虚构的受述者,正如这些故事内的叙述者不能对我们讲话,甚至不能设想我们的存在。因此,我们既不能打断毕克修的话,也不能给图维尔夫人写信。

相反,故事外的叙述者只能以故事外的受述者为目标,受述者在这里与潜在的读者相混，每个真正的读者都可以自视为受述者。原则上潜在的读者是不确定的，尽管巴尔扎克时而特别面向外省的读者，时而特别面向巴黎的读者，而斯特恩有时把潜在读者称为夫人或批评家先生。故事外的叙述者也可以和默尔索①一样，假装不面向任何人，但是这种在当代小说中相当普遍的态度显然无法改变下述事实：与任何话语一样，叙事必定面向某个人，总要向受述者打招呼。如果说故事内受述者存在的后果是他总夹在我们和叙述者中间，使我们与后者保持一定的距离，正如菲诺、库蒂尔和布隆丹夹在毕克修和那个藏在隔墙后面偷听的人中间——该叙事不是讲给他听的（但毕克修说："隔壁总有人"），那么接受主体越隐蔽，在叙事中提得越少，每个真正的读者就或许越容易、或不如说越难以抑制地把自己视为这个潜在的主体，或用自己去替代这个主体。

　　《追忆》和读者保持的正是这种关系，尽管上文已提到它曾毫无必要地几次向读者打招呼。每个读者都知道自己就是这个蜿蜒伸展的叙事望眼欲穿的潜在受述者，该叙事要真正存在下去，或许比任何别的叙事更需要避开"最后信息"和叙述结尾围成的藩篱，以便不停地、循环往复地从作品转到它"讲述"的志向，又从志向转到它产生的作品，如此周而复始，永不止歇。

---

①　法国作家阿尔贝·加缪（1913—1960）的小说《局外人》中的人物。

普鲁斯特致里维埃尔的著名信件称其作品"宣扬教条",并且是一幢"建筑物",因此必须不停地求助于读者,在这两点显现出来以前,读者必须"猜测",而一经披露,读者还须对这两点做出解释,把它们重新置于孕育它们并把它们带走的运动之中。普鲁斯特不能违反他在《重现的时光》中陈述的准则,该准则使读者有权用自己的话表现作品的天地,"然后赋予他所读之物以普遍的意义":不管读者对原意的违背多么明显,"他为了好好阅读,需要以某种方式阅读,作者无须为此恼火,相反应该给读者最大的自由",因为普鲁斯特认为作品最终不过是作者奉献给读者的一架光学仪器,用它帮助读者窥见自己的内心世界。"作家说'我的读者',这不过是前言和献辞的言不由衷的语言使他养成的习惯,其实每个读者在阅读时都是属于他本人的读者。"

以上就是普氏受述者的令人头晕目眩的地位:人们不要求他像纳塔纳埃尔[①]那样"扔掉这部书",却要求他重写这部书,把它改得面目全非,同时又奇迹般地与原作一字不差,正如皮埃尔·梅纳尔一字不改地创作《堂吉诃德》一样。人人都理解从普鲁斯特传给博尔赫斯,又从博尔赫斯传给普鲁斯特的那则寓言的含义,它在《纽沁根银行》的窄小客厅里得到最完美的图解:叙事的真正作者不仅仅是讲述它的人,而且也是,有时更是,听叙事的人,而这个人不一定就是叙事针对的听众,因为旁边总有别人。

---

① 纪德的作品《人间食粮》中的人物。

后记

在结束本文之前，没有必要把重点再重述一遍，只想做点自我批评，也可以说自我辩解。这里提出的范畴和程序在我看来自然不无缺点，因为时常没有合适的词语和方法可供选择。在通常向直觉和经验主义让步的领域内，概念与术语的层出不穷想必激怒了许多人，我并不期望"后世"能把这些建议记住多少。和别的武器一样，这套武器不出几年必然过时，越受到认真对待，就是说越经过讨论、检验和使用中的修改，它过时得越快。自知本质上无效并必然消亡正是可以称为科学努力的特点之一，对于一心指望身后留名的"文学"人士而言，这不啻是个完全消极和令人伤感的标记，但如果批评家可以幻想一部二度作品，诗学家则知道他是事先失去产品的工人，在短暂的一瞬间工作，或不如说为短暂的一瞬间工作。

因此我想并且希望这一整套对美文学爱好者而言极不规范的术语——预叙、倒叙、反复、聚焦、省叙、元故事等，明天将变成最土里土气的词语,被打包扔进诗学的垃圾堆,但我们期望它被抛弃之前能暂时有些用场。奥卡姆①早已为知识污染的蔓延感到不安,曾严禁在不必要的情况下发明我们今天称作"理论客体"的"理性生物"。我将因未恪守该原则而后悔,但至少我认为这里提出并界定的某些文学形式将引发未来的研究,出于明显的理由,本著述对这些形式仅有所触及而已。我希望给文学理论和文学史提供几个虽然次要,但比"小说"或"诗歌"之类传统的实体轮廓更清晰的研究对象。

拿这些范畴和程序专门用来分析《追忆》或许更令人反感,我不能否认本文的主旨与新近有关普鲁斯特小说艺术的一部优秀论著卷首的声明几乎完全背道而驰,该声明想必一下子就赢得了有识之士的一致赞同:"我们不愿把普鲁斯特作品之外的范畴、小说的一般概念或研究小说的正确方法强加给它;这不是一篇以《追忆》为例进行阐释的小说论文,而是一些来自作品的观念,使我们可以像普鲁斯特阅读巴尔扎克和福楼拜一样阅读普鲁斯特。文学理论只存在于对单部作品的批评中。"②

人们自然不能认定这里使用的观念仅仅"来自作品",对普氏叙事的描述亦几乎不能看作与普氏本人的观点相符。来源于

---

①　纪尧姆·德·奥卡姆(1300—1349),英国哲学家,唯名论最重要的理论家之一。

②　参见让-伊夫·塔迪耶的《普鲁斯特和小说》,第 14 页。——原注

作品的理论与批评方法之间距离如此之大,看上去可能与一切时间倒错一样毫无道理,但我认为我们不应盲目相信一位作家——即使像《驳圣伯夫》的作者一样才华横溢的批评家所明确表示的美学观点。一位大艺术家的美学意识可以说从来跟不上他的实践,这仅仅是黑格尔以密涅瓦之鸟的迟飞为象征的启示之一①。我们没有普鲁斯特的天才的百分之一,但我们有一点比他强(有点像活驴比死狮强),即可以从他促其诞生并做出重大贡献的现代文学出发阅读他的作品,因而可以清楚看出其中处于萌发状态的东西,尤其因为违反常规和审美创造在他作品中往往是不由自主的,有时是无意识的:他的意图不在于此,这位蔑视先锋的人几乎总是不情愿地当了革命派(我会说这是最好的生存方式,如果我不怀疑这是唯一的方式的话)。我们已反复讲过,现在再重复一遍,我们依据现在阅读过去,普鲁斯特不正是这样阅读巴尔扎克和福楼拜的吗?难道真有人以为他的批评观念"来自"《人间喜剧》或《情感教育》?

在这里对《追忆》"强加"的扫描(光学含义),也许同样使我们有可能(希望如此)从新的角度显示常常被普鲁斯特本人和时至今日的普氏评论所低估的一些特点(如反复叙事或假故事的重要性),或者更准确地描绘已然发现的特点,如时间倒错或多

---

① 密涅瓦是古罗马神话中的智慧女神,密涅瓦之鸟指的是迟迟起飞的猫头鹰,黑格尔用它比喻理论落后于实践。

重聚焦。大遭贬斥的表格不是监禁、阉割或使人就范的工具：它是发现的程序和描写的手段。

或许大家已经发觉，这并不意味着它的使用者不准有任何偏好，任何美学评价，甚至任何成见。拿普氏叙事与各种叙述可能性的总体系进行对照时，在一般情况下分析家感到好奇和偏爱的显然是前者最偏离正规的方面，即特殊的犯规或未来演变的开端。一贯看重别出心裁和创新也许有点天真，总之还有点浪漫，但今天谁也无法完全避免，罗兰·巴特在《S/Z》一书中对此作了令人信服的解释："为什么可以手抄的东西（今天是可以写的东西）构成了我们的价值？因为文学工作（文学作为工作）的赌注在于把读者变成作品的生产者，而不再是消费者。"对普氏作品中不仅"可读"（古典的）而且"可写"（粗略译为：现代的）的东西的偏爱也许表达了评论家，甚至诗学家的一个愿望，即与作品中美学方面的"颠覆性"问题接触时，默默无闻地扮演一个比普通观察家和分析家更积极的角色。这里读者自以为参与了创作，或许仅仅通过辨认，或不如说通过显示作品常常在作者一无所知的情况下发明的特点，读者的确参与了创作，在极小的（但起决定作用的）程度上为创作做出了贡献。需要再次指出，这个贡献，甚至这种干预，在普鲁斯特眼中不仅仅是合情合理的。诗学家也是"他本人的读者"，而（现代科学亦告诉我们）"发现"总有点像发明。

另一个成见（在此是被拒绝的成见）也许能解释为什么这个

"结论"不是一个结论,我的意思是为什么这里未作最后的"概括",把本篇研究中提出来的普氏叙事的一切特点集中起来加以论证。当这样的会合或关联表现得不容置疑时(如概要的消失和反复的出现,或元故事的取消和复调式),我们没有忘记确认和加以阐述。但我讨厌不惜一切代价寻求"协调",进而勉强承认作品结构严密。大家知道这是文学批评最强烈、最平常(以免说平庸)的诱惑之一,由于只需要一点点诠释的修辞手段,这也是最容易满足的诱惑之一。

然而,如果说我们不能否认普鲁斯特有协调的愿望并在结构上做了努力,那么在他作品中来自素材的阻力和未加控制(或许无法控制)的因素的存在也是不能否认的,上文已经指出这部作品的庞杂素材最初未加统一筹划,用了巴尔扎克或瓦格纳的追溯往事方法才迟迟协调起来。1914 年的因故延期导致对作品的某种补充创作,使未完成的因素同样一目了然。《追忆》想必至少在普鲁斯特的心目中是一部"完成的"作品:完成于 1913 年,当时完美的三部曲(《斯万家那边》《盖尔芒特家那边》《重现的时光》)可资佐证。但大家知道后来发生的事,谁也不能断言《追忆》目前的结构不是情势造成的结果:战争是积极的原因,死亡是消极的原因。自然,最容易的事莫过于解释偶然,"论证"1922 年 11 月 18 日《追忆》终于找到了一直缺少的完美平衡和正确比例,但我们在此拒绝做这件轻而易举的事。如果说《追忆》有一天已经完成,那么今天它就不再是完成的作品,后来允许对其进行不同寻常的扩充或许证明暂时的完成与一切完成一样不过是回顾的错觉。应当把空虚感、不确定的战栗、不完美的喘息还给这部作品。《追忆》不是一件封闭的物品，它不是一件物品。

在此，普鲁斯特（不由自主）的实践想必仍然超过他的理论和意图，至少更符合我们的心愿。1913 年的和谐的三部曲增加了一倍的篇幅，只有第一卷不得不一直与最初的提纲相符。我们喜欢这种未经预先策划的不平衡或中心偏移，并将避免通过分析并不存在的终结和虚幻的结构来说明它出现的理由，不妥当地缩减普鲁斯特提到别的事时称作的"叙事偶然性"。普氏叙事的"法则"如该叙事一样不完全、有缺陷、或许还有风险，不应当把这些日常的、全凭经验的法则奉为正典。代码在此与信息一样，有缺陷，也有出其不意。

但是拒绝说明理由恐怕也是一种理由。含义的压力是摆脱不掉的：符号世界厌恶空白，说出偶然性的名字，已经是给它指定职能，强加给它一个含义。甚至（或者尤其?）当批评家沉默不语时，他的话尽在不言中。最好的办法也许和普氏叙事一样永不"结束"，从某种意义上说就是永不开始。

新叙事话语

一

　　如标题所示，这册小书只是占据《辞格三集》（*Figures Ⅲ*）四分之三篇幅的《叙事话语》的附言，它是十年后以批判的眼光重读这篇"方法论"，受了它引起的各种评论的启迪，从更普遍的意义来说，受了叙述学十年来取得的进展或倒退的启迪才写成的。

　　1969年茨维坦·托多洛夫提出的这个术语和它所指的"学科"在常常宁愿吃更带刺激性的食物的法国流传不广，而在美国、比利时或以色列等国家则得到了更为广泛的传播，书后的著作目录可资佐证。

　　这门学科的成功使某些人感到不快（有时包括我在内），它那没有"灵魂"的、往往没有思想的技术性；以及在文学研究中扮演"尖端科学"角色的奢望惹恼了这些人。面对这种不信任，人们可以辩解说，无论怎样，绝大多数文学作品，其中包括诗歌作品，都是叙述体，因为叙述性理应占据最重要的地位。但我没有忘记叙述作品还可以从别的方面（如主题、思想性、文体）进行研究。我认为，叙事学暂时称霸的最好或最坏的理由——无论如何是最有力的理由——不在于对象的重要，而在于成熟的程度和方法制定的程度。如果我没有记错，20世纪初的一位著名学者曾俏皮地说："先有物理学，继而有化学，它也是一种物理学；然后有集邮。"不必说明这位卢瑟福（Ernest Rutherford）是物理学家和英国人。此后，大家知道，生物学也变成了一种化学，甚至一种力学（如果我读懂了莫诺①的著作的话）。如果（我说如果）一切知识形式都处于严密的力学和集邮这种经验主义和投机的混合物所象征的两极之间，那么我们想必会看到文学研究今天动摇于集邮爱好式的解释性评论和机械论式的叙述学之间；我想该机械论与普通哲学毫不沾边，但它以对文本机制的尊重崭露头角。我并不因此就认为诗学的"进展"在于其全部领域将被其机械的一面逐步吸收，我只想说刚才提到的尊重本身值得尊重，或值得人们哪怕是周期性的注意。我有十多年未搞叙述学（并非诗学），我想应当依照我的《后记》中暗含的许诺或威胁再来谈一谈，并请未来的读者原谅在我采纳的方法中没有完全排除顾影自怜的成分；遭到批评后重读自己的文章是种风险不大的练习，人们始终可以在得意扬扬的反击（"我当时完全正

---

① 雅克·莫诺（Jacques Monod，1910—1976），法国生物化学家、遗传学家，1965年诺贝尔生理学或医学奖获得者。

确")、对己有利的认错("是的,我当时错了,但我勇于承认错误")和公开引以为荣的自发的自我批评之间进行选择:"我搞错了,别人谁也没察觉,显然最了不起的还是我。"我不再自行辩解了,它本身也是令人怀疑的,因为拐弯抹角地表示得意的方式不计其数。在动笔之前,我只提请大家注意本篇叙述研究基本照《辞格三集》中采用的顺序:一般与先决问题(1—3),时间问题(4—6),语式问题(7—12),语态问题(13—16),最后是《叙事话语》中没有涉及,但我认为今天值得研究的题目,哪怕这些题目有理由遭到拒绝(17—19)。因此,我必须老老实实地指出一个恐怕是显而易见的事实,即本书只面向《辞格三集》的读者。如果你们没有读过《辞格三集》又无意间看到本书,你们知道应该怎样做。

二

　　《叙事话语》是个有意模棱两可的标题：既是关于叙事的话语，又是叙事话语，组成叙事的话语（的研究），对叙述话语的研究（如其英文标题）。此外，由于话语一词在单复数之间委决不下，至少在第二种解释中如此，因此这个标题变得更加含混。叙事与其说包含一个话语，不如说包含两个或多个话语，无论从巴赫金的二人对话论或多人对话论考虑，还是技术性更强地从路博米尔·多勒策尔（Lubomir Doležel）恰如其分地指出、我在下文中还将谈到的这个事实考虑，即叙事从完整的角度讲包含两个文本，其一虽不带强制性，但几乎总是多重的：叙述者文本和人物（们）的文本。这种双重的含混性，我只能消除它，如今在该标题上再点缀上另一个标题，《新叙事话语》，它作了双重选择：话语为单数，而且只取第一个含义。但我希望大家记住第二个含义和它的复数色彩。

　　绪言愿意承担的另一种模棱两可，是拒绝在"理论性"（一般叙事)和批评性(《追忆》中的普氏叙事)之间作出抉择的方法有双重的对象。这种双重性与任何事物一样,部分是由情势造成的。如果我没记错,本书构思于1969年冬(2—4月),在新港,罗德岛的罕布什尔,那时大雪封门,我常常滞留"家中",在手头仅有的《追忆》七星诗社丛书版的三卷集和在残缺不全的记忆中尚未忘却的文学作品里,检验我在别的文章里已模模糊糊感到的一些范畴,并使其系统化。这是个一般的、注定失败的办法,但我担心有一刻曾恬不知耻(冒冒失失)地奢望与至高无上的方法竞争,(在别处)无书可查的埃里希·奥尔巴赫有一天就用此方法写出了《摹仿论》一书。我的哈克尼斯大学的同事们不无理由地以拥有世界上最好的文学图书馆之一而自豪,并且无论天气好坏都敢前往阅览,但愿他们原谅我由于喜爱"真实的琐事"在此做出的这个对双方而言均失礼的对比。

　　无论基于哪条理由,对象的双重性在今天都比当时更使我为难。一贯求助于普鲁斯特的例子显然造成了某些失调,如过分强调时间问题(顺序、时距、频率),这些问题明显地占去了本篇研究一大半的篇幅;又如对内心独白或自由间接引语等语式现象注意太少,这些现象在《追忆》中显然作用很小,甚至毫无作用。但恐怕有弊也有利:任何作品都不如这一部更突出反复叙事的作用。总之,不知是专家们宽宏大量还是漠不关心,本篇著作专门研究普鲁斯特这一点并未引起多大争议,这使我有可能纠正偏差,把讨论重点转向最引起批评家们注意的一般性问题。

三

　　故事(被讲述的全部事件)、叙事(讲述这些事件的口头或书面话语)和叙述(产生该话语的或真或假的行为,即讲述行为)之间的区分如今已被普遍接受,我重提这个问题只不过是为了确认故事/叙事间的区别和形式主义流派的情节/事件间的对立这两者之间的接近。虽说是确认这两者的接近,但仍要提出两点小异议。从术语角度看,我认为我那对词比俄国流派那对词(至少其法文译文)更说明问题,透明度更高,后一对选词不当,我始终对两个词的分配委决不下;从观念角度看,我认为三个词构成的一组词更能反映叙述现象的全貌。故事与叙事的划分不可避免地使下面将被我确定为语式和语态的现象互相叠合,另外还非常有可能使这对词和本韦尼斯特先前提出的一对词故事/话语混同起来,而且混同的确发生了,这个时候我又为了别的需要不幸把后者改称为叙事/话语。这样出现了故事/话语,叙事/话语,故事/叙事,这的确会把人搞糊涂,除非愿意尊重上下文,让每对词各司其职,各放各的牛羊,这样叙述学倒不失为治疗失眠症的一剂良药。本韦尼斯特区分的故事/话语,甚至(或者尤其)修改后的叙事/话语,在此与我们毫不相干;形式主义流派的一组对比情节/事件可以说属于叙述学的史前期,对我们已毫无用处;至于故事/叙事这一对,它只有纳入故事/叙事/叙述才有意义,而这后一组的最大缺点在于其出现顺序不符合任何真实或虚构的创作过程。在非杜撰叙事(如历史叙事)中,真正的顺序显然是故事(过去了的事件)—叙述(史学家的叙述行为)—叙事——这个行为的产物有可能或有潜在可能以书面文字、录音、人的记忆等形式保存下来。事实上只因为有这样的暂留才可以认为叙事在叙述之后:叙事第一次以口头甚至书面形式出现时,它与叙述完全同时,二者的区别不在时间,而在语体,叙事指讲出来的话语(用莫里斯[Charles Morris]的术语即句法和语义方面),叙述指讲出叙事时的情境,即实际方面。在虚构作品中,真实的叙述情境是假装出来的(说明虚构作品特点的正是这个假装,或模拟——也许它是希腊词 mimésis 的最好翻译),真正的顺序似为叙述$\langle{}^{故事}_{叙事}$,叙述行为同时创立(编造)不可分离的故事及其叙事。但是否有过纯虚构和纯粹的非虚构呢?

回答显然是否定的,《追忆》的半自传文本就是文学或非文学叙事通常构成的大杂烩的颇好说明。不过两种纯粹类型的叙事无论如何是可以设想的,文学叙述学有点过分盲目地囿于对虚构叙事的研究,仿佛一切文学叙事不言而喻始终就应该是纯虚构。这个问题下面还要研究,它往往具有十分确切的相关性,如"作者怎么知道这件事的?"这句典型的语式(modal)问话在虚构和非虚构中意思就不同。史学家应该提供证据和资料,自传作者必须引证回忆或吐露隐情;小说家、讲故事的人、史诗作者则常常可以离开虚构回答:"我知道,因为这是我编造的。"我说离开虚构如同说离开话筒,因为在这些人的虚构中,至少在虚构的一般和标准的规则中(被《项狄传》《宿命论者雅克》和许多现代叙事所摒弃的规则),他们只被认为作了转述而没有编造;再说一遍,虚构就是被亚里士多德称为模仿的模拟。

使用叙述学这个术语(至少看上去)有点古怪。大家知道现代叙事分析始于(普罗普)对故事的研究,并且(尽量)从故事本身去考虑,不大注意讲述故事的方式,甚至也不注意通过叙述外渠道传播故事的方式(电影、连环画、摄影小说等),如果严格地说(这是我的情况)叙事的定义是语言传播的话;大家还知道这个领域如今仍十分活跃(请看克洛德·布勒蒙、《〈十日谈〉语法》中的托多洛夫、格雷马斯及其学派,以及法国之外的许多学者),两种类型的研究新近才分开,罗兰·巴特的《叙事作品结构分析导论》(1966)和托多洛夫的《诗学》(1968)仍跨越二者之间。因此看上去有两种叙述学,一是广义上的主题叙述学(对故事或叙述内容进行分析),二是形式或毋宁说方式叙述学;把叙事作为与戏剧和一些文学外的非叙述形式相对立的故事"表现"形式来分析。由于内容分析、叙述语法、叙述逻辑学和叙述符号学至今没有要求被冠以叙述学的名称,因此它仍然(暂时?)仅仅为叙述方式分析家们所有。总之我认为这种限制是合理的,因为叙述体的特殊性存在于其方式中,而不存在于其内容里,其内容也可将就用戏剧、图表或其他方式来"表现"。实际上没有什么"叙述内容",只有可采用任何表现方式的一连串行动或事件(亚里士多德大致说过,俄狄浦斯王的故事采用叙事和戏剧形式具有同样的悲剧效力),这些行动或事件之所以被称为"叙述",是因为它们存在于叙述表现中。这种换喻上的转移可以理解但极不恰当;因此我情愿赞成(虽不抱幻想)严格使用这些词语,即在与方式有关时不仅使用叙述学这个术语,而且使用叙事或叙述等词,通常对这些词语的使用还算得上恰如其分,但近来有滥用的危险。

使用 diégèse 这个词(部分地作为 histoire[①] 的同义词)引起了后来我试图纠正的混乱。按照 1948 年苏里奥(Étienne Souriau)提出该词时的含义,即把作为所指场所的故事天地与作为电影能指场所的银幕天地对立起来,diégèse 与其说是一连串行动(故事),毋宁说是一个天地;因此 diégèse 不是故事,而是故事偶然发生的天地,比如,从有点局限(和完全相对)的意义来说,司汤达与法布里斯不在同一个天地。因此不应像如今常常

---

① 法语:故事。

做的那样用 diégèse 去代替故事，即使出于显而易见的理由——形容词 diégétique 作为 historique[①] 的代用词渐渐被人们接受，这将引起更大的混乱。

另一种混淆与这样（重新）界定的术语 diégèse 和术语 diégésis 的相互渗透有关，后一个术语下面还会遇到，它在柏拉图的表现方式理论中与模仿对立。Diégésis 是纯叙事（无对话），对立于戏剧表现的完美模仿，和一切通过对话使模仿渗入叙事的东西，叙事因而变得不纯，成为混合叙事。Diégésis 与 diégèse 风马牛不相及，或者不如说 diégèse 根本不是希腊词 Diégésis 的法文译文（我对此毫无责任）。在形容词上问题可能更加复杂（或在翻译上，法语词和希腊词令人遗憾地在唯一的英语词 diegesis 中消除了差别，由此产生了韦恩·布斯著作中的语言错误）。至于我，我始终（当然与苏里奥一样）从 diégèse（故事天地），而决不从 diégésis（纯叙事）派生出 diégétique（故事的）；其他人，如米克·巴尔（Mieke Bal），用 diégétique 与 mimétique（模仿的）相对，对此不法行为我不负任何责任。

最小叙事概念提出一个不小的定义问题。"我行走，皮埃尔来了"对我来说是最小的叙事形式，我写这句话时故意选择了广义的定义，现在我仍然坚持。对我而言，只要有（即使是唯一的）行为或事件，就有故事，因为有变化，有从前一个状态到后一个

---

① 　法语：历史的；故事的。

状态的过渡和结果。"我行走"意味着有(并对立于)一个出发状态和一个到达状态。这是整整一个故事,对贝克特来说,也许该讲述的或该搬上舞台的事情已经太多了。但显然存在更有力、因而更狭小的定义。伊芙琳·伯奇-维茨(Evelyne Birge-Vitz)针对我的"马塞尔成为作家"提出一个要求多得多的故事定义:不仅要有变化,而且要有期待或希望的变化。我们还可以看到相反的说明(令人畏惧的变化,如俄狄浦斯终于娶了母亲),但绝大多数民间叙事或古典叙事的确要求带有详细说明的变化,或令人满意(马塞尔屡犯错误之后,终于成为他一开始就希望当的作家),或令人失望,也许在第二度上使读者,说不定还使主人公满意:马塞尔当了管子工。依我看,这些加了说明、已很复杂的形式,无论如何是有趣故事的形式。但故事无须使人感兴趣才成其为故事。况且使谁感兴趣呢? 我行走恐怕只使我感兴趣,而且不如说这还要看日子:在诊所住了一个月后行走可能妙不可言。相反,我认识一些人,他们读了马塞尔终于成为作家这个加说明的叙事后,只麻木不仁地吐出一句"但愿对他大有好处!"我认为应当区分故事的复杂程度,有无纽结、曲折、确认和结局,让体裁、时代、作者和读者大众作出选择,像亚里士多德或 E. M. 福斯特大致所做的那样,后者提出了故事(故事:"国王死了,然后王后死了"①)和情节(情节:"……气死了"②)的著名区别。故事有时间和地点,情节也有时间和地点,福斯特指出甚至连神秘也有地点:"王后死了,没人知道死因。"③我的最短叙事大概比福斯特的故事还要贫乏,但贫非罪,仅仅"国王死了"一句,我觉得足够做报纸头版的大标题。如果人民想了解细节,告诉他们就是了。

---

① 原文为英文。

② 同上。

③ 同上。

四

时序研究开头的一段(有无叙事时间)其实只与"时距"问题有关联,故下面我还要谈到。这一章的其余部分只遇到一个批评,不过内容丰富,虽然只涉及倒叙研究,但想必亦将合宜或不合宜地涉及预叙研究。1981 年《诗学》杂志上发表了一篇署名C. J. 范·雷斯(C. J. van Rees)的文章,题目是"文学观念研究的某些问题:评文学理论的工具主义观"①。如标题所示,作者指责的是文学理论的"工具主义"观。这个加在我头上的观点把理论当成 organon②,即研究作品的工具。范·雷斯认为,这个观点不承认一般方法论的基本原则,无意间不知不觉阐释了一种"文学观",即规范和增值体系,把对文学作品性质的思想信仰固定化。范·雷斯还援引了确信存在天生"诗歌能力"的"生成"诗

---

① 原文为英文。

② 希腊文:工具。

学。他的原文中就有引号,但我不知道他是否以为这个有名无实的、伪乔姆斯基的概念是我提出的。无论怎样,他认为实际存在的这种能力对他而言其实是后天的(对此我不难接受,如果我知道其具体所指的话)、不均一的(我想就是可变的)、class-bound 的——这只能译作"与阶级成分有关的"(马克思主义意义上的阶级成分):因此我推测存在着资产阶级的诗歌能力,无产阶级的、封建阶级的诗歌能力,等等。(我忘记了官方的单子。)这个说明有助于确定该批评的起因,并且含蓄地给我的"文学观"被认为隶属的思想定了性:"我试图通过对前三章的详尽分析(所说的《叙事话语》的前三章其实是第一章的一段,我留给大家判断:通过一个 15 页的样本评价一篇 215 页的论文是否合理)论证为何热奈特的术语体系隶属于某种文学观,以及该文学观有什么特点",对这些"特点",下文其实非常含糊其辞,但这决不能使我放心,因为罪行越扩散越应受绞刑,在意识形态方面,我没有多大选择余地,如果有一个(倘若这也算一个的话),那就是在资产阶级的和封建的思想之间选择。我委决不下。我掌握的唯一基准点——范·雷斯给我的"文学观"指定的唯一出处(顺便指出:有一个出处已经很严重)是韦勒克和沃伦,这对我没多大用处:我已来不及询问他们本人,他们属于什么阶级成分,阅读他们的作品也看不出这一点,因为我完全丧失了这类破译能力。幸而,或不幸:对思想出处的不明确指定只是对时间倒错概念进行方法论批评的开场白。

范·雷斯强烈指责我使用前缀 pseudo-(伪、假),把我用于叙事时距的"伪时间"术语与形容《追忆》某些场景的"伪反复"术语进行对照。这两个概念在认识论上的地位显然不同:(书面)叙事的时间是个"伪时间",因为读者凭经验知道这是一段文字空间,只有阅读可以把它变换为(恢复为)一段时间;"伪反复"之所以是假的,是因为它既被写成反复(通过使用未完成过去时),又因故事内容的明显单一性而不能被接受为反复。我在第101—102 页①称该时间为破格(licence)和修辞格(figure),更确切地说是夸张,因为作者不要求字面的可信性,夸张地把两个类似的场景等同起来。老实说反复本身或多或少总是一种比喻,除非陈述十分简略("每天我们做一次散步"),或内容十分贫乏("我每天洗二十次手")。对范·雷斯而言,把被叙述写得相同的事件仅仅说成是相似,这是一个"窃取论点",因为没有确定"相似的起码条件"。但这不该由我确定:确定同一性的是文本,而我放弃我的要求,假设这里仅仅存在类似,该文本使我看到这种类似,它往往还指出一系列变种(天晴时的散步,天阴时的散步,等等)。我们别这样谨慎,就轻信这是反复吧——"每星期六发生完全相同的事"(这是普鲁斯特的说法),这完全不能改变我给反复下的定义,更不能改变(如果可能的话)反复性——亦即综合性——是由反复本身赋予的这个事实,正如时间倒错的倒

---

① "频率"一章。

错性在古典规则中（如《包法利夫人》和普鲁斯特的作品）是自称的。对所有这些问题，我的批评者指责我武断专横，没有凭据便决定哪一页是反复，哪一页是倒叙、预叙。但我无须拿出凭据，因为这是由文本决定的。范·雷斯的确不大注意文本，一般来说他的文章表明他不大熟悉《追忆》等文本。

我们回过头来谈唯一引起他注意的倒叙。范·雷斯指责我提出多个前后不一致的定义，把我术语上的提议建立在解释性公设上。我发现他漫不经心地跳过了我写得很艰难的那几页（16—29 页）①，我在其中从《伊利亚特》《让·桑特伊》和《追忆》的几个例子出发，介绍了发现、分析和界定时间倒错的程序。这种方法也许可以批评，但不能说范·雷斯对它稍稍做过研究，他像对其他许多事情一样对它根本不了解。

至于多个定义的不一致，我发现范·雷斯为了指责我随随便便对待时间倒错的地位，在援引《叙事话语》中的一句话时，故意省掉了一个改变一切的词。我写道："时间倒错的地位这样确定后，似乎它只是个多多少少的问题，每次都要进行特殊的测定，是件无理论意义的计时工作。"范·雷斯略去的似乎一词足以表明我不同意这种贬抑。我知道范·雷斯依据的是英文译文，但译文完全忠实于原文："时间倒错的地位似乎是……"②紧

---

① 即"顺序"中"时间倒错"那一段。

② 原文为英文。

接着他依照对"确切时刻"的不大可靠（因为对跨度和幅度的特征进行了隐秘的分类）的译文——"叙事的某些'更重要'的时刻"①，借口译者比我更领会这一段的含义："对一位有批评眼光的读者来说，主旨已暗含在这一段中。"②对这种毫无解释性"公设"、毫无刁难之意的手段，大家自有公论。8页之后，范·雷斯在同一个意图支配下靠明显歪曲原文的引述支持所谓前后不一致的指控。涉及的倒叙是《奥德赛》中写奥德修斯受伤的一段。我写道："自然，嵌合有可能更复杂，时间倒错与它支撑的另一个时间倒错相比可以起第一叙事的作用，更普遍的情况是，与一个时间倒错相比，整个上下文都可以被视为第一叙事。奥德修斯受伤叙事涉及的插曲显然在《奥德赛》第一叙事的时间起点之前，即使根据该原则把一直追溯到特洛伊陷落的奥德修斯在菲阿西斯人面前的回顾叙事包括在这个概念之内"（在此英文译文仍是忠实的，"即使"译为"even if"），范·雷斯是这样引述这一段的："首先他说：'我们准许把奥德修斯在菲阿西斯人面前的回顾叙事包括在第一叙事内。'"③换句话说，他引述一个假设让步从句（"即使……包括……"），却把它当作主句（"我们准许……"）冷冷地抹掉假设的让步性，根据该假设，在某些条件下可

---

① 原文为英文。

② 同上。

③ 同上。

以忽略奥德修斯叙事的倒叙性,把它并入《奥德赛》的"第一叙事"。这个假设具有让步性,因为论据是:即使相对于从特洛伊陷落开始的第一叙事而言,奥德修斯的受伤叙事(在战前)仍是一个外倒叙;言外之意是,更不必说相对于从离开卡吕普索所辖岛屿开始的叙事而言。一个三岁孩子也能明白这种推论,但范·雷斯显然不打算明白。

从这种手段可以评判批评者。但如此提出的实质问题超出了提出它或不如说未提它就作出决断的人的个人范围。这个问题是一般科学性的定义、区分、测量、陈述之确切性和有效程度的问题。范·雷斯指责我有时忽略了在别处定下的概念,有时抵消了在别处确定的对立等等,在他看来这是前后不一致、甚至不受拘束的征兆。我可以要求得到不受拘束的权利,但事实上对知识的严肃态度要求我们善于忽略某些材料。在此我请读者参阅《科学精神的形成》中关于过分的精确造成认识论上的障碍的著名片段。我认为过分刻板地使用范畴和定义亦将造成障碍,而且比片段中所述的障碍有过之而无不及,范畴和定义从来只有实用上的价值。在某个实用层次,原子是一个粒子系,地球围绕太阳旋转;在另一个层次,如在太古时代,不如说原子不可分,太阳在某时升起,某时落山。在某个分析层次,相对《奥德赛》的初始叙事(史诗叙述者的叙事)而言,奥德修斯面对菲阿西斯人的叙事是个倒叙;在另一层次,相对二度倒叙而言,它可以忽略这个区别,且被并入初始叙事。刻板是学究的严格,他们绝不会忽略任何事,但事事注意的人将一事无成。

　　至于余下的部分,范·雷斯的批评建立在两个混同或误解上,我觉得我对此应负些责任,它们与我的著述的两个弱点有关。第一个误解涉及同故事内倒叙研究,认为我原则上贬低了这种倒叙的叙述内容和"第一叙事"内容之间的多余信息或相互影响。在此范·雷斯认为我的文学审美观借鉴于他派给韦勒克和沃伦的审美观,比如他断言:"热奈特简单地认为优秀作家的作品里不存在多余信息。"①其实我的成见——如果我有一个的话(我有好几个)——与此完全相反,我毫不宽容地把倒叙这(冗长的)一章又读了一遍,发现它完全依照一系列起支配作用的区分撰写而成(外部/内部,部分/完整,异故事/同故事),以便显示和突出(寥寥可数的)有相互影响和重复"危险"的情况。(使用了两次的)"危险"显然是对通常美学观的令人遗憾的让步,我不认为韦勒克、沃伦和所有希望避免重复(和矛盾)的人有这种美学观。但在我的头脑中,把普氏叙事朝这个方向推的一切都是违反古典规范的因素,因而也是提高价值的因素。在这方面如同在其他一些方面(例如"无时结构""与时间的游戏""复调式"),今天我会热情大减,甚至觉得按照超越当前趣味的程度来评价往日作品的态度有点愚蠢,这是艺术进步观念的幼稚变种,仿佛甲的长处始终在于预告乙,乙的用处仅仅在于预告丙……

---

① 原文为英文。

乔伊斯、纳博科夫或罗伯-格里耶有自己的价值，而普鲁斯特的价值不是预言别的价值。即使从比《叙事话语》处处体现出来的美学观更客观、倒叙更少的美学观的角度看，无论如何也不应先验地贬低叙事的重复或"相互影响"的能力，应该做的恰恰相反。文学或至少散文叙事对内部变化能力的利用比其他艺术，尤其比音乐要胆怯得多，这想必造成了贫乏。当《追忆》这样的作品接近这种能力时（哪怕是不情愿地），当然可以为此感到高兴，至少我从未想过为此指责它，我想任何善意的读者都不会看不出来。

范·雷斯的第二个混同是（硬说我）认为所谓"第一叙事"在主题上占了时间倒错段的优势。实际上自然不应该如此，而且我认为已经相当清楚地说明了《追忆》文本的主要部分是一个大倒叙，它在《斯万家那边》的第三部分开始追述年轻的马塞尔游历四方的幻想。在此我的责任大概仍是用词不当，如（有好几处）用了"第一叙事"或"故事的主线"。后一个用语针对的还不是有关插曲的时间倒错性，而是相对于我坚持认为的《追忆》（主题上的）主线（主人公的经验和学习）的异故事性。我想象得出我们的贝克麦塞尔会提出，超批评使辩论陷于瘫痪（"是什么向你证明主人公的经验比小卡布勒麦尔的婚姻更重要？"），但我们也许已经浪费了不少时间。无论如何"第一叙事"这个术语可能带有对重要性的评价的内涵，"初始叙事"大概更带中性色彩，至少在法语中如此，今天我情愿用它来替代"第一叙事"。下面谈到叙述层问题时我们还会看到该词的实用性。

对预叙的研究对称地提出类似的问题，我想没有必要再谈了。虽然对称，但我应该说重要性并不同：叙事，甚至文学叙事和现代叙事，与提前相比显然更经常地求助于回顾，即使我夸张了回顾手法的正规性，赋予《伊利亚特》开头的时间倒错以开创作用，提出"从中间开始，继之以解释性的回顾，后来成为史诗体裁形式上的手法之一"。其实《伊利亚特》开头的时间倒错篇幅有限，根本不是总体上遵照年代顺序的叙事的特征，而且元故事倒叙这种形式上的手法只为《奥德赛》和后来模仿它的《埃涅阿斯纪》所特有，《被解放的耶路撒冷》这样的古典史诗避而不用，武功歌亦很少问津。这绝不是一般史诗吟咏的典型特点，在贺拉斯作品（《诗艺》）中出现的从中间开始（in medias res）的提法不是为了显示《奥德赛》这一手法的特点，倒是为了赞扬《伊利亚特》的手法（虽然贺拉斯并不认为有必要如此），它通过补充倒叙，一直上溯到丽达之卵①（ab ovo gemino②），而把听众抛到一个已知行动（特洛伊战争）的中间，以便从一开始就谈自己的题目：阿喀琉斯的愤怒。我过分相信于埃的观点，犯了仓促概括的错误，他阐释的主要不是史诗、甚至古典史诗的准则，而是希腊

---

① 丽达是希腊传说中斯巴达王廷达瑞俄斯的妻子，据说宙斯爱上了她，化作一只天鹅与她接近，她产下一卵，波吕丢刻斯和特洛伊的海伦便从蛋中出生。

② 拉丁文：从双生子开始。

和巴洛克风格小说的准则。

在结束叙述顺序问题之前,我要谈谈多利特·科恩(Dorrit Cohn)的一个评价,她看出"拉默特的时间概念化和热奈特的顺序和时距的两章之间紧密相关"。我认为《叙事话语》和《叙述的结构形式》①的对照实际主要对顺序问题,即时间倒错研究有价值,因为拉默特著作的第二部分全部用来写他所谓的Rückwendungen(回顾)和 Vorausdeutungen(提前)。我撰写我那本书时了解拉默特著述的大致内容,当然本该更多地参考它。但是两个体系的精神相差甚远。拉默特主要按功能分类,按照时间倒错的传统位置(在开头或结尾的确定位置或自由位置)及作用,把倒叙分成展开、同时、离题、延迟;把预叙分成有预见或无预见的提前、即刻预告或远程预告。这一长篇论著(92 页)虽有一套范畴和细致的划分,但从某种意义来讲不如我的那篇分析性强,因为它以综合方式研究由位置和功能确定的标准形式(正式预告、回顾性展开、过渡预告、提前收场,等等)。两个步骤是相辅相成的,但我认为二者的接续顺序也是时间倒错的,它们令人遗憾地颠倒了位置,美学综合先于文本分析:热奈特无视拉默特是因为从逻辑上讲他先于后者,拉默特无视热奈特的原因则更简单,更带强制性。下文中另一个同类的交叉将向我们证实历史有时要开倒车。

---

① 拉默特(Eberhard Lämmert)的著作。

五

　　测定叙事"时距"的困难不是文本固有的,而仅仅是其书面形式固有的:文学或非文学的口头叙事有自己的时距并完全可以测定,书面叙事当然没有这种形式的时距,它只有通过一个语言行为——阅读或朗诵、默读或默诵,才能被"接受"、充分地实现其存在,这个语言行为有自己的时距,但大小随情况而定,这就是我所说的(书面)叙事的伪时间性。

　　这个困难无法解决,但通过确定平均或最佳阅读时距可以忽略不计,如果是指明了故事时距的纯对话场景,平均时距有可能靠文本调节,虽然这只是平均地调节;用三分钟读一页,通过细节的加速和延缓可以有多种读法,而且谁也说不出哪种读法"好"。由于在这种情况下,相关线(le trait pertinent)实际上不受语言行为速度的束缚(每小时多少页),所以上述困难更可以忽略不计。相关线确实是另一种速度,为叙述所特有,由故事时距和叙事长度之间的关系测定:每小时等于多少页。两个时距

(故事和阅读)的比较其实经过了两个转换:从故事时距转换为文本长度,然后从文本长度转换为阅读时距,后者不大重要,只是为了检验场景的等时。实际这只是大致的和约定俗成的等时,谁也不会要求更高(或许范·雷斯除外)。

相关线是叙事的速度,因此今天我想当初本该把时距一章定名为速度,也许是多种速度,既然,我猜想,任何叙事的进展速度都不是绝对不变的。本身指出或让人们推论出故事时间限制的叙事(情况并非始终如此)易于用速度计进行总体测量。如果认为(我觉得这是最合理的办法)《欧也妮·葛朗台》的情节始于1789年,结束于1833年,由此可以推断该叙事用172页覆盖44年,即每页约90天。至于《追忆》,它用3130页覆盖47年,即每页近5天半。始终在我身边的三岁孩子由此得出结论,《追忆》大体上平均比《欧也妮·葛朗台》慢16倍,正如俗话所说,这不会使任何人感到意外,但谁又猜得出来呢?

外部的比较意义不大,但在可能的范围内把比较扩大到另外几部长篇叙述作品也许是很有趣的。内部的比较在于多少有点详尽地测量一篇叙述作品的速度变化。在《辞格三集》中对《追忆》进行的测量无论多么粗略(且某些数据纯属臆测),它至少表明普氏叙事的变化性极大:从一分钟一页到一世纪一页,我的三岁孩子打出1/50 000 000比例的牌子。将外部与内部结合起来比较可以建立比例关系,比如对照普鲁斯特和巴尔扎克加速和减速的能力,为了考验一下喜欢强烈感受的人,这个对照是十分有益的。

除纯粹数量上的考虑外,还应从质量上对概要和场景(我建议再加上省略和停顿)的传统对立进行外推法研究。只有最后三个"乐章"的速度是确定的:场景是等时速的,停顿的速度为零,省略的速度为无限大。概要的变化较多,但需作统计调查才可测量其可变性,也许它的变化没有我们先验地想象的那样大。实际上这里最难抽出的概念是停顿。我给它下了狭义的定义,基本上把对停顿的使用留给描写,更确切地说留给情节停顿、故事中止时,由叙述者承担的描写——我们不难说出,这是巴尔扎克的类型。普鲁斯特的描写,如同福楼拜的某些描写,因其聚焦性而更接近场景的速度。自文中暗示过的莱辛之后,大家知道这一情况不是描写叙述化的唯一手段。但我不该把对阿喀琉斯盾牌的描写与所谓史诗的"描写标准"对立起来:无论怎样,荷马史诗很少运用描写,虽然盾牌不是荷马全部描写中的例外,但确有可能是他作品中唯一描写得很详尽的物品。他的模仿者如维吉尔和昆图斯,虔诚地从他手中接过盾牌手法,但未采取叙述化的预防措施(关于制造过程的叙事),因而描写变成停顿,即使被描写的物品又变成一个二度叙述的工具:在昆图斯的作品中仅仅使场面活跃,在维吉尔的作品中却是真正的行动,埃涅阿斯的盾牌"讲述"他的后代的故事,尤其是亚克兴角之役,这里确有叙述性,但它在被描写物品之内,并不消除停顿。停顿只在叙述者强调观众的感知活动及其时距时才会消除,这样我们又回到聚焦叙述化:维吉尔的作品稍稍带有这个特点。

　　总之,描写不一定是停顿;另一方面,某些停顿不如说偏离了正题,处在故事之外,属于评论感想而不是叙述。我们不妨定个大目标,列举《汤姆·琼斯》每卷卷首的评论章节或《战争与和平》中的历史和哲学论述。我们不能说(如针对描写中的停顿)叙事拖延时间,使故事时间固定不动,以穿越故事的空间,叙事毋宁说是自行中断的,以让位给另一类话语。我希望大家看到测定叙事相对于故事的速度时考虑这些附带问题是有困难的。

　　然而无论如何这些附带问题的存在改变了叙述速度(继续滥用音乐隐喻:不像渐慢倒更像延长号),也许最好在对它的研究中给感想题外话这第五类速度以一席之地,至少可以说《追忆》不乏这类题外话。无论如何,如果两种类型在原则上泾渭分明,在实践和细节上常常是难以区分的。比方说,《帕尔马修道院》中的这句话"克莱莉亚是自由主义的小宗派分子"应该属于哪种类型呢?

六

　　除上文提到的范·雷斯的附带批评外,"频率"一章没有招到许多批评。多利特·科恩认为前两章没有带来新颖的东西,十分宽容地形容这一章"保持了热奈特的特殊而显著的特点"①。在评论方面也许更应该对 J. P. 豪斯顿的起决定性作用的研究做出正确的评价,他在 10 年前就触及到关键问题,即普鲁斯特式反复的重要性。对此我没有什么可补充,只想再说一遍:普鲁斯特绝不是这类叙事的发明者,他只是在创作《包法利夫人》的福楼拜之后的第一个,或不如说第二个——把叙事从古典小说叙述体制的功能从属关系(当然是对单一叙事而言)中解放出来的。在所谓假反复的形式中(明显为单一的事件在语法上转换成反复),在作为样板的单一事件("比如有一次……")或作为例外的单一事件("然而有一次……")对反复规范所作的诠

---

① 原文为英文。

释中,这种解放已达到功能上的完全颠覆。

菲利浦·勒热纳(Philippe Lejeune)十分正确地指出,自卢梭或夏多布里昂以来,自传叙事尤其(并理所当然)在追述童年回忆时比虚构叙事更多地求助于反复。所以在普氏作品中反复的重要与对自传样板的模仿和(或)自传的真实性有关,但我们应当记得不仅在"贡布雷"和"巴尔贝克Ⅰ"[①]中,而且在根本不是"童年回忆"的《斯万的爱情》中反复都有重要的地位。勒热纳指出《墓畔回忆录》[②]第三卷的某些章节(在孔堡的生活)和对贡布雷星期日的追忆一样,把内外历时性结合起来写,将一天的过程、四季的更迭、主人公的衰老糅合在一起。我认为这远远比不上普氏作品中对这种手法的运用,但大家知道普鲁斯特在夏多布里昂的作品中发现了许多与其记忆规则(说不定还有叙述规则)的相合之处。

另一方面,达尼埃尔·夏特兰(Danièle Chatelain)在古典小说(巴尔扎克、福楼拜)的好几个场景中找到了"内反复"的例子,在圣西门的作品中则更多。在此亲缘关系仍很明显,但不该像我对盖尔芒特午后聚会所做的那样,把归属于描写未完成过去时将会更简单、更自然的东西过多地指派给内反复。《在少女花影下》中对清晨海景的著名描写集中在两页上,提供了区分这两

---

① 见第 69—71 页的划分。——编者注
② 法国作家夏多布里昂(1768—1848)的作品。

种形式、区分内反复（"时时刻刻拿着上了浆的、硬绷绷的毛巾"）和外反复（在此为预叙："以后我每天早晨将伫立在这扇窗户前……"）的良机。

最后再讲一句，以便削弱最后一部分（"与时间的游戏"）的形式主义偏见：普鲁斯特处理叙述时间性的中心方法大概是我提到反复时命名的集叙（syllepse），但对"贡布雷"富有特点的顺序结构来说这也是中心方法，这些结构不顾"真实的"时间连续（当然是文本指出的，或可以从某个迹象归纳出来的，如主人公的年龄和事务）按主题集中事件。这是时间集叙，朦胧回忆是其中一种，实际经历的一种。（从这个意义来说）隐喻是类比集叙，大家知道这使它可以用形象表现朦胧回忆。因此在集叙中可能有斯皮策会称作"普氏文体的词源词"的词。①

---

① 斯皮策认为作者的精神如同一个太阳系，作品的各个细节、语言和情节都被吸引到它的轨道上来，构成这个实体的卫星。他称这个内部凝聚力的本原为 étymon spirituel（精神词源词，即精神源）。

七

　　选择语式（mode）这个术语，把与"调节叙述信息"的各种手法有关的问题集中起来是容易的，我觉得也是合理的，虽然例词时间/语式/语态具有明显的隐喻性。选用该词的不便是在事后，当我必须强调叙事与戏剧表现之间实在避不开的对立出现时，除将这二者称作语言"表现"（表示异议的引号，我马上会再谈到）的两种基本方式外，不大可能给它们别的名称。由此造成已经指出过的麻烦，即一个词表示两个不同的和嵌合的概念①，《叙事话语》中的语式是《超文本引论》（Introduction à l'architexte）中语式功能的一个方面。我将像围着锅台转的女子一样申辩，首先说我没有选择余地，在两种情况下非用该词不可；然后说我选得对，因为狭义的语式问题是广义叙述语式最有

---

① 法语 mode 一词可作"语式"和"方式"解，故云一个词表示两个不同的和嵌合的概念。

特点的问题，还是互相嵌套起来的问题，既然叙事几乎始终为混合体裁，既然纯叙述方面（纯叙事）和通过对话（柏拉图意义上的完美模仿）表现的戏剧方面（呈纹心状）互相对立。词语的混淆在此意味深长，从某个方面看也是受欢迎的。

我（再次）说"调节叙述信息"，虽然这个颇带技术味的说法有时让人，包括我，牙齿咬得咯咯响。我将咬碎几颗牙，明确指出我用信息是为了不用表现，虽然后者风行一时，但我认为它是个虚伪的词，是信息和模仿之间的折中。出于陈述了千百次的理由（不仅仅由我陈述），我不相信叙事中有模仿，因为叙事——如同文学中的一切或几乎一切，是言语行为，故在个别的叙事中不可能比一般的言语中有更多的模仿。叙事和任何言语行为一样只能通知，即传递含义。叙事不"表现"（真实或虚构的）故事，它讲述故事，就是说用言语手段表示故事，除了这个故事已经是言语的成分（对话、独白）之外——而叙事也不模仿这些成分，不是不可能，而是没有必要，因为它可以直接复制，更确切地说可以抄录这些成分。叙事中没有模仿的位置，它要么够不上模仿（狭义叙事），要么超出模仿（对话）。所以纯叙事／完美模仿是一对不平衡的词，除非像柏拉图那样肯把完美模仿当作对话的同义词，其含义不是模仿，而是抄录，或引述——最中性、因而最正确的词儿。对于我们来说这显然不是希腊词的内涵，也许它应当被 rhésis[1] 取代(除非我们下决心讲法语),在叙事中只有话语和纯叙事,就是有人说得很明白的人物文本和叙述者文本。我提出的"话语叙事"和"事件叙事"这对词组有点想表示这个意思,下面我还要提到这两对词,它们并不完全重合。

虽然用词不当,但我这样兑现了距离范畴,即叙述信息数量变化范畴("有多少?"),对此我不感到遗憾——视角将支配质的变化:"通过什么途径?"

---

① 希腊文:话语。

八

　　对语式距离的研究主要批评了完美模仿的古老概念,尤其是它的现代同义词展示的概念,因而也批评了包含这些概念的几对对立词组。与启发韦恩·布斯撰写《小说修辞学》的观点相近的这一否定观点大概没有表达清楚,因为某些读者产生了误解,如米克·巴尔,她指责我用几页篇幅写一个"无用的"范畴。我同样认为它无用,但它在不同时代取得了巨大的成功,因而有必要讨论一番,使它更加明确。

　　以为这一对词固有的价值总在同一个方向或以同一个方式起作用是错误的。首先,完美模仿的拥护者并不始终对这个词或它的同义词抱同一种叙述态度:苏珊·林格勒(Susan Ringler)指出,卢博克(Jeremy Lubbock)和查特曼(Seymour Chatman)相隔半个世纪,以展示为名颂扬《专使》和《杀人者》这样两篇风格迥异的作品,今天我们看到前者把"故事自行讲述"的提法用于詹姆斯如此喜欢泄露内情的叙述风格,可能会大吃一惊。其次,对现实主义的重视(无论怎样这始终是问题之所在)定期受到相反的重视和反击:柏拉图反对亚里士多德(这我知道);沃尔泽和弗里德曼反对施皮尔哈根;福斯特、蒂洛森、布斯反对詹姆斯、比奇、卢博克,等等。我的意图不是附和反对重视现实主义的意见(我对福楼拜、詹姆斯或海明威的评价与对菲尔丁、斯特恩或托马斯·曼一样高),而是对讨论的依据提出异议,或使讨论在另一个基础上展开:再说一遍,diégésis/mimésis唯一拿得出来的对等词是叙事/对话(叙述方式/戏剧方式),它决不能被译为讲述/表现,因为最后一个动词不能合情合理地用来指话语引述。

纯叙事/完美模仿的对立导致了事件/话语的分类,它在其中的折射基础更加合理:在话语叙事中依据的是复制话语时拘泥于字面的程度,在事件叙事中依据的是对某些造成模仿错觉的手法的使用程度(或是不那么有意识的使用,这里依据的是某些特点的存在程度),我觉得这些特点或许可以按照功效从小到大的顺序排列如下。

1. 叙述主体所谓的消失,在第 169—171 页[①]援引的普鲁斯特的例子至少带来了一处细微差别(或许是一处背离),这涉及语态;

2. 叙述的详尽性,这涉及速度:详尽叙事的速度是"场景"的速度,自然比《赛查·皮罗多盛衰记》第二章关于遥远往事的简

[①]　即本版第 143—145 页。——编者注

捷概要给读者造成更身临其境的印象。狄德罗指出："维持错觉的正是这许许多多的小事"；

3.最后,也许尤其是这些细节以功能上无用的面貌出现,造成了更大的错觉,这就是罗兰·巴特的著名的"真实效果",乔治·奥威尔在对狄更斯的研究中强调了它的美学功能(因为实用功能的不存在引出了另一类功能):"狄更斯风格的准确无误的最高标志是无用的细节(unnecessary detail)……谁也不会想到,狄更斯的神来之笔,是(在《匹克威克外传》里小男孩吞下姐姐手镯的故事中)在一层土豆上烘烤羊肩肉。这能推动故事发展吗? 丝毫不能。它完全没有用处,只是一页边角上的点缀;但正是这些点缀营造了狄更斯特有的气氛……小说的协调受到影响,但这并不怎么重要,因为狄更斯显然是作品中部分大于全体的作家。"米凯尔·里法泰尔(Michael Riffaterre)在提到莎士比亚的一句诗时指出,对他而言"现实主义的"诗句有两个基本特点:"首先它是准确的〔我的第二点:详尽叙事〕,其次它描写一个行动,但不指出原因或目的,从而使该行动历历在目。"

这三位作者(即奥威尔、巴特和里法泰尔)在其他问题上意见迥异,我认为他们在此的一致确认了一个事实,按照常理通常用"这绝不是编造"来表述的事实。当然,这类细节的无实用功能性(《匹克威克外传》中的羊肋骨,《一颗纯朴的心》中的气压计,或《伊利亚特》中海水轻轻拍打的沙滩)始终有可能被极端功用主义者所否认,他们对功用主义的看法也是狭隘的,因为他们拒绝承认实用之外还有其他功能,如米克·巴尔解释说《伊利亚特》中的沙滩必须被海水轻轻拍打,以便使自然界的声音盖过老人的声音,或与他一同祈祷,与克律塞斯休戚与共……这类动机(这的确是个动机,这点我懂)与克拉底鲁式的最不可思议(但始终不难做出)的估计一样厌恶语义的空洞或忍受不了偶然性。

米克·巴尔在超功用主义的推动下甚至认为我有"拒绝给描写任何狭义叙述功能的旧偏见"。这个立场,她本人也承认,与我别的文章意见相左,而且我觉得她的"狭义叙述"观念狭隘得可怕:若描写只是为了"显得真实",甚至"显得美",这已经不简单了。总之我从来没说过这种话,再重复一遍,描写不一定是真实效果;反之,真实效果不一定是描写,例如"他大声擤鼻涕,然后说……"或里法泰尔引用的莎士比亚的那句诗。"对行动无用的"细节完全可以是个……行动。

我认为更重大的异议是:当时,即初读时,没有任何迹象表明细节后来会不会有实用功能;奥班夫人的气压计可能有一天会掉到维吉妮头上致她于死地。所以追溯往事、第二次阅读或事后回忆时细节才能起实现完美模仿的作用,这与人们认为它追求的即时效果难以相容。这条反对意见并不愚蠢(原因自不必说),但我认为叙述和文体方面的某种能力可以帮助读者凭直觉看出某个细节有无实用性。这是有章可循的,当然"人们应当知道"一个气压计,甚至一支手枪,在福楼拜和阿加莎·克里斯蒂笔下不大可能有相同的功能。

九

写"话语叙事"的一段这样更名会好一些:"书面文学叙事中人物话语与思想的制造(复制)方式。"制造(复制)指的是不同体裁的言语模型的虚构性或非虚构性:历史、传记、自传被认为是复制实际讲的话语,史诗、长篇小说、中短篇小说被认为是假装复制、实际制造彻头彻尾编造的话语。"被认为"正是一般的惯例,这些惯例与实际当然不一定吻合:李维可以虚构一篇演讲,普鲁斯特可以把某个真实人物在他面前(或背后)实际讲过的一句话派给主人公。如果我们同意忽略这些扭曲现象,那么虚构特有的话语制造就是假复制,后者虚假地建立在与真复制相同的契约上,虚假地提出与真复制相同的困难。同样的契约:例如引号表示(被保证为)一字不差的引述,间接叙述体的补语从句允许更多的自由等等。同样的困难:逐字制造(复制)有可能(被认为)经过了翻译,正如波利比奥斯或普鲁塔克笔下罗马首领的演说,《帕尔马修道院》或《希望》主人公的演说,这多少有损于对字面的拘泥,在任何情况下,从口头到书面的"过渡"几乎不可补救地取消了口头表达的特点:嗓音、语调、语气,等等。为什么几乎?因为小说家或史学家可以求助外部的权宜之计(描述嗓音和语调)或内部的权宜之计,如巴尔扎克、狄更斯、普鲁斯特作品中对语音做出标记。制造(复制)这个字眼不应过分从字面去理解,它的某些局限还将影响叙事的口头形式,比如任何讲故事的人都不可能把人物的嗓音完全复制出来。拘泥于字面的契约从来只涉及话语的内容。

我再重复一遍,这些限制只影响一种制造(复制)方式,即我称之为"转述话语"(discours rapporté)的方式。其他两种方式("转换"和"叙述化"话语)正式地说还谈不上这个问题,因为它们力求达到的不是同一种"模仿",即同一种对字面的拘泥。除术语有出入外,这是个常用的三分法,它本身没有遭到否认,但多利特·科恩批评了它的某些方面。

如果把纯粹术语上的不一致搁在一边(下面我还会谈到),多利特·科恩的批评主要有三点。第一是我对所谓"即时话语"的研究不够充分,她十分正确地建议把它命名为自主独白(monologue autonome),这是自迪雅尔丹以来传统上称为"内心独白"的话语类型。这个批评显然是有根据的:对这种形式我写了几乎不到两页,原因在于(我已经讲过)普鲁斯特难得采用这种手法。值得宽慰的是《内部透明度》(La Transparence intérieue)的第六章写得十分精彩,弥补了这个缺陷,我绝不会写得这样好,所以只能请读者参阅这篇文章。

多利特·科恩指出并作了补救的第二个不足是《叙事话语》中写"自由间接叙述体"的段落太短,我把它写成间接体的一个简单的"变种",只限于在其他变种之后指出它的双重含混性:话语与思想的混淆,人物与叙述者的混淆。在此我下笔谨慎的主要原因仍在于普氏作品中这种形式相对来说十分少见。另一个原因今天会使专家们笑话:我认为这个题目自世纪之交"被发现"以来,从语法和文体角度已作了充分的探讨(总而言之,我只举出玛格丽特·利普斯的书,我一直觉得这是日内瓦学派最令人满意的贡献)。自1972年以来,研究这个题目的著述大大增加,其中包括鲁瓦·帕斯卡尔(Roy Pascal)的书(1977),多利特·科恩的第三章和挑起了一场大争论的安·班菲尔德(Ann Banfield)的一篇文章(1973)。我没有必要在此重述这场旷日持久、很可能尚未结束的争论,好几个语言学学派(沃斯勒的心理主义、索绪尔的结构主义、巴赫金的新黑格尔学说以及转换语法的各种倾向)就一个语法文体形式唇枪舌剑,互相对峙,我不想给它们当仲裁人。在这本小册子选择性很强的书目中有二十来种与此论战有关,至于该问题(差不多)目前的状况,我请大家参阅布赖恩·麦克黑尔(Brian McHale)的说明(1978)。为了添一点点妙趣,我将只提两三条意见。至于对这个现象的狭义的语法描述,我认为在这个问题和其他问题上,转换语法只给方法论带来难以用其实际贡献解释的阻碍。自巴依和利普斯以来主要内容得到了阐述(动词时态一致,代词转换,无支配关系,保持邻近指示词、直接疑问句、某些感叹词和表达性词的特点),除方法外取得了广泛的一致。然而时态一致很可能不是一条绝对的规则,如果在任凭文体能动性自由发挥的一类话语中只有一条规则的话。表达从属于或被认为从属于知识或无时性真理范畴的见解,有可能引出一段表示普遍真理或认识论的直陈式现在时的文字。如在《布瓦尔与佩库歇》①中:"他们想学希伯来语,这是克尔特人的母语,如果它不是从后者派生出来的话"或"行政法院很可怕,因为政府部门软硬兼施,不公正地摆布公务人员"。② 这些例子借自玛丽-泰雷斯·雅凯(Marie-Thérèse Jacquet),她很好地突出了这种形式在《布瓦尔与佩库歇》中的重要性。但我认为她用的术语"合并直叙体"把这个中间形式过分拉向直叙体,我宁可用术语"不保持时态一致的自由间接引语",把它维持在自由间接引语的范围之内。对这种表达方式必须扩大调查研究,它想必没有被福楼拜垄断,即使《布瓦尔与佩库歇》的百科全书癖的背景特别适合于它。

至于文体分类,尽管存在几个次要的和显著的细微差别和例外,我认为该手法本质上的文学性是不容置疑的;安·班菲尔德想扩大这个特点,直至把自由间接叙述体变成排斥第一人称、

---

① 系福楼拜未完成的小说。

② 楷体在原文中为直陈式现在时。

尤其排斥第二人称的言语的不具沟通性质的方式的标志,因而自由间接叙述体在自身故事叙述中不容置辩的存在没有受到重视;狄更斯的(著名)例子:"我的梦想实现了;再不是荒唐的幻想,而是清醒的现实了,赫薇香小姐即将让我交上大红运"①,下文以显著的方式表明这不是叙述者、而是主人公的(错误)想法。下面是巴尔扎克的例子,这次出自一个人物之口,她转述自己从前讲过的话:"我对他说了一些感人肺腑的话:'我爱吃醋,对我不忠会致我死命……'"

　　至于历史分类,除去几个例外(拉封丹、卢梭),它明显符合自简·奥斯丁至托马斯·曼的"现代"心理现实主义小说的范围,更确切地说,符合我称作"内聚焦"的叙述方式,而自由间接叙述体肯定是其最受宠爱的工具之一。幸而我不是第一个指出这点的人,早在1955年弗兰茨·施坦策尔就讲过类似的话。这条意见显然针对的是最后一个方面,也是对我们最重要的方面,即自由间接叙述体的叙述功能。有人坚持认为(过去的沃斯勒派,今天的科恩、帕斯卡尔、班菲尔德),从根本上,自由间接叙述体比引用口头讲述的话更适合表达内心的思绪。二者的亲合性相对而言也许更大,但我认为绝非不可分离,福楼拜的作品中就有大量的反例。有些人还一再强调(沃斯勒派、埃尔纳迪、帕斯卡尔)叙述者和人物情感同化的价值,著名的含混性的价值;与

---

① 原文为英文。

此针锋相对,巴依和布朗兹沃尔正确地指出消除含混性的标志几乎一贯存在,该手法经常被用来进行讽刺(福楼拜、托马斯·曼)。最终无法确定的陈述事实上十分罕见,班菲尔德讲得不错,这样的含混与其说与人物和叙述者的思想一致有关,不如说是因为无法在两种不可调和的阐释之间作出抉择,正如贡布里希分析过的著名幻景画。作品有时不讲明说话的人是人物还是叙述者,由此不一定得出两人想法相同的结论。

　　争论的最后一点是模仿能力或逐字制造(复制)的能力问题。我仍然认为基本点无须讨论,即自由间接叙述体的能力在这里低于直接叙述体,高于语法要求的间接叙述体,麦克黑尔指出"无论从语法角度,还是从模仿角度"它都是"居于中间"。所以在赫尔纳迪用于取代传统的纯叙事/完美模仿之对立的三项层递中,名为"代用叙述"的自由间接叙述体处于中间。麦克黑尔还提出了一个更复杂的层递,按七个"模仿"程度的递增顺序大致可排列如下。①"故事概要",它提到言语行为但不说明内容,例子(被我替换,如下面各例):"马塞尔和母亲谈了一小时";②"不够纯的故事概要",它说明内容:"马塞尔告诉母亲他决定娶阿尔贝蒂娜";这两个程度对应于我的"叙述化话语";③"对内容的间接解述(paraphrase)"(语法要求的间接引语):"马塞尔向母亲表示他想娶阿尔贝蒂娜";④"部分模仿(语法要求)的间接引语",它如实地表现被制造(复制)的话语的某些文体色彩:"马塞尔向母亲表示他想娶阿尔贝蒂娜那个小婊子";⑤自由间接引语:"马塞尔去向母亲吐露隐情:他无论如何要娶阿尔贝蒂娜";这三个程度对应于我的"转换话语";⑥直接引语:"马塞尔对母亲说:我无论如何要娶阿尔贝蒂娜";⑦"自由直接引语",无分界符号,是"即时话语"的自主状态:"马塞尔去找母亲。我无论如何要娶阿尔贝蒂娜"(这种形式不大可能被普氏作品接受,但自从乔伊斯以来它成了家常便饭);最后两种状态对应于我的"转述话语"。

我认为这样分类很有道理,很乐意转而赞成它,但对术语"自由直接引语"表示保留,它有可能在直接和间接引语的各种状态间造成不大自然的或似是而非的对称。其他一些批评家已经假设过这种对称,施特劳赫对它作过阐释,把每一种类型区分成受或不受语法支配的两种状态,这样区分间接引语显然是恰当的,但对直接引语就不大确切了,后者从定义上讲决不受语法支配,仅仅由一个陈述动词引入,并(或)由引号或破折号标明。"自由直接叙述体"由于免去这些无语法后果、因而无真正限定关系的标记才是自由的。按照这个定义理解,这个术语当然可以用来指现代小说、对话和独白的最自由、最富于特征的形式,这些形式在《尤利西斯》中俯拾即是。

另一个保留涉及模仿效果渐进的自动性和不可避免性,它的有效性毋宁说是统计标准的有效性,根据上下文允许很多的犯规、例外和颠倒:使用直接引语导致的拘泥字面的契约有时不被遵守,并且可以被叙述上下文废除,反之,解述的外表可以掩

饰一字不差的引用。梅尔·斯滕伯格(Meir Sternberg)最近的
一篇文章(1982)对这一反常现象作了说明,提请人们警惕在这
方面的一切教条主义的或机械的态度。

十

　　多利特·科恩的第三点批评是：至少从叙述处理的角度，我把话语和思想看作相似的东西，把一切"心理活动"看成内心话语。这个批评与她本人的著作密不可分，其目的恰恰是给予"心理活动的表现"以它本应有的特殊地位，因此我回答她的批评时不能不就这本书本身说两句。

　　我首先指出，对多利特·科恩而言，这种表现的三个基本手法是"心理叙事"（psycho-narration），即直接由叙述者分析人物的思想；"转述独白"（quoted monologue），即一字不差地引述这些思想，如同在内心话语中对思想的笔录，而"内心独白"只是"转述独白"的更自主的变种；最后是"叙述化独白"（narrated monologue），即以受规则限制的或自由的间接引语形式由叙述者接替所作的独白。显而易见，除没有引申外，科恩不研究实际口头讲述的话语，她的范畴与我的范畴完全可以相互调换，但调换显示出四个差别。

　　第一个差别涉及选择的术语:她的"心理叙事"是我的"叙述化话语",她的"转述独白"是我的"转述话语",她的"叙述化独白"是我的"转换话语"。我承认看不出修改有什么好处,我觉得用"叙述化"指间接引语太过分(因而太接近叙事),坚持将它留给把话语或思想当作事件处理的形式("我决定娶阿尔贝蒂娜"之类),为间接引语保留"转换"一词,其语法内涵是清楚的。

　　第二个差别涉及采用的顺序。多利特·科恩多次称她的"叙述化独白"为中间方式,因而我看不出为什么她把它置于第三个位置,我宁愿把它留在我的层递中所占据的第二个位置。

　　第三点不一致是多利特·科恩把"第三人称"和"第一人称"叙事彻底分开,并赋予这种分离以极其重要的战略作用,这种思想指导她写出她的著述的两个部分(一、第三人称叙事中的内心活动;二、第一人称叙事中的内心活动),并在某种程度上使她重复论了两次在异故事叙述和同故事叙述中分别出现的同样的形式。然而我认为合并性叙述情境肯定丝毫改变不了话语的地位或展现的心理状态的地位。我看不出例如自主(心理)叙事和心理叙事、自主叙述化独白与(异)叙述化独白的区别(当然语法人称除外),尤其不理解多利特·科恩为何把她对自主独白的研究与第一人称叙事联系起来。据我所知,《尤利西斯》从总体上讲不是一部第一人称小说;如果是的话,原因在于莫莉·布卢姆的独白本身是第一人称,这个理由毫无价值,因为她的独白并不比古典异故事小说中存在的"非自主"转述独白更可以说成是第一人称，多利特·科恩在其著作的第一部分论述的正是这类独白。我认为分类的古怪源于错误的分类意愿，即对人称标准的过高估计。在讨论语态时我们还将重提这场大争论。

第四个也是最后一个差别是（我已讲过，现在再讲一遍）我把"心理活动"看成和内心话语相似，多利特·科恩拒绝这样做是有道理的。她理所当然要为内心活动的非言语形式谋得一席之地，而我肯定不该把"我决定娶阿尔贝蒂娜"这类陈述归入"叙述化内心话语"名下，因为根本不能担保这句陈述符合笔录下来的一个想法。恐怕我更不该把"我爱上了阿尔贝蒂娜"之类的话归入它的名下。但我发现在科恩区分的三种表现方式中，只有第一种提出了这个问题；从定义来讲，"转述独白"与"叙述化独白"把思想处理为话语，她和我在这点上意见一致（再说一遍，正因为如此我认为"叙述化"一词选得不好，或不如说位置放得不对）。只有"心理叙事"可以被假设适用于非言语思想（爱上阿尔贝蒂娜或别的女人，但不对自己说，甚至没有意识到这一点）。我说的是可以。爱上阿尔贝蒂娜或她的女邻居也可以是内心话语，心理叙述陈述对此不置可否，也许当它着意标明被表现状态的无意识性时除外，如果叙述者写道："马塞尔不知不觉爱上了阿尔贝蒂娜，"他破例地标明"我爱上阿尔贝蒂娜了"这句话不在马塞尔的内心话语内，但这还不能保证这样的话语不存在，马塞尔可以"对自己说"其他的话，尤其洞若观火的叙述者为他破译的这一句："我不爱阿尔贝蒂娜。"总而言之，多利特·科恩对可能存在非笔录内心活动所作的有道理的保留只部分地对她的三个范畴之一起作用。我们随意把这部分估计为二分之一，那么科恩的保留对她本人的体系的六分之一起作用。我不会心胸狭窄地由此推断出我有六分之五的理由反对她；我的结论不如说是思想叙事（既然的确指的是它）总是或全部并入话语叙事（我曾过于粗暴地这样做），或全部并入事件叙事，当它不用其手法假定这些思想就是言语时我本该这样做。再说一遍，叙事只认得事件或话语（话语是一种特殊的事件，唯有它可以在言语叙事中被直接引用）。"心理活动"对叙事来说只能是事件或话语。

除这个粗略的二分法外，多勒策尔和施米德又提出了另一个二分法，对此我曾做过暗示。他们指出在叙事中只有，而且只能有两种文本：叙述者文本（Erzählertext）和人物文本（Personentext）。有人可能很想把这两组对立作为等同物叠合在一起，皮埃尔·范·登·霍维尔正是这样做的。但事情并不这样简单：我按对象分类，多勒策尔按语式分类，两种分类不可缩减，因为事件叙事可以由人物承担，话语叙事可以由叙述者承担。所以不如在一张行列对查表中使各个标准分离和交叉，我还没有机会用这张表点缀这本小册子。该表区分出由叙述者话语承担的事件叙事、（故事外叙述者的初始叙事）、由人物话语承担的事件叙事（故事内叙述者或叙述者兼人物的第二叙事）、由叙述者话语承担的话语叙事（叙述化话语或转换话语）、由人物话语承担的话语叙事（转述话语或转换话语）。表格如下：

对象 \ 语式	叙述者话语	人物话语
事件	初始叙事	第二叙事
话语	叙述化话语和转换话语	转述话语和转换话语

　　大家看到我把"转换话语"（间接叙述体）同时放入两个格里，我曾犹豫不决、开始考虑加一个中间的格子——可悲的选择。但归根结底，我认为转换话语有"双数"语态，理应载入两个格内。

　　另外，我坚持错误，没有给思想叙事加一个第三行。我在上面已谈过理由，不过我想再重复一遍：叙事总把思想并入话语或事件；它不给第三项让位，缺少细微差别不是我的过失，而是它的过失，是它本身的言语性质造成的。讲述故事的叙事只与事件有关；其中某些事件是话语；为了换换花样，它有时破例复制这些话语。但它别无选择，因而我们也没有。

十一

　　我之所以重提今天至少在原则上普遍得到承认的两个问题的区别，即"谁看？"(语式问题)和"谁说？"(语态问题)的区别，仅仅是为了对一个纯视觉的、因而过分狭隘的提法表示遗憾：《索多玛与蛾摩拉》第一卷中夏吕斯和朱皮安之间那一幕的结尾聚焦在马塞尔身上，但这是听觉的聚焦，人们没有必要煞有介事地用聚焦替换视点，然后立即重蹈覆辙；显然应当用"谁感知？"这个面更广的问题来替代"谁看？"，但两个问题之间的对称或许也有点不自然，叙述者的话始终被当作人物，哪怕是匿名人物的话，而如果有焦点位置，它有时并不被视为人物的焦点位置，所以我认为这是外聚焦。或许最好向自己提出一个更中性的问题：感知焦点在哪儿？该焦点能不能具体化为一个人物(对此我还会谈到)。

　　我对以前的分类提出的批评(布鲁克斯-沃伦、施坦策尔、弗里德曼、布斯、龙伯格)显然针对的是这些分类对语式和语态的混淆,他们或者(如弗里德曼、布斯)把一个不开口的焦点人物称为"叙述者",或者把复杂的叙述情境(语式＋语态)归入"视点"名下:显然布鲁克斯-沃伦、弗里德曼和布斯正是这样做的,但说实话施坦策尔和龙伯格很少这样做,他们应受指责的唯一一点是把视点的不同与叙述陈述的不同等量齐观。

通常语式和语态、聚焦和叙述之间往往十分明显的混淆是一回事,而在更复杂(综合)的"叙述情境"概念中把语式和语态联系起来则是另一回事。我承认这个综合是合理的,但我拒绝"在此",即仅从"视点"角度来研究它也是正确的。这意味着我保证会从别的角度去研究它,我在《叙事话语》中没有履行这个保证,将在下文中试图弥补这一疏漏。

聚焦研究使人费了不少(而且恐怕有点过多)的笔墨,说来说去总在用语上做文章,主要的好处在于对一些经典概念作了比较并把它们组成体系,如"无所不知的叙述者的叙事"或"后视角"(零聚焦),"视点、反射体、有选择的无所不知、视野受限制的叙事"、"同视角"(内聚焦),或"客观的、行为主义的手法"、"外视角"(外聚焦)。我的贡献不如说是对叙事主导语式办法的"变音"研究,即省叙(扣留由采纳的类型从逻辑上引出的信息)和赘叙(超出采纳类型逻辑的信息)。

有人曾一两次指出在这些段落中语式和语态有些混淆,米克·巴尔说这是"前热奈特"错误,是我应该最后一个犯的,或者,如果历史有方向的话,应该第一个不再犯的错误。至少我犯有省略或不准确的过失。首先,在列举多重聚焦的例子时(书信体小说,《指环和书》[*The Ring and the Book*]),我至少应该指出焦点的变化显然伴随着叙述者的变化,聚焦转换有可能看上去只是语态转换的结果。我不知道任何纯聚焦转换的例子,即同一个异故事叙述者从多个视点连续讲述"同一个故事"。纯聚焦转换倒更有意思,因为叙述假定的客观性将像在电影里一样突出各种讲法间的不协调效果;这件事有待去做,而且刻不容缓。其次,在谈到哈梅特的外聚焦时,我本可以明确指出它时而在异故事叙述中起作用(《玻璃钥匙》《马耳他的鹰》),时而在同故事叙述中起作用(《被诅咒的血》《红色的收获》《难以寻觅》)。我将再谈这个问题,在我看来这是语式选择和语态选择相对独立的证据。论及《罗杰·艾克罗伊德》的著名省略时,我同样未作确切说明:施洛米思·里蒙指责我举出这部小说作为对主人公(杀人犯)聚焦的例子,"但未提及焦点杀人犯也是叙述者,而显然这正是该小说做的手脚"。我不同意这个观点,因为此处的窍门是省叙,即对杀人犯的聚焦应当包含的主要信息的省略;委托他叙述只是突出、也可以说是保证该聚焦的手段,因而也是保证该省略的手段;我坚持认为如《专使》或《青年艺术家的肖像》中那样显著的异故事内聚焦可以产生同样的效果。

外聚焦自然不是两次大战间的美国小说的发明,它的创新只是在一般很短的叙事中从头至尾维持这个方法。我指出古典小说在开场白中使用这个方法,并把在《萌芽》中"仍"很明显的这种做法与詹姆斯后期小说的做法相对照，后者一上来就假设开场人物为大家所熟悉。这提出了历史演变的问题，过去我对它只有纯直觉的看法；这也是懵懵懂懂地突然来到一个微妙的、已经研究过的题目面前。或许对此应当再说上两句。

据我所知，在正在开展的历史研究中，我唯一乐见的形式是亚普·林特维尔特在格罗宁根主持的对现代小说开端的调查。我原来特别想验证（或驳斥）我提出的关于在19世纪下半叶出现了变化的历史假设，我在那个三岁孩子的帮助下对17至20世纪的几部名小说做了一个快速小测试。如果粗略地把开头词分成两类，甲类假设读者不认识人物，并接受这一点，首先从外部打量他，然后再做正式介绍（《驴皮记》类）；乙类假设读者一上来就认识他，立刻指名道姓，甚至只用一个人称代词或"表示亲近的"定冠词称呼他，那么，在现代小说的历史中可以看到一个意味深长的演变，大体上就是从在左拉以前一直占主导地位的甲类（但在《鲁贡-玛卡尔家族的命运》《娜拉》《家常事》和《萌芽》中仍然存在）向在《角逐》中有所体现的乙类过渡（在《鲁贡-玛卡尔》全书的20部小说中，有14部清清楚楚属乙类）。在詹姆斯的作品中，从延续到《波士顿人》的甲类优势到以《卡萨玛西玛公主》（两部作品均成书于1885年）开始直至最后一部作品才结束的乙类优势的过渡十分明显。也许暂时的转折点就位于这段时期，象征性地说在1885年。20世纪对乙类的使用在《尤利西斯》《审判》或《城堡》《蒂博一家》《人类的命运》或《奥雷连》等长篇小说中十分明显,短篇小说甚至往往把介绍省略为一个代词或一个定冠词(《白象似的群山》:"美国人和少女……")①。长篇小说中也许较为少见,但《丧钟为谁而鸣》属于这种情况("他平躺着……")②,1900年康拉德用他为《吉姆老爷》开了头,两页之后他才变成守口如瓶的吉姆。"吉姆,下面什么也没有了。当然他还有另一个名字,但他希望永远听不到别人讲出这个名字"——实际上我们将永远听不到这个名字,除非我搞错了。

　　J. M. 巴克斯(J. M. Backus)研究过这种代词开端,称其为"无序列的序列信号"③:无参照的参照系,无先行词的词语重复,其功能恰恰是模拟,并因此构成参照,通过预先假定强加给读者。R. 哈维格(R. Harweg)借用帕克的术语,把有人名的"横组合"(émique)开端与仅有代词的"纵聚合"(étique)开端相比照,但问题超出了对代词或定冠词的使用。单单一个名字显然比全称(名和姓)"纵聚合性"更强,全称又比按巴尔扎克小说的推镜头手法所作的正式介绍"纵聚合性"更强。实际上有一整套差别细微、根据上下文变化的层递,从最明确的一极(巴尔扎克式:"1952年6月15日5时,一位年轻女子从位于瓦雷街54号的一座漂亮公馆里走出来……[几页描写之后:]……这位风雅

---

① 原文为英文。

② 同上。

③ 同上。

的散步女子正是××侯爵夫人……")到杜拉斯式的最含蓄的一极:"她看到已经五点钟。她走出门……"瓦莱里的说法肯定处于中间阶段[1]:"侯爵夫人"? 哪位侯爵夫人? 正如施坦策尔指出的那样,纵聚合性的或暗含的一极显然与其辞格叙述类型有关,即与内聚焦,因而与小说的某种现代特色有关。

调查自然尚未结束,人们同样应当考虑个人或群属的特殊性:我们看到,出于显而易见的理由,短篇小说比长篇小说更简略;历史小说可能比纯虚构更简略,因为它的某些人物从定义上讲是假定"人所共知的"。还应考虑形式上的特殊性:同故事叙述有一个特点;代词我同时为纵聚合和横组合,因为至少我们知道该代词指的是叙述者。但这类叙述似乎经受了同样的整体演变,从流浪汉小说的正式介绍开始:"先生,首先您该知道我的名字是拉萨雷·德·托尔姆,我是托马斯·贡萨莱斯之子……"经过梅尔维尔的无拘无束的亲热:"叫我以实玛利吧……"[2]直至普鲁斯特的省略。

---

① 瓦莱里曾以"侯爵夫人五时出门"这句话为例说明文学作品中某些细节的无动机性。

② 原文为英文。

十二

　　米克·巴尔批评并修正了聚焦类型的定义,其出发点在我看来是用聚焦构成叙述主体的过分愿望。米克·巴尔似乎认为(他有时说是我认为)任何叙述陈述都包含一个聚焦(人物)和一个被聚焦(人物)。在内聚焦中,被聚焦者同时也是聚焦者("'被聚焦'人物看到……"),在外聚焦中,他仅仅被聚焦("他不看,他被人看"),我"漫不经心"地使用"对××聚焦"的措辞,而不用"被××聚焦",掩盖了这一不对称,这使我"对待菲莱阿斯及其仆人如同几乎可以互换的主体,把主体(帕斯帕尔图)和客体(菲莱阿斯)都作为'被聚焦者'处理"。我很难参加这场讨论,米克·巴尔阐述我的立场时引入了我从未想到要使用的概念(聚焦者、被聚焦者),因为这些概念与我的观念水火不相容。对我而言没有聚焦或被聚焦人物:被聚焦只适用于叙事,如果把聚焦用于一个人,那么这只能是对叙事聚焦的人,即叙述者,而如果离开虚构惯例,这人就是作者,他把聚焦或不聚焦的权力授予

(或不授予)叙述者。米克·巴尔与布朗兹沃尔讨论时否认我承认"非聚焦段落"的存在,明确指出这一类别只适用于从整体考虑的叙事。这显然意味着"非聚焦"叙事分析应当始终能够把叙事变成不同聚焦段的混合物,因而零聚焦=可变聚焦。这个公式对我毫无妨碍,但我认为古典叙事有时把其"焦点"置于极不确定或极其遥远、视野极其广阔的位置(著名的"上帝视点"或天狼星视点,人们周期性地怀疑它是否是个视点),以致它无法与任何人物吻合,术语"非聚焦"或"零聚焦"对它倒很合适。小说家与电影艺术家不同,不必把摄影机放在某个地方,因为他没有摄影机。正确的公式毋宁说是:零聚焦=有时为零聚焦的可变聚焦。在这里和在别处一样,选择纯粹是为了实用。这种宽容恐怕会激起一些人的反感,但我看不出为什么叙述学应当变成教理问答课本,对每个问题都要回答是或否,而正确的回答经常是:这要看日子、上下文和风速。

我用聚焦指的是"视野"的限制,实际上就是相对于传统上所称的全知的叙述信息的选择,在纯虚构中,全知一词从字面上讲是荒谬的(作者什么都不用"知道",因为他编造一切),不如用完整信息取而代之,有了它,读者就变得"无所不知"了。这一(或然)选择的工具是个确定的焦点,它有如瓶子的细颈,只让情境允许的信息通过,如马塞尔在蒙儒万窗后的斜坡上。在内聚焦中,焦点与一个人物重合,于是他变成一切感觉、包括把他当作对象的感觉的虚构"主体":叙事可以把这个人物的感觉和想法全部告诉我们(它从不这样做,或者拒绝提供无直接关系的信息,或者故意扣留某个有直接关系的信息[省叙],如《罗杰·艾克罗伊德》中犯罪的时刻与回忆);原则上叙事不应该讲任何别的事;如果它讲了,那又是一个变音(赘叙),即对当时的语式方法有意或无意的违反,如在蒙儒万马塞尔"感觉到"而不是"猜到"凡特侬小姐的想法。在外聚焦中,焦点处于由叙述者选择的故事天地的一个点上,在任何人物之外,因而排除了为任何人的思想提供信息的可能性,故某些现代小说的"行为主义"方法占了优势。原则上两种类型是不可能混淆的,除非作者以不连贯和混乱的方式创作叙事(对叙事聚焦)。然而,从直接相关信息的角度看,两种方法有时可能是对等的,《八十天环游地球》前几章引起争论的例子便是这种情况。我从未像米克·巴尔指责我那样对待菲莱阿斯和帕斯帕尔图的"如同几乎可以互换的主体"(我也看不出有任何理由突然把二者升格为"主体",不过这是另一个问题,将于适当时候讨论),我从未说过儒勒·凡尔纳的方法可以被 ad libitum① 称作对菲莱阿斯的外聚焦或对帕斯帕尔图(或另一个作过详细说明的见证人)的内聚焦;我假设这两种方法交替使用,某些节段由于细节不足而难下定论,但我不会站起身去看,因为问题不在那儿,问题在于对关于菲莱阿斯的信息而言,两种方法是对等的,在这点上二者的区别可以忽略不计。

---

① 拉丁文:随意。

我在此用斜体字①回答米克·巴尔,我突然发觉这几个斜体字对范·雷斯倒是合适的,我无须费力便猜到这个对照不会使她高兴,但我有什么办法呢? 两个人都指责我"漫不经心",我的答辩只有一个:不对与当前问题无直接关系的细节"漫不关心",老实说就不可能有研究,因为研究不过是一系列问题,重要的是不要搞错问题。在《八十天环游地球》中,重点是当时的叙事对象菲莱阿斯是从外部观察的;无论视点在帕斯帕尔图身上,在匿名观察家身上,还是在时代的环境中,都无关紧要,就是说暂时可以忽略。

巴尔聚焦理论的其余部分按照它本身的逻辑发展,其起点为这一创新(建立一个由聚焦者、被聚焦者、甚至"聚焦接受者"组成的聚焦主体),我看不出它有何用处,它取得的结果使我困惑不解,如二度聚焦概念。对米克·巴尔来说,《猫》中的这两句话包含着聚焦嵌入:"她看着他喝,望见紧紧压住玻璃杯边缘的嘴巴,她突然心慌意乱。但他觉得太疲乏,拒绝分担这种慌乱。"阿兰是"被聚焦的聚焦者(卡米耶)的二度被聚焦者"。对我来说,这里只有焦点的变化,或不如说焦点的转移,第一句在卡米耶身上,第二句在阿兰身上,但省略了一个对段落的连贯必不可少的因素,即阿兰感觉到卡米耶的慌乱,这意味着他看到她望着他:(显而易见)从隐喻的含义上可以说这是目光的嵌入,但不是

---

① 本版中为楷体。——编者注

聚焦的嵌入。我看出叙事可以提及一个目光，它感觉到另一个目光，然后依此类推，但我不相信叙事的焦点可以同时处于两处。自然我无法论证它，但应当由米克·巴尔做出相反的论证，我不知道她是否已经这样做了。

　　对"聚焦"一章的最后一条意见：我至少有两次使用了相对于我的定义而言相当非正统的词语，即"对叙述者的聚焦"，我表示这是"第一人称叙事导致的合乎逻辑的结果"。显然这关系到把叙述信息仅仅限制在叙述者按其身份应当"知道的事情上"，就是说限制在故事被以后的信息补充时主人公所掌握的信息上，而全部信息由变成叙述者的主人公掌握。只有第一组 stricto sensu① 配用"聚焦"一词；第二组涉及故事外信息，只有主人公与叙述者同为一人时才可在引申意义上这样形容它。这正是语式和语态间的关联之一，我对它的忽略受到了正当的指责（因为一切都不该忽略）。从性质或惯例上讲（在此是一回事），同故事叙述对自传的模拟比异故事叙述通常对历史叙事的模拟要严格得多。在虚构中，异故事叙述者对其信息不负责任，"全知"是其契约的一部分，普雷维尔的一个人物的台词可以作他的箴言："不知道的事我猜测，猜不出的事我编造。"同故事叙述者则必须说明他给出的关于"他"不作为人物出现的那些场景、他人的思想等信息出自何处（"你怎么知道的？"），任何渎职

━━━━━━━━━━

① 　拉丁文：严格地说。

都构成赘叙：贝戈特临终前的思想根本无人可以了解，这是显而易见的，其他许多思想则隐蔽一些，而马塞尔有一天了解这些思想令人难以置信。可以说同故事叙事作为其语态选择的结果，先验地受到语式的限制，这种限制通过违规或可以感知到的扭曲才能避免。为了表示这种约束也许应当用预先聚焦一词？确实已经这样做了。

十三

"语态"一章大概是引起对我而言最关键的争论的一章——至少在人称范畴问题上。我不再重复有关叙述主体的一般性问题和有关叙述时间的论述,只想再谈谈"事后"叙述,把使用过去时态"不可避免地"标志着故事发生在前的意见讲得缓和一些。我提到在四分之一世纪以前卡特·汉布格尔(Käte Hamburger)对这一事实进行过激烈的争辩,在她以前罗兰·巴特在《写作的零度》中指出,使用简单过去时与其说表明行为已成过去,不如说蕴含着叙事的文学性。大家知道,对卡特·汉布格尔来说,"史诗的过去时态"没有任何时间价值,它仅仅标志着虚构的虚构性。该论点恐怕不能从字面去理解,更不能应用于过去时叙事的所有种类。开始汉布格尔根本不打算把它应用于同故事叙事,她坚决地把该叙事置于虚构范围之外,因为不言而喻,第一人称叙事至少在采用自传的延伸形式时,明确确定故事已成往事,过去时态充分表示叙述发生在后。

对某些异故事叙事我也同意上述看法,这些叙事的现在时结束语必然把在它之前的一切抛到后面,它们同样明确地标志着情节的过去性:请看《汤姆·琼斯》《欧也妮·葛朗台》或《包法利夫人》。有人可能提出异议,认为最后一部叙事作品部分地具有同故事性,大家知道它的第一章带有该特点,且最后几个现在时的句子暗含着该特点。说实话我认为任何现在时的结尾(和任何现在时的开端,如果它不是纯描写,而已经在搬演的话,如《高老头》或《红与黑》)都在叙事中引进了一点,直说吧,同故事性,因为它把叙述者置于同时代人的地位,或多或少就是见证人的地位:显然这是两类叙述情境之间的过渡之一。从这个角度看,反对卡特·汉布格尔论点的两点意见可以归纳为一点。

第三个例外涉及所谓"历史"(虚构)叙事。这个术语自然十分含混,至少我认为应当从它最广泛的词义去理解,包括各种哪怕只依据一个日期明白地确定为历史往事(即使刚刚过去不久)的叙事,这唯一的指示使叙述者或多或少摆出史学家的姿态,如果我斗胆用一个意义有点自相矛盾的词组,就是摆出事后见证人的姿态。不必说自《克莱芙公主》至《农事诗》的几乎全部古典小说都属这类叙事。并非第三个例外与另外两个有多大关系,因为事后见证人仍是个见证人,无论其叙事中的故事多么遥远,"历史小说家"绝非与它无任何时空关系(即使关系疏远)。

总之,汉布格尔的论点只求对纯虚构有价值,而纯虚构是罕见的,大概比这个论点假设的还要罕见:我刚刚提到的所有类型都不纯粹。从与我们有关而与叙事或多或少的写实性毫不相干的角度看（小说可以同时是虚构的，又处于"真实的"历史中，请看《瓦泰克》或《萨拉戈萨手稿》），纯虚构是根本不参照历史背景的叙事。我说过属于这种情况的小说是很少的，而史诗叙事也许一个都没有；我认为民间故事开头的"从前……"提供了故事发生在前的难以否认的标记，即使它显然是个神话。阐明纯虚构要求的无时间性状态的恐怕往往是短篇小说，我们可以很清楚地看到海明威的某些过去时态如何接近于无距离、无时代的不定过去时的理想状态。

亚普·林特维尔特在谈论别的问题时还指出一个可靠的事后叙述标记，即拉默特含义上的"肯定提前"（Zukunftgewissen Vorausdentungen①）的存在，这是他称之为作者叙述类型的特征：一个叙述者，如《欧也妮·葛朗台》的叙述者，宣布"三天后将开始一场可怕的行动……"，就是毫不含糊地假定他的叙述行为在他讲述的故事之后，至少在他如此提前的故事的这一点之后。

使用现在时可能先验地看上去最适于模拟无时间性；这差不多是（至少在法语中）它在"笑话"中的功能，笑话是一种广为流传的叙事，一般被视为处于历史现实之外。但事实上人称在此起决定性的作用。在异故事关系中（《橡皮》）现在时可以有这种无时间价值，但在同故事关系中（《地下室手记》、贝克特的小

---

① 德语：对未来意识的提前解释。

说、《在迷宫中》），同时性价值转到首要地位，叙事给话语让位，似乎时时刻刻倒向"内心独白"。对此我曾提过一句，至于对该效果的更详尽、更细致的研究，我只能请读者参阅《内部透明度》的《从叙事到独白》一章。

但恐怕问题还不止于此。如果现在时的开端（《高老头》）或现在时的结尾（《欧也妮·葛朗台》）足以在有大量异故事的叙事中引进少许同故事性，那么否认全部用现在时进行的异故事叙述——如《橡皮》或《副领事》的叙述——有此效果就有点不合常情了。"不合常情"并不一定意味着错误，因为我们可以认定，现在时的指示价值（现在使人联想到我）在完全同时性的叙述中由于缺少对照而被减弱和中和，相反，在过去时的上下文中，该对照大大加强了指示价值的力量。不过我觉得（如果我冒昧地讲）"同故事化"效果决未完全从现在时叙事中消失，其时态总或多或少表明叙述者的存在，读者必然会想，叙述者不会远离被他本人讲得那样近的行动。显然这正是《嫉妒》效果的因素之一。总之，恐怕我有点夸大了使用过去时的叙述后果，它并不总使读者强烈地感到叙述发生在后，大概我还有点低估了使用现在时的叙述后果，它几乎不可抑制地令人联想到叙述者在故事中的存在。

十四

　　正如聚焦理论只是对经典"视点"概念的概括，叙述层理论不过是对传统"嵌入"概念的系统化，其主要缺陷是没有充分标明两个故事间的界限，该界限表现为第二个故事由第一个故事中所做的叙事担保。这一段的缺点，至少在理解上造成的障碍恐怕在于常常混淆了故事外性质和异故事性质，前者是层次问题，后者是关系（"人称"）问题。吉尔·布拉斯是故事外叙述者，因为他（作为叙述者）不包括在任何故事中，虽为虚构，却直接与故事外的（真实）读者大众处于同一层面；但既然他讲的是自己的故事，他同时也是同故事叙述者。相反，山鲁佐德是故事内叙述者，因为她开口以前已经是另一个叙事中的人物；但既然她讲的不是自己的故事，她同时也是异故事叙述者。"荷马"或"巴尔扎克"同时在故事外和异故事中，奥德修斯或格里厄同时在故事内和同故事中。混淆的症结想必在于对故事外这个形容词的前缀 extra 理解有误，把一个（作为人物）恰恰出现于他讲述的故事中(当然是作为叙述者)的叙述者,如吉尔·布拉斯,说成在故事之外,这似乎自相矛盾。但在此重要的是他作为叙述者在故事之外,这就是该形容词的全部含义。最能说明层次关系的问题的形象表现也许是用连环画里在肥皂泡中讲话的小人来表现叙事的嵌合。故事外叙述者(不是人物,否则毫无意义)A(假设为《一千零一夜》初始叙述者)吹出一个肥皂泡,即初始叙事及其故事,其中有故事(内)人物B(山鲁佐德),该人物又可以变成元故事叙事的故事内叙述者,元故事叙事中有元故事人物C(辛巴德),他有可能变成……(见图1):

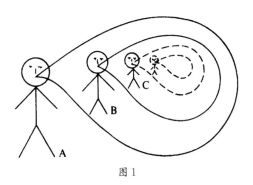

图 1

再说一遍,人称关系与层次关系自由地相互干扰,但不影响二者的作用。比如在《曼侬·莱斯戈》中,故事内叙述者和元故事人物是同一个人——格里厄,为此他被称为同故事叙述者。这个情况在示意图中将用标记字母B的重复来表示,字母A指故事外叙述者勒依古(见下页图2):

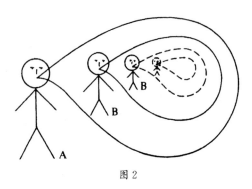

图 2

　　据我所知，叙述层这部分引起了三点批评。第一点涉及内容，我提及它只是为了备忘，因为批评者几乎立即收回了批评。施洛米思·里蒙在对《叙事话语》的精辟分析中认为，在某些情况下确定初始层（故事外叙述）有可能成为问题，而书中提出的体系没有提供任何标准："比如，在纳博科夫的《塞巴斯蒂安·奈特的真实生活》中哪个是初始叙事？是对塞巴斯蒂安生平事迹的复原，还是叙述者对其异父同母兄弟传记的寻觅？任何决定都首先需要一种解释，而客观标准并非一目了然。此外，作品的结构使人无法决定哪一个虚构层是初始层，哪一个是第二层，这导致了叙述的含糊不清。在热奈特的分析中缺少一套能用以识别初始叙事的属性，在叙述含糊不清的情况下，这些属性将同时适用于两个不同的层次。"几个月后，她直接研究《塞巴斯蒂安·奈特的真实生活》中叙述语态的问题时，终于表示《辞格三集》的标准足够她用来进行分析。确实（或不如说：其实），我认为这部小说在确定初始层方面没有任何困难，它显然由《塞巴斯蒂安·奈特的真实生活》的叙事构成。只有陷入传统的混乱，按"主题更重要"这个原则解释"初始叙事"（或"第一叙事"），才会有困难。但这实际是"解释"问题，与叙述学无关。（在这一点上，我将离开目前的角色，小心翼翼地说句题外话：不管怎样，塞巴斯蒂安在我看来是最被看重的人物，纳博科夫在他身上赋予了最多的狂妄自大。但还剩下不少东西留给了他的传记作者去写。）

自然我不认为施洛米思·里蒙的退缩说明《叙事话语》的方法可以解决一切困难，因为很可能存在比《塞巴斯蒂安·奈特的真实生活》更复杂或更反常的叙述情境，例如约翰·巴思（John Barth）的《梅内拉斯的故事》（Ménélaïade），它包括的叙述层不止七个；但我并不觉得这个叙述情境制造的困难更大：在初始层，一个故事外叙述者理所当然并毫不含糊其辞地面向一个故事外受述者讲话。也许产生施洛米思·里蒙预料的"叙述含混"并不那样容易，原因大概是言语结构和写作惯例没有给它留下多少余地。叙事中插入另一个叙事时很难不标明这个行动，因而很难不以初始叙事自称。这个标记和这个称呼可不可以是无声的或骗人的呢？我承认想象不出这种情况并找不出实例，但也许这只说明我的无知，说明我的懒惰，缺乏想象力或小说家思维，甚至同时说明这一切。在现存叙事中也许与这种情况最接近的仍是故意违犯我们所称的换层讲述的插入界限：当作者（或读者）进入叙事的虚构情节，或当虚构人物来干预作者或读者的故事外存在时,这样的闯入至少搞乱了层次的区别。混乱之大远远超出简单的技术上的"含糊不清":它只能属于幽默(斯特恩、狄德罗),神怪(科塔萨尔、比瓦·卡萨尔),或二者兼而有之(当然指博尔赫斯)。除非它作为创造性想象的方法发挥作用:显而易见这是《挪亚》前几页的情况,季奥诺①在其中描写了他写这部小说时充塞于他的阁楼办公室的《没有消遣的国王》中的人物和布景。

施洛米思·里蒙还考虑到另一个困难,如果这不是同一个困难的另一种提法的话,她问道:"只有一个故事内叙述者(的小说中),故事(外)层将是什么?"乍一看,在没有任何例子的情况下,我弄不清她的想法,看不出她的问题有何意义:叙述者只有被叙事假定在故事内时才被人们感觉在故事之内,有他出现的叙事恰恰构成她想寻找的层面。这个背景叙事的确可以——至少在现代文学中——完全被省略,比如在《天使的堕落》中,克拉芒斯面对无声听众的独白只能不言明地"插入"暗指的背景叙事中,却明明白白地被包含在该独白的所有与它讲述的故事无关、而与叙述环境有关的陈述中。《天使的堕落》若不运用暗含的嵌入就会避开叙述体,因为它完全是人物的独白,更确切地说(既然该人物不是独自一人,而是面向无声的听众)是一大段没有对

①　季奥诺(Jean Giono,1895—1970),法国小说家。《挪亚》是他于1948年发表的作品。

答的独白,因而是戏剧体文本,可以一字不改地把它搬上舞台,如果还没有人这样做的话。同样的效果可以更突如其来、更出人意料地产生,方法是在看上去一直是故事外叙述者(和受述者)的叙事后面接一句简单的对白,in extremis① 披露这是面向在场听众讲的故事内叙事,见《波特诺伊》②的最后一行。

　　第二点批评也来自施洛米思·里蒙,她在分析中补充说:"术语'第一叙事'也许稍有引人犯错之嫌,因为它可以造成其所指的是最重要一层的印象,而元故事层其实往往比初始叙事更重要,后者可简化为一种托词(见《坎特伯雷故事集》)。也许最好避免'第一叙事'或'第二叙事'等字眼,根据从属程度谈论叙述层"。里蒙如我刚才所作的那样,指出"嵌入"叙事可以在主题上比它嵌入其中的叙事更重要(这是最经常的情况),她自然讲得有道理,这正是我们遇到过的一个难题。在谈到顺序问题时,我曾建议把我以前用的"第一叙事"改称为初始叙事。看来这个预防措施还不够,因为施洛米思·里蒙批评"第一"的英文形式primary,它大概同样可以译为"初始",我看不出解决这个词语问题的办法,正如语法学家们没有解决"从"句可能在主题上比"主"句更重要这个问题。事实上嵌入叙事在叙述上从属于嵌入它的叙事,因为前者靠后者存在,以后者为基础。初始/第二这

---

① 　拉丁文:在最后时刻。

② 　指犹太裔美国小说家菲利普·罗斯的小说《波特诺伊的怨诉》(1969)。

组对立的词以其方式说明了这一事实,我认为必须接受不容置疑的叙述从属关系和大有可能的主题优势之间的矛盾。

无论怎样,这一优势阻止我(我谈到了第三点批评)接受米克·巴尔建议的修正,即使用形容词元故事的来指故事内叙述者所作的叙事。我在第 237 页[①]的注释中已指出该词的缺点,即它的前缀与逻辑学-语言学的用法相反,后者的"元语言"是指在其中谈论(另一种)语言的语言,而在我的词汇表中,"元叙事"在叙事中被讲述。为避免这一颠倒,米克·巴尔建议代之以次叙事,她认为该词恰当地表明了二者的等级从属关系。我持反对意见:该词用错误的空间形象过分表明了等级从属关系,如果说第二叙事的确依存于初始叙事,那么更恰当地说,它以后者为基础,正如大楼的第二层依存于第一层,火箭的第二级依存于第一级,等等。对我来说,初始层、第二层……的"等级"(我不大喜欢这个词)是渐进的,我在第 238 页[②]说过每个叙事都比它从属的、赖以为基础的叙事"高"一层。如果我必须抛弃元,我不会代之以"次",而当然会不出人们所料地代之以"高"。但这个垂直形象不一定表现得最恰当,我更喜欢刚才我那些带肥皂泡的小人所表现的包含示意图。其术语范例可以是:故事外、故事内、故事内之内,等等。但显然,元故事在我看来意思相当清楚,它

---

① 即本版第 203 页。——编者注
② 即本版第 204 页。——编者注

的好处是与换层讲述构成体系,这对我很重要。至于和语言学用法上的矛盾,这点我可以将就,而且看来语言学家们也不大在意;总之,méta-有许多用法,métaphysique(形而上学)不是关于物理学的论说,métathèse(换位)不是论文分析(论战时有点不老实是允许的,这是它的规则之一)。

我在第241—243页①建议根据元故事叙事与初始叙事的"主要关系类型"进行分类。其实这是指主题关系类型,还可以考虑其他关系,比如根据叙述方式分类(口头的如《一千零一夜》,书面的如《奇怪的鲁莽汉》,造型的如《被救的摩西》),约翰·巴思以有点不同的方式(而且独立于他并不知道的我的著述)对主题关系作了细致的划分,我们知道他是这方面的行家里手。

我区分出三种基本类型:第二叙事追述它干预的故事情境产生的原因或前事,完成解释的功能(奥德修斯面对菲阿西斯人:"下面要讲我怎么到这儿来的");第二叙事讲述故事,通过纯主题、对照或类似关系把它与故事天地中的故事联系起来,该关系如果被受述者觉察,可能会影响故事情境和事件的下文(梅内纽斯·阿格里帕的寓言);第二叙事与主题无直接关联,仅以叙述行为本身的效力在故事中起作用(山鲁佐德借助于叙事推迟死期)。在此使我感兴趣并支配三种类型排列的是叙述行为(越

———————————

① 即本版第206—210页的"元故事叙事"一节。——编者注

来越大)的重要性。使巴思感兴趣的只是两个情节间的主题关系。他区分出的第一个类型中,两个情节的主题间无任何关系("雨停之前给我们讲个故事吧");第二个类型中,两个情节的主题间是纯主题关系(我的第二个类型的第一种情况);第三个类型中,两个情节的主题间是"戏剧"关系,就是说主题关系被受述者觉察后给初始情节带来影响:这是我的第二个类型的第二种情况。他的三个类型对应于我的后两个类型,这显然证明他没有看出我的类型1,但把我的类型2分得更细、更清楚,我觉得他做得很对。最后,我认为他低估了作为《一千零一夜》的出色读者显然不会不知道的一个事实,即故事内叙述行为的故事功能有可能至关重要,不仅是消磨时间(这已经不简单),而且(如山鲁佐德)是争取时间,保住性命。

我相信,用巴思的类型修正我的类型可以得出更详细甚至完整的分类,我将比以前更清楚地从功能上说明它的特点:

1. 解释功能(通过元故事倒叙,我原先的类型1);

2. 巴思和我以前都没有想到而现在浮现于我脑海中的功能:元故事预叙的预言功能,它指出的不再是故事情境的前因,而是它的后果,如《被救的摩西》中若卡贝尔的梦对摩西的未来产生的后果;所有带预兆的梦、预言性叙事、俄狄浦斯的神示、《麦克白》的女巫都有这个功能;

3. 纯主题功能,这是巴思的类型2和我从前的类型2的开头部分,我要指出纹心结构只是其十分突出的变种;

4.说服功能,这是我从前的类型 2 的后续部分和巴思的类型 3("戏剧"型);

5.消遣功能:巴思的类型 1;

6.阻塞功能:我从前的类型 3。还必须坚持认为,在最后两个类型中功能不取决于两个故事间的主题关系,而取决于叙述行为本身,它甚至可以是个毫无意义的话语行为,如议会中阻挠议事的发言,或如两名记者哈里·布朗特和阿尔西德·若利韦在科利万电报局的营业窗口前一段段地朗读圣经和歌词,以便占住线路,等着发他们的电报。①

结束叙述层问题之前,我要自发地做两三点自我批评。

"二度叙事是一直上溯到史诗叙述发端的形式,因为《奥德赛》的 9—12 章就是写奥德修斯所作的叙事",这种说法比我已经做过自我批评的、关于倒叙源于古代史诗的说法更加错误(而且说实话非常愚蠢),两种说法大有关系,因为《奥德赛》的倒叙是元故事。不能说《伊利亚特》中有许多第二叙事;更不能说《奥德赛》是"史诗叙述的发端";我在别处讲过,我认为这部史诗在形式和主题上开始了从史诗到小说的过渡。"蒙昧时代",这样讲有点远了。

另一个差错与《吉姆老爷》有关,我两次夸大了它在叙述上的"错综复杂"。毕竟它只有一个初始叙述者、一个第二叙述者

---

① 见《米歇尔·斯特罗戈夫》第 17 章。——原注

(马尔洛)和由他转述的几个三度叙事;这与《一千零一夜》《萨拉戈萨手稿》或《梅内拉斯的故事》创造的纪录相差还很远。我大概把另一类晦暗不明指派给了叙述结构。

对叙述层这部分可以做的最有分量的批评也许是它的存在本身夸大了这个范畴相对于"人称"范畴的重要性,第 260 页[1]的图表使意义相差悬殊的两组对立互相交叉肯定是个缺点。正如对话场景的叙述性或戏剧性仅仅取决于有无陈述分句,叙述的故事内特性常常不过是一种介绍手法,一些从许多方面来看无关宏旨的陈词滥调,这一点在莫泊桑的作品和《让·桑特伊》中看得十分清楚。相反,一句介绍(或一句结论,如在《波特诺伊》中)就能把故事外叙述变成嵌入叙述,而无须作任何别的改动。比如:

"在巴黎的一间客厅里,三个男人正在壁炉前闲谈。其中一个突然说道:

'亲爱的马塞尔,你的身世一定引人入胜,给我们讲讲好吗?'

'好,'马塞尔答道,'但我劝你们坐下来,因为这可能要占一段时间。'

听众们在舒适的安乐椅里就座时,马塞尔清清喉咙又说:

'长久以来,我睡得很早……'"

---

[1] 即本版第 225 页。——编者注

十五

　　"人称"转换其实就是叙述者与其故事之间关系的变化,具体地说就是叙述者的变化,它显然要求更大、更持久的干预,并完全有可能引起更大的后果。多利特·科恩声明反对韦恩·布斯的评价,即人称范畴在传统叙述学中是最"被过度研究"[①]的区别,她反驳说法国的叙述学家,特别是《辞格三集》的作者在这方面的"工作显然不足"[②]。这条批评不无根据,尽管我对别人,尤其对(我已经说过)《内部透明度》的作者,仍然坚持布斯对"高估"的指责:在这方面找到不偏不倚的平衡并非易事。我"在异故事和同故事类型中"稍稍恢复了这个范畴的地位,因而得到多利特·科恩的信任,但她认为我对该范畴的注意仍然太少,为时太晚,无法把它并入我的其他的基本范畴,她在施洛米思·里蒙和米克·巴尔之后注意到它令人遗憾地缺少"与聚焦的关联"。

---

①　原文是英文。

②　同上。

这是主要的问题,我将多谈几句,而且现在就指出,在最坚定的人称捍卫者的头脑中,它的重要性似乎是根据它与语式问题的关系来衡量的,这无意中证实了后者决定性的重要意义。

首先我要重申对人称一词的保留,我由于向习惯让步才仍然使用它,同时我要提醒大家,在我眼中一切叙事无论明确与否都是"第一人称",因为叙述者时时刻刻可以用上述代词自称。古典小说经常这样做,下面三个'如俗话所说'几乎随意拈来的例子便是佐证:"我,夏里冬·德·阿弗罗迪斯,雄辩术教师阿泰纳戈尔的秘书,我要讲一个发生在锡拉库萨的爱情故事";"在拉芒什海峡一个我不愿记起名字的村庄里,不久前住着一位绅士……""在上一章我对读者说阿尔沃西先生继承了一大笔财产……"第一例是我们最早的一部小说《谢雷阿斯和卡利罗埃》(*Chéréas et Callirhoé*)的开头词,人人识别得出第二例①,第三例是《汤姆·琼斯》第三章的第一句话。"第一"和"第三"人称叙事通常的区分是在一切话语不可避免的人称特性内部,根据叙述者与他讲述的故事之间的关系(出场或不出场)做出的,"第一人称"指叙述者作为提到过的人物出场,"第三人称"指他不出场。我用同故事叙述和异故事叙述这两个术语性更强、但我认为含糊性更小的词语表示的正是这两种叙事。

诺米·塔米尔和苏珊·林格勒对传统术语作了详尽的批

---

① 来自《堂吉诃德》。——编者注

评。但林格勒的立场更彻底,她认为某些叙事如《青年艺术家的肖像》干脆没有叙述者。从属性角度看,这一说法涉及的范围不够明确:林格勒似乎把巴尔扎克式"全知叙述者"叙事和固定内聚焦的"辞格"式叙事也包括在内,但巴尔扎克和《专使》作者詹姆斯经常让一个有时相当碍事的叙述者出场。从描写角度看,我认为无叙述者叙事只能十分夸张地表示(如在乔伊斯、海明威的作品中)叙述者相对的沉默,他尽量闪在一旁,注意绝不指明他自身(尽管福楼拜声称自己是客观主义,大家知道这并不是《包法利夫人》的情况)。但我觉得此处的夸张实在过分。

我要提醒一句,无叙述者叙事或故事自行讲述的神话至少始于佩西·卢博克,本韦尼斯特谈到故事(相对于话语)范畴时几乎一字不改地(但大概无意识地)采用了他的提法。我在上文引述过卢博克的话;现在我应该提请大家注意人人记忆犹新的本韦尼斯特的话:"老实说,那时连叙述者都没有了。事件被假定为随着这些事件在故事地平线上的出现而一个个地产生。这里没有人讲话,事件似乎在自行讲述。"[1]我们看到,本韦尼斯特用"似乎"一词弱化了事件讲述它们自身这一观点,但他对"没有叙述者"这一点毫无保留。一个立即被人从字面上理解的考虑不周的提法难得造成更大的破坏。我在诗学领域里促成了这个提法的推广,因而我以为应当在此做个说明。

---

[1]　本韦尼斯特,《普通语言学问题》,第 241 页。

在《叙事的界限》[①]中我抱着完全赞同的态度引述这部著作，"完美地描述了纯状态叙事的实质和它与对话者的一切个人表达形式的根本对立……不仅完全没有叙述者，而且完全没有叙述……没有任何人讲，作品就产生了……"那一天我大概还不如扭伤了手腕，但（由于没扭伤）我立即补充说"叙事"和话语的对立从来不是绝对的，两个状态中从未有一个处于纯状态（我用本韦尼斯特援引的《冈巴拉》的例子做了说明），尤其是，这不是两个对称词语的对立，而是一个一般状态（话语）和一个带有排斥或戒除特征的特殊状态的对立，后者即叙事，它对我而言只是话语的一种形式，其中陈述标记的中断从来只是暂时和不稳定的（我本该加上局部的一词，因为说到底任何陈述本身都是陈述行为的痕迹：我认为这是实用主义的教导之一）。此后，神话带着过激言辞具有的难以抵御的魅力传播开来，比如我说过它出现在安·班菲尔德的著作中（1982），乔姆斯基语言学特有的极端自信使她悠然自得。

班菲尔德的出发点是一条正确的（甚至别出心裁的）意见，即书面叙事某些带有特征的形式，如希腊语的不定过去时（法语的简单过去时）和自由间接引语，几乎不在口头语言中出现。她从这个实际的排除现象中得出了原则的不可能性；这样的句子根本"无法表达"（unspeakable）。这是生成语法特有的词义转

---

① 收入热奈特《辞格二集》中的一篇文章。

移,这种语法总是迅速地把尚未被接受的事物宣布为"不可接受"。班菲尔德根据这个假设的"无法表达性"大胆推断有这种陈述的作品不可能存在,因而没有被任何人讲出来。作品中没有人讲话,所以你的女儿不开口,联络功能被取消,作者"最终从作品中消失",叙述者与他一起消失,言语变成"客观认识","其主观方面变得不透明"。话语的这种变化似乎符合"故事与意识、客体与主体的现代划分。所以叙事是展示现代思想结构的文学形式"——就是说与笛卡尔思想,与惠更斯发明的精密时钟和望远镜属同一时代:"毫无疑问,在精神史上被称作笛卡尔主义的时刻,法国出现了与讲话无关的历史时态在句中的使用,同时在拉封丹的寓言中出现了对自由间接引语的使用,在同一时代发明了挂钟和望远镜,这不是偶然的现象。"毫无疑问,这并非出于偶然。

安·班菲尔德带点蔑视地引用巴特、托多洛夫等作者的话,他们断言不可能存在无叙述者的叙事。然而我毫不迟疑地加入这伙可怜的人当中,因为《叙事话语》从标题开始主要以这个陈述主体的假定为基础,这就是叙述连同它的叙述者和受述者,他们无论虚构与否,有无表现,沉默抑或多嘴,恐怕始终出现在我所认为的联络行为中。对我而言,在叙事中无人讲话这个广泛流传的断言,即旧展示和十分古老的完美模仿的新化身,不仅是老调重弹,而且对作品充耳不闻。在最简洁的叙事中也有人和我谈话,给我讲故事,邀请我听他怎么讲,这一邀请、信任或压力,构成不可否认的叙述态度和叙述者的态度,就连《杀人者》的第一句话,"客观"叙事到处都用的口头禅:"亨利的餐厅的门打开了……"①也预先假定有一位受述者,他能够接受与"亨利"有着虚构的亲密关系,亨利有餐厅,餐厅有一扇门,因而他能够(像人们常说的那样)进入虚构。虚构叙事和历史叙事都是话语,用语言只能制造出话语,甚至在水在一百度沸腾这样"客观"的陈述中,大家可以而且应该从定冠词的使用中听到对他有关水的知识的直接呼唤。我觉得无叙述者的叙事,无陈述行为的陈述纯属幻想,因而"不能伪造"。谁曾批驳过幻想的存在?对它的信徒我只能感到遗憾地承认:"你们的无叙述者叙事也许存在,但我读了 42 年叙事作品还没有碰到过。"感到遗憾纯粹是客套,因为如果我遇到这样的叙事作品,我会拔腿飞跑;不管是不是叙事,我打开一本书为的是作者和我讲话。由于我既不聋又不哑,有时我甚至回答他。

叙述者兼主角型的同故事和叙述者兼见证人型的同故事之间的次要区分由来已久,弗里德曼早在 1955 年的文章中便已提到。我只补充了自身故事一词指第一种情况,以及叙述者只能在这两个极端角色间选择的过于仓促的意见。我承认这个假设没有任何理论根据,叙事由故事的一个次要而积极的人物承担

---

① 原文为英语。

先验地不受任何禁止。不过我确认我找不到例子,更确切地说不该这样提出问题:沃森、卡拉韦或蔡特布洛姆在他们讲述的故事中毕竟扮演的是二三流的角色,他们也不待在钥匙孔后消磨全部时光。但一切似乎表明他们的叙述者角色和作为叙述者烘托主人公的职能有助于抹掉他们自身的行为,更确切地说使该行为及其人物变得透明:无论他们在故事的某个时刻起多大的作用,他们的叙述职能也会注销他们的故事职能。只有主人公能逃过这难以抵制的注销,他无须给任何人让位,我倒乐意补充说:恐怕还不到这个地步。自传主人公也经常处于观察者的地位,主人公兼见证人的概念也许并不像人们先验地想象的那样矛盾:无赖们的观察常常多于参与,格里厄被爱情左右,忍受女伴让人难以理解的行为,马塞尔直到赋予他使命的最后顿悟之前,也只是个被动的主人公。"第一人称小说",如虚构的自传,往往是成长小说,而成长主要是看和听,或治疗瘀斑。(我不会因此说第一人称是学习小说惯用的"语态",《威廉·迈斯特》便是一个鲜明的例外。)此外,至少有一例由外部见证人负责叙述的学习小说,这就是《众生之路》。(《浮士德博士》离此不远,它仅仅使成长稍微超过惯常的限度。)

我不知道今天我是否坚持认为异故事和同故事两个类型间存在不可逾越的界线。弗兰茨·施坦策尔则相反,他以经常令我信服的方式坚持迁就渐次递进的可能性,或在"辞格"(聚焦)叙述中,某些作者,如《亨利·埃斯蒙德》的作者萨克雷,交替使用我和他；或在"作者"类型中，《包法利夫人》《名利场》《卡拉马佐夫兄弟》等作品及其叙述者-同时代人-同乡，十分明显地与叙述者-见证人的同故事类型调情，《群魔》可以作为最纯粹的例子，叙述者介入很深，但不经常露面，对情节不起真正的作用，细心地（与沃森或蔡特布洛姆相反）保持半匿名身份（"这是 G.-v 先生，一位有古典文化修养、受到上流社会欢迎的年轻人"：利普丁在小说第四章这样介绍他）。我在上面讲过只有现在时的结束语就已足够，现在我没有任何理由推翻前言：与评论中的现在时或仅以叙述时刻为参照的现在时相反，此处使用的现在时毫不含糊地表明叙述者与故事之间的同时代性关系。因此人们根据毫不绝对的定义判断同故事或异故事时迟疑不决是可以理解的。今天我更倾向于认为两种形式之间存在着施坦策尔所说的渐进性，尽管多利特·科恩持保留态度，提出这在语法上办不到来作为反对的理由，她说："任何文本都不能置于第一和第三人称叙述的分界线上，道理很简单：人称之间的语法区别不是相对的，而是绝对的。""道理"不容置辩，但根据给出的文本的含义，后果是可以争论的：一个句子很难同时处于两边，但更长的文本如《埃斯蒙德》或《弗兰德公路》则可以轮流在两边；或者如《包法利夫人》《卡拉马佐夫兄弟》，位置离边界极近，使人们搞不清究竟在哪一边；或者如博尔赫斯在《剑的外形》、马克斯·弗里施在《施蒂勒》中所做的那样，利用叙述者的伪造（掩饰）能力。多利特·科恩有点过于从语法人称的角度进行论证，而我说过这个标准的可靠性很差。如果抛开它采用同故事/异故事的对立,那就应该承认边界、混合或暧昧处境的可能性,并看到这些处境的存在:我刚刚提到过几个当代编年史作者的处境的例子,他始终处于参与的边缘,至少即将作为见证人出现于情节中;以及事后史学家的更罕见、更微妙的处境,他和《卡拉马佐夫兄弟》的叙述者一样,讲述早在他出生之前(相隔一段时间)、"在他的县里"(地理位置上邻近)发生的、他通过中间人的见证才了解到的事件。这是《一个郁郁寡欢的国王》(*Un roi sans divertissement*)的初始叙述者的典型处境,他本人极好地表述了他处境的暧昧:"后来人们遇到了几个大晴天。我说人们,其中自然不包括我,因为这一切发生在1843年,但我逢人便问,饶有兴致地刨根问底,终于身临其境。"大家知道季奥诺称这篇叙事为编年史,但这个"体裁"的地位在他那里很不明确,除《一个郁郁寡欢的国王》外,被他包括进来的还有《挪亚》这样的自身故事叙事或《波兰磨坊》(*Le Moulin de Pologne*)这样的当代编年史。这个未经严格检验的名称不应该阻拦我们把编年史作者一词留给《卡拉马佐夫兄弟》或《磨坊》的同时代的叙述者,并建议用史学家一词(当然是虚构的)称呼《国王》的叙述者。同故事和异故事之间显然靠不住的分界也许就从这两种类型间穿过,如果当真还有足够的地方划一道假想的线的话,除非分界离此不远,就在《卡拉马佐夫兄弟》类型和《群魔》类型之间。我不会再像往日那样说:"不介入是绝对的,介入则有程度之别。"不介入也有程度之别,与少量的不介入最相像的莫过于微不足道的介入。更简单的问题是,从多远的距离开始可以算作不介入呢?

　　我并不因此断言(语法)人称的选择完全独立于叙述者在故事中的处境,恰恰相反,我认为采用"我"指一个被机械地规定了毫无办法摆脱的同故事关系的人物,就是说确信这个人物是叙述者;反之,采用"他"同样严格地意味着叙述者不是这个人物。

　　第二句断言恐怕比第一句提出了更多的难题,因为根据作者与叙述者之间通常的混淆,它似乎与一种经过证实的、甚至常见的做法——被菲利浦·勒热纳称作"第三人称自传"的做法相抵触。我说"常见",是因为在日常生活中,我们每个人可能都用第三人称谈过自己,即使只在(我不大清楚为什么)与年幼孩子的谈话中,第三人称的使用甚至经常扩大到用来指对方:"现在咪咪要听话:爸爸过五分钟就回家了。"我还发现许多老年人也许因为高龄的缘故,把一切对话者视为孩童,他们普遍使用第三人称,自称"老头"或"奶奶"。至于文学作品,我必然要请大家参阅恺撒的《回忆录》,以及勒热纳援引的例子,有的局部如此(纪德、莱里斯、巴特),有的全部如此(亨利·亚当斯、诺曼·梅勒)。我认为这类作品或陈述,构成(勒热纳的意思也大致如此)作者、叙述者、主人公三个主体间虚构的或辞格的分离①。大家知道或猜到主人公"是"作者，但采用的叙述类型佯装叙述者不是主人公。为此应该说这是异故事自传，虽然这个说法（正如勒热纳所说的那样，尽管没说得那么直截了当）歪曲了（勒热纳本人完全接受了这种歪曲）他对自传下的定义：作者、叙述者和主人公三个主体的一致。

我认为辞格的分离要求两种（也就是三种）可能的释读，或者（读者看出）作者显然在讲自己，却假装在谈另一个人（司汤达回忆"多米尼克"或"萨尔维亚蒂"，纪德回忆"法布里斯"或"X"），或者（读者看出）作者显然在讲自己，却假装是另一个人在讲：纪德到处请一位名叫爱德华的假想传记作者发言，格特鲁德·斯坦因②以更引人入胜的方式假装让艾丽丝·托克拉斯写她本人的传记。在第一例中，作者与叙述者合二为一，假定分离的是人物，在第二例中，作者（作品署名者）与人物合二为一（署名格特鲁德·斯坦因的书讲述格特鲁德·斯坦因的生平），假定分离的是叙述者（托克拉斯）。在两种情况下，叙述者与人物分离，因此叙述是异故事叙述。最后，尤其当各个主体没有被（全

① "陈述辞格"；我本人讲的"约定俗成的替换"与它一个意思：用"他"替换"我"就是一个陈述辞格。——原注

② 格特鲁德·斯坦因(1874—1946)，美国先锋派作家，曾先后与兄弟利奥、终身伴侣 A. B. 托克拉斯(1877—1967)住在巴黎。她 1933 年发表的《艾丽丝·B. 托克拉斯的自传》实际上是她本人的自传。

部)指名道姓,因而没有被情节化时,读者理所当然会在两种解释间,即两个可能的分离点间迟疑不决。我认为这是《罗兰·巴特谈罗兰·巴特》中异故事段落的情况,大家不大清楚(用勒热纳针对莱里斯的话说)是否应当认为作者讲他本人却装作讲另一个人,如巴尔扎克借马尔卡或萨瓦吕斯的面貌来描写自己,抑或作者假装是另一个人在讲他,如借艾丽丝·托克拉斯之口讲格特鲁德·斯坦因。这种构成上的不确定性显然应当恪守和维持。我认为它同样存在于通常的使用中:在"咪咪嘣地一声(从五楼窗口跳下)"这句话里,很难说是承担叙事的对话者咪咪把杂技演员咪咪变成客体,还是他承担杂技演员的角色,模仿他人的语言把叙述者变成客体。咪咪被问到这一点时拒绝回答:一个三岁孩子的好意是有限度的。咪咪的曾祖父说:"老头,他老了。"这句话同样意思不明。

十六

　　多利特·科恩认为,参照普鲁斯特的作品使我比较注意同故事,而不大注意异故事。这个解释可以说得通,但我不能肯定观察是准确的。其实,在我写普氏叙事"人称"的 10 页篇幅中,一大半涉及的不是它(最后)的同故事性,而是从《让·桑特伊》的第三人称向《追忆》的第一人称的过渡,我提前听从了多利特·科恩的明智劝告:"显然,必须经常在边界线上来往穿梭方能注意到不同地区的差别和特点。"

　　当然我有些夸大其词,既然我只跟在普鲁斯特之后走了个单程(而不是往返)。但我读过一些第三人称的叙事作品,在心里迅速地来往于两种方式之间,像卓别林在某部影片的结尾那样跨越边境。我甚至在考虑作几个真实或假想的声音转化练习或用第一、第三人称互相改写的练习。无论如何,多利特·科恩用几个从第一到第三人称的逆向转换或过渡(看上去更常见)的例子,成功地为我的单程旅行作了补充:陀思妥耶夫斯基的《罪与罚》、詹姆斯的《专使》、卡夫卡的《城堡》。这四个例子(把普鲁斯特的例子算在内)想必能证明这几位作者有理由作出叙述转换的决定,他们感到一种方式或另一种方式具有优越性,或至少对情境有利,因而肯定感到问题很关键(对我假设的《让·桑特伊》和《追忆》间人称转化的改写关系当然可以提出异议,可以把二者视为完全不同的两部作品,这不啻是一场有趣的争论。在两部作品的过渡中还有作者的叙述转换,在过去一些作者的生涯中想必能找到其偏爱发生变化的更大量的例子,哈梅特的情况大体如此,他从第一人称转向了第三人称)。

相反,关于每次转换带来什么确切的好处,我不能肯定从这些例子中可以得出清晰的答案。经常接触不同稿本和各种草稿使人怀疑"最后的状态一般更好"这个普遍为人接受的过于乐观的看法——这种价值的提高往往是由突出的回顾动机引起的。陀思妥耶夫斯基的(叙述)转换看来没有任何评论相伴,没有留下第一个版本的任何痕迹。詹姆斯为《梅西所知道的》和《专使》所做的转换在姗姗来迟的对事件开端的表现中才得到证实;就《梅西所知道的》提到的困难相当清楚(小女孩词汇有限),但不令人信服(梅西本可以在多年之后讲这个故事);至于《专使》,詹姆斯的评论既含糊又激烈;他似乎把同故事诱惑当作他躲避开的"深渊","故事性最阴暗的无底洞"(这些老单身汉总夸大他们生活中发生的一点点小事)。这些例子中唯独《城堡》可以进行比较,多利特·科恩的评论阐释了它的模糊性,她极好地说明了变化的易如反掌(简单的代词替换),和开初的同故事写作与最后的聚焦异故事版本间语式的对等;然后,她对自己的论点突然感到内疚,补充说:"然而,单凭《城堡》就肯定语法上的人称对叙事的结构和意义无关紧要将是一个严重的错误。"我们在此等她描述最后方法的好处,但科恩立即躲进作者的选择肯定无误这个循环论证中:"卡夫卡写书之际,肯定不会为了一个无关紧要的细节强制自己进行如此吹毛求疵的修改。"我们可以从另一个方向作出结论:"卡夫卡如果认为修改会导致很大的更动,那么他肯定不会在写书时进行这样的修改"——何况卡夫卡最终的决定(请予焚化)恰恰不鼓励人们赞成他的一切选择。不管怎样,我们进入了循环,多利特·科恩和任何人一样,只有通过猜测才能摆脱出来:"大概他或多或少清楚地意识到'K'比'我'对他的意图更有用,而反映内心生活时回顾技巧的缺点可能对他的决定起了某种作用"(我标出了表示怀疑或意思含糊的词语)。求助的办法确实总是一个样:卢博克就描述过与第一人称叙事的"回顾"性(必然?)相联系的"缺点"。

我承认我对所有这些先验的描述和由果溯因的解释抱怀疑态度。叙述选择的语式后果(这又一次是主要问题之所在)在我看来并不像经常说的那样众多,特别是,不那样机械。多利特·科恩本人曾以克纳特·汉姆生的《饥饿》为例,说明"回顾"性的同故事叙事可以和"辞格"叙事一样严格地对主人公聚焦,普鲁斯特在《追忆》的许多片段中也显示了这一点。我不完全确信用第一人称改写《罪与罚》《专使》或《城堡》将是一场大灾难(当然是件令人厌烦的工作,但我绝没有罚谁去做的意思)。相反,我给普鲁斯特最后的选择确定的纯属推测的理由(必须将《追忆》的思想上的投入指派给叙述者的话语)似乎不攻自破:"第三人称"看来并未从这个意义上大大捆住比如托马斯·曼、布洛赫、穆齐尔等人的手脚。我的各种真实或假想的人称转化经验使我确信以下五点:① 从语式后果的角度看,人称方法使用上的灵活使它们变得大致相等;② 通过比较巧妙的赘叙违规可以绕过原则上唯一不可避免的后果,即先对一个人物聚焦(就是预先聚焦)后不可能再对另一个人物聚焦;③ 正如詹姆斯、卢博克等人所看到的那样,异故事叙述自然而然,并且在不违规的情况下能够做的事比同故事要多;④ 但大家知道,艺术家总会不喜欢自由的镇静效力,却偏爱强制的带刺激性的不便;⑤ 最后,人称选择的重要性可能与语式或时间方面的利弊毫无关系,而只取决于它的存在本身。我设想作家有一天想用第一人称、另一天想用第三人称创作叙事,不为什么,就这样,为了换一换。有些作家绝对拒绝用其中一个人称,不为什么,就这样,因为这是她,因为这是他们:为什么有些人用黑墨水写字,另一些人用蓝墨水写字呢?(这将是另一个研究的对象)。轮到读者接受带有人称选择的某个叙事,他觉得该选择与叙事密不可分,正如他喜爱的眼睛与其颜色密不可分,由于没有反证,他以为这种颜色比其他任何颜色更与眼睛相配。总之,最深刻(最不附带条件)的原因在此常常和在别处是相同的:"因为就是这样。"其余一切皆为动机。

十七

对语态影响语式这个假设的保留不足以解决从通常称之为"叙述情境"(situation narrative)的角度联合考虑二者这个被搁置的问题。四分之一个世纪以前弗兰茨·施坦策尔提出了"叙述情境"这个复杂的术语,此后又不断深化和修正他于 1955 年提出的分类。多利特·科恩不无道理地指责我和整个"法国叙述学"界低估了这位重要的诗学家的贡献,专心阅读他的第一部著作肯定可以使我们避免 20 世纪 60 年代的几个为时过晚的"发现"。这里不是阐述该问题的场合,它在塞纳河两岸自然并非多余,但多利特·科恩在别处已经做了与我们密切相关的精彩阐述,她对《叙述理论》的分析中有一部分将这部著作和《叙事话语》作了比较。我请读者参阅这篇言简意赅的文章,当然还有施坦策尔的两部主要著作,在有可能读到法文译文之前,德文原著或英译本不久便可到手。

正如多利特·科恩所说和明白指出的那样,这两种方法的基本区别是:施坦策尔用的是"综合法",而我用的是分析法(我曾多次声明这一点)。"综合法"也许有点骗人,因为这个词使人以为施坦策尔事后综合了一开始各自孤立地进行研究的成分。恰恰相反,1955年,施坦策尔是从对某些复杂现象(这正是我对这些现象的形容)的总体直觉出发的,他称这些现象为"叙述情境":作者的(我只能用我的术语分析,把它描写成非聚焦异故事叙述,例如《汤姆·琼斯》),人称的,后来改称为辞格的(内聚焦异故事,例如《专使》)和 Ich-Erzählung[①](同故事的,例如《白鲸》)。"诸说混合法"将是更正确的名称,如果它不带有贬义内涵的话。事实上施坦策尔以一个不容置疑的、从经验得出的意见为出发点,即绝大多数文学叙事作品分为这三种被他正确地称作"典型的"情境。到了后来,尤其在他最后一部著作中,他才着手根据三个基本的或根本的类别分析这些情境,他称这些类别为人称(第一或第三)、语式(据多利特·科恩看来,这大致是我所谓的"距离":叙述者为主或"反射体"人物为主[借用詹姆斯的术语])和投影(我是这样称呼这一类别的,但施坦策尔把它简化为内部的对立,其实就是把外聚焦并入零聚焦)。我不同意多利特·科恩对这三个类别的利弊所作的详尽陈述,她认为第三个类别是多余的;我当然认为多余的倒是第二个,因为我对距离概念(纯叙事/完美模仿)早有怀疑,而且我认为施坦策尔做出的

---

① 德语:第一人称的。

说明(叙述者/反射体)很容易被归到我们共有的投影类别。我也不赞成她那个在日耳曼的伟大传统中(歌德-佩特森)由美妙的蔷薇花饰构成的环形迷宫,施坦策尔用它来表现使其体系的最后状态具体化的叙述情境的渐变和轴线、交接线、毂、辐条、方位基点、轮缘、外胎的混杂交错。我在别处讲过这类想象使我产生含糊不清的感情,它在此提供了令人振奋的反衬和既富于成果又出人意料的组合的机会。多利特·科恩谈到这一点时说起对叙事的"包围";人们往往指责我把文学置于盒内或栅栏之后,所以我将最后一个反对用这种方式测定其范围,因为它不亚于另一种方式。不过施坦策尔的主要功绩不在于这些综合的形象表现,而在于"分析"即阅读的细节。和一切自尊自重的诗学家一样,施坦策尔首先是位评论家。当然在此吸引我们的不是这方面的问题。

他最后的体系错综复杂(有时乱成一团),原因在于他想通过三个分析性类别的交叉阐述三种"叙述情境"(又犯了摆脱不掉的三位一体的老毛病)。对有组合头脑的人来说,两组人称对立和两组语式对立及两组投影对立的交叉应该产生一张有八个复杂情境的图表。但环形表现和直径上的交叉使施坦策尔把它分成六个基本部分,这可用下图表示(我要说明的是,他的著作中没有这个被我简化的圆圈),图中三个"典型的"起始情境之间出现了三个同样十分标准的中间形式:内心独白、自由间接引语和"外围"叙述。除去最后一个其主要部分可并入"我-见证人"

的情境外,我觉得这些缓冲状态很难列入叙述情境图表,因为另外两种形式毋宁说是人物话语的表现类型(见图1)。

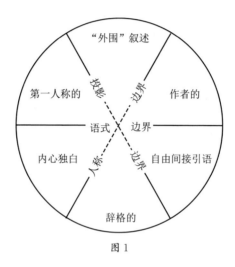

图 1

多利特·科恩也不满意这个六项划分,借口施坦策尔承认"内投影和叙述者主导语式之间的密切对立",建议取消无用的投影类别,一下子把该体系简化为两组对立,即人称和语式对立的交叉,由此产生了这个新的环形图(见下页图2)。

多利特·科恩在此引入了已在《内部透明度》中使用过的"不协和"与"协和"二词,它们与施坦策尔的"作者的"(叙述者为主)和"辞格的"(作为"反射体"或叙述焦点的人物为主)是同义词。图中右半部括弧内的例子由施坦策尔提出,左半部的例子由科恩(在《内部透明度》中)提出。出于明显的理由,我倒乐意

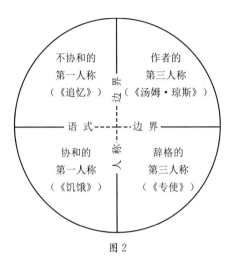

图 2

像阿兰·博尼翻译这本书时做的那样,借用鲁瓦·帕斯卡尔的"叙述者的"一词来替代"作者的"。由于我也开始修正科恩对施坦策尔的修正,我建议用由此对我来说不可避免的行列对查表形式来表现它:

人称 语式	第一	第三
叙述者的	A《追忆》	B《汤姆·琼斯》
辞格的	C《饥饿》	D《专使》

多利特·科恩在施坦策尔的类型与可以说是我第一个划分出的类型之间的不平衡的妥协,暂时将帮助我观察从 1955 年施

坦策尔的三种典型情境开始的某种量的渐进:科恩不无理由地拒绝了 1979 年施坦策尔的六种过于混杂的类型,又回到(但不完全回到)原处,在三个起首字母(B、D、A)外又补充了一个 C,并与 A 隔开。增加它可以视为一种进步,如果认为它恰当和有效地使最初区分较粗的、被过分简化为最常见情境的类型变得更多样的话。我们还可以认为这个进步是不够的,希望再一次扩大(同时修改或不修改)图表。也许现在应当提醒大家在《辞格三集》中援引的其他分类,它们往往合理地给在此没有被表示的类型以一席之地,如布鲁克斯和沃伦考虑到比施坦策尔预想的聚焦方式更外部的一种方式,给"我-见证人"类型留出了位置,又给海明威风格的"客观"叙述以一席之地,龙伯格把它作为第四种类型,给施坦策尔的三个类型作了补充。

　　大家看到,对上述三个类型连续作了两次修正:龙伯格的修正,他增加了一个类型(用我的话说就是外聚焦异故事叙述),和多利特·科恩的修正,她又增加了一个类型(用我的话说就是内聚焦同故事叙述)。把增加的两个类型加在一起是很吸引人的(而大家知道必须抵御一切,但诱惑除外),这将产生一张有五个类型的表。

　　这恰恰是新近一位叙述情境类型学家亚普·林特维尔特(Japp Lintvelt)通过另一条途径(他无法知道多利特·科恩的最后一个建议)得到的不明确的结果。他首先建立了被他称作异故事/同故事叙述的人称二分法;然后根据读者注意力的"定向

中心"(我的"聚焦"和施坦策尔的"语式"间的某种综合)把叙述
类型分为三类:作者型(零聚焦)、主人公型(内聚焦)、中性型(外
聚焦:1955年施坦策尔提出的中性亚类型)。林特维尔特根据
这两种区分分别做出两张似乎互不相关、未作综合的图表。所
以我要再次用行列对查表的形式作一个新的修正,两种"叙述"
和三种"叙述类型"在表中交叉,为了省时间(地方),我现在就把
从传统中继承的例子(施坦策尔、龙伯格、科恩)列入表中,并在
括弧内写上林特维尔特的术语与我的术语中大致与其相当的同
义词:

类型(聚焦) 叙述(关系)	作者的 (零聚焦)	主人公的 (内聚焦)	中性的 (外聚焦)
异故事	A 《汤姆·琼斯》	B 《专使》	C 《杀人者》
同故事	D 《白鲸》	E 《饥饿》	

　　从这张仿制的图表中可以清楚地看出最初的三类(A、B、D
＋E格),科恩增加的一类(E格),林特维尔特增加的一类(C
格),后者确认了龙伯格增加的类别。我还希望大家看出我的意
图:表中有一个空格子,可以填上第六种情境,即同故事中性叙
述情境。林特维尔特提到这第六类后又把它抛开,认为"这样的
理论构筑将违反叙述类型的真实可能性"。放弃它似乎十分明

智,但我自问"一本书只要可以想象便真的存在"这个博尔赫斯的原则是否更加明智(当然是完全不同的明智)。如果我们接受这一乐观的看法,哪怕只为了它的鼓舞人心的力量,那么巴别塔图书馆的书架上一定有提到的那本书(第六类叙事)。

于是我去那儿寻找这本书(与已广受好评的庞德图书馆相比,冬天去这个图书馆显然更方便,而且比我们可怜的国立图书馆更容易在书架上打捞东西),并找到了好几册。其中有,比方说,哈梅特的第一人称小说,如果不算许多短篇小说以及后继者数量众多的惊险小说。其中也有与《红色的收获》(1929)同时代的《喧哗与骚动》中班吉的独白,似乎还有加缪的《局外人》。

这样说大概有点草率,需要在细节上做些保留或说明。首先,林特维尔特当然不接受我借自克洛德-埃德蒙德·玛尼的对《局外人》的特征描绘。他依据 B. T. 菲奇的分析,把这本小说一部分定为他的作者型,另一部分定为他的主人公型。的确,在加缪、哈梅特或钱德勒的作品中,行为主义方法显然受到歪曲,比如在第一部分的结尾默尔索允许自己作了几句象征性的解释或阐释——在加缪的心理化批评中到处用得上的口头禅。第二点说明可以用林特维尔特本人的话来表述,他从所谓"感知-心理"方面确定其叙述类型。这对词不如拆开,分成感知方面和心理方面(这种天真的区分叫哲学家们笑话,但必会使所有人开心)。《局外人》的叙述方式在"心理"方面是客观的,因为主人公兼叙述者不提及他（可能有）的思想；它在感知方面不是客观的，因为不能说人们"从外部"观察默尔索，再者，外部世界和其他人物只因为（并随着）进入他的感知范围才在小说中出现。《喧哗与骚动》情况相同，而且恐怕更系统："他们按住我。我的下巴和衬衣上很热。'喝'，昆丁说道。他们按住我的头。我的胃里很热，我重新开始。现在我叫起来。我大概出了什么事了，我因此叫得更凶。他们按住我，直到这个停止。于是我住了口，头总在转，然后开始有了形状……"从这个意义来说，《红色的收获》《喧哗与骚动》或《局外人》的方式当然毋宁说是内聚焦，最正确的总体说法或许是"几乎完全省略对思想的叙述的内聚焦"。更正确然而十分蠢笨的说法，如同这样描写 F 大调："C 大调加系统的降B调"。蠢笨而且尤其带有倾向性，因为该说法武断地假设默尔索有他的想法。简化一切的相反的假设在我看来同样武断（这有点像萨特的假设，即我们看见默尔索的意识透过这面窗玻璃看见的一切，"只是它被构造得对事物透明，对含义不透明"）。让我们拒绝一切阐释，对这篇叙事不作定论，其提法不如说是"默尔索做什么就讲什么，感到什么就描写什么，但他不说（不是：他的想法，而是：）他是否有想法。"这种叙述"情境"或不如说叙述态度暂时与"中性"或外聚焦同故事叙述最为相像。

　　我说的是"暂时"，即在现时期（我所了解的）的文学范围之内。但这不过是实际存在的材料，不能回答更高雅（更"理论性"）的问题：严格的外聚焦同故事叙述有可能存在吗？

　　这样的叙事尽管由主人公承担,但显然应当对他和一切事物采取一个外部(匿名)观察家的视点,该观察家不仅无法了解主人公的思想,而且不可能有与他完全相同的感知范围。一般认为(以免说大家一致认为)这种叙述态度与叙述话语的逻辑－语义规范不可调和。罗兰·巴特显然为了这个缘故宣称下面的句子无法用第一人称表达:"敲打玻璃杯的叮当声似乎突然使邦德灵机一动。"因此我们会说"敲打玻璃杯的叮当声似乎使我灵机一动"这个句子不能成立,或用乔姆斯基的话更确切些说"无法接受"。但我认为不该滥做无法接受的决定。1966 年 10 月在约翰·霍普金斯大学举行的一次讨论会上,罗兰·巴特谈到同一个例子时更加斩钉截铁或者更加冒失地说:"人们不能说:敲打玻璃杯的叮当声似乎突然使我灵机一动",下面又说:"我不能说:我死了。"雅克·德里达很快提出埃德加·爱伦·坡笔下的瓦尔德玛的"我死了"和言语逻辑不可能性问题的复杂来反驳他。从与我们有关的角度看,德里达的反驳也许不够彻底,因为问题主要不在于这样的句子在何种意义上是"荒谬的"(逻辑问题),而在于①有无可能陈述荒谬的句子(不论在何种意义上)。我斗胆说这是个文学问题,回答显然是肯定的,巴特的话就两次做了证明——彻底的反驳也许更唐突:"你刚说过";②尽管这样的陈述句目前是不规则的,或毋宁说考虑到,在某种意义上就是根据这一点,读者或听众是否能以这种或那种方式(也许不应过分仓促地说以"比喻"方式)对此予以接受。始终落在句子后面的"语言感受"今天拒绝的东西，明天很可能在文体革新的压力下接受。总之，回过头来谈（仍然）有名无实的外聚焦同故事叙述，普通语言接受并且每天（不缺少机会）使用这样的陈述句："我像个笨蛋。"我认为把这种形式排除于"叙述类型的真实可能性"之外将是毫无益处地无视未来。塞尚、德彪西、乔伊斯充满大概会被安格尔、柏辽兹和福楼拜宣布为"无法接受"的特点，然后以此类推。无论对什么事情，谁也不知道其在真实或理论上的"可能性"到何处为止，因此我觉得为了引起我们兴趣的类型"预备"——就是说，画一个格子——是明智的，即使《局外人》目前只是暂时地并带着问号被填入这个格子。在此请殷勤的读者自己去把它写进格内。

我们已从1955年施坦策尔的三种"典型情境"转入范围不等、但全部符合一张"叙述可能性"图表的组合的潜在性的六种情境，该图表暂时只纳入两个类别，即"人称"和投影类别。考虑到叙述层、时间位置（事后、事前或同时叙述）、"距离"（如果坚持的话），还有速度和频率方面的参数，我们可以预想一张复杂得多的图表。发展到这一步，该图表显然不再适用于整部作品（况且没有一个人能一丝不苟地做到），而仅仅适用于有时相当短小的某个节段，因为只有关系（"人称"）差不多总是支配着一篇叙事的总体。而且把图表画在一页书上将变得十分困难。为了提供样本，并利用二度空间的潜力做点手脚，在此我仅仅在一张图表上使聚焦、关系和层次三个参数互相交叉。我保留了传统上使用的例子,恢复了我的术语成分。左半部与前一个图表相同,《局外人》列入其位,带着恰当的问号。右半部恢复了故事内叙述的、因而是元故事叙事的六类情境。我把三个大致典型的例子列入表中,留下三个空格,一半由于懒惰,一半为了尊重读者的洞察力。找到非聚焦(或聚焦不好)的同一元故事叙事的例子不应该太困难;右边一栏使人比较为难,因为必须把在历史上、至少到那时为止不可调和的两种叙述态度结合起来:元故事,它是一个"古典的"特点(我的意思是巴洛克的特点:从《奥德赛》到《吉姆老爷》),和外聚焦,它是一个从海明威到罗伯-格里耶的"现代"特点。但人们应该可以依靠"后现代"虚构的混合能力,专讲坏话的人会说这是折中主义。这一栏理所当然属于"后现代"虚构,如果它还有力量,它有责任尽快填满这一栏。

　　我希望人们不要过于从字面去理解这个建议。对我而言重要的不是某个实际的组合,而是组合原则本身,其主要的价值在于把各个类别置于自由和先验地无约束的关系中:既无单方面的限定(叶姆斯列夫所指的限定,"某种语态选择导致某种语式方法……"),又无相互依存("某种语态选择和某种语式选择互相制约"),仅有任何参数都可以在其中先验地与其他参数一比高低的星座,诗学家有责任指出这儿那儿的有择亲合性,技巧上或历史上最大或最小的相容性,而不要过于仓促地宣布最后的不相容性:自然界与文化每天都在孕育成千上百个身强力壮的

"怪物"。

层次→　　关系↓	故事外			故事内		
聚焦→	○	内部	外部	○	内部	外部
异故事	《汤姆·琼斯》	《青年艺术家的肖像》	《杀人者》	《奇怪的鲁莽汉》	《爱情迁就的野心家》	
同故事	《吉尔·布拉斯》	《饥饿》	《局外人》?		《曼侬·莱斯戈》	

十八

　　我对叙述者职能问题讲得过于草率。的确,我区分出一种叙述职能和四种叙述外职能,按照严密的逻辑,对前者的研究将与上文混同,对后者的研究不宜放在有关叙述话语的著作中,因此我过去和现在都不必对此多费笔墨(严密的逻辑的确天衣无缝)。

　　不过我还要说两句,把不言而喻的事讲得清楚些。在"叙述者"类型中,用我们的话说即非聚焦类型中,叙述外职能更加活跃:严格的聚焦,无论是《青年艺术家的肖像》中的内聚焦,还是海明威作品中的外聚焦,原则上排除叙述者的任何干预,他只限于讲述,甚至依照旧格式佯装让故事"自行讲述",使用评论话语有点是"全知"叙述者的特权。至于所谓"证明"职能,出于明显的理由,它在同故事叙述中才有位置,甚至所谓"我-见证人"的变种,正如其名称所示,也不过是个大的凭证:"当时我在场,事情就是这样发生的。"但或许应该看看在叙述者摆出史学家的姿态时,即在他作为回顾见证人的虚构类型中(如《群魔》或《没有消遣的国王》的初始叙事)该职能是如何发挥作用的:叙述者和一切优秀的史学家一样,至少应该证明材料来源或中间证据的真实性:"当时我不在场,但一个世纪以前这事发生在我的村子里,下面是口头流传下来的事情的始末……"

受述者一节无疑写得过于简洁,幸而杰拉尔德·普林斯(Gerald Prince)的文章《受述者研究引论》很快给它作了补充,我倒乐意恬不知耻地把它附在我的书里,但有三点保留意见。第一点:该文章的确还是篇引论,写得很简洁,有时缺乏条理。第二点:由于没有分清故事内受述者(《曼侬·莱斯戈》中的勒依古先生)和故事外受述者(《高老头》的受述者),受述者与读者必要的分离显得相当突然,故事外受述者与故事内受述者不同,他不是叙述者和潜在读者间的"中转站",他与潜在读者完全混在一起,并通过该读者的中转与真实读者混在一起,后者有可能与他"认同",即把叙述者对故事外受述者的讲述当成对自己的讲述,而在任何情况下真实读者都不能(在这个意义上)与故事内受述者认同,后者毕竟是一个人物。当格里厄对勒依古说:"你是在帕西的见证人。与你相遇是命运给予我松弛神经的幸福时刻……"我这个"真实"读者并不感到这句话与我有关:格里厄与勒依古讲话,(当然)是作为人物与另外一个人物讲话,后者接受这句话,理所当然地将它全部截取,因为这句话只能对他而发。但当《高老头》的叙述者写道:"你们雪白的手捧着这部书,身子埋在柔软的安乐椅里思忖道：也许这会引起我的兴趣"，我有权（在心里）反驳说我的手没有那么白，或我的安乐椅没有那么软，这意味着我理所当然地把这句话当作是对我而发的。当特里斯特拉姆要求我帮助他把项狄先生抬到床上时，这个换层讲述正是把故事外受述者当作故事内受述者。原则上区分受述者和读者是绝对合乎情理的，但也必须考虑到混合的情况。同样，故事外叙述者当然与作者完全混同，我不像别人做得那样过分——说作者是"隐含的"，他完全是明确和被公开宣布的。我也不说作者是"真实的"；他时而真实（十分罕见），如《挪亚》的季奥诺，可以从他的"用大红马衣剪裁"的睡袍和其他自传中的细节辨认出来；时而虚构（鲁滨孙·克鲁索）；时而是二者杂交的怪胎，如《汤姆·琼斯》的作者兼叙述者，他不"是"菲尔丁，却为他死去的夏洛特哭过一两回。下一章将试图正面讨论或回避这个棘手的问题，在此我不想提前这样做。

　　我的最后一点保留意见涉及普林斯没有论述的另一种混合，它保证受述者可能有的职能之一：这就是受述者和主人公的同一，这就是所谓"第二人称叙述"的情境，某些法律陈述或学术报告、自然（？）还有《变》（La Modification）（复数第二人称）或《沉睡的人》（Un homme qui dort）（单数第二人称）等文学作品特有的情境，我认为上述提法对它下了完整的定义。这一罕见但十分简单的情况是异故事叙述的变种，其概念比"第三人称叙事"的概念范围更广至少便是证明。从定义上来讲，任何不是

(没有理由或假装没有理由是)第一人称的叙述皆为异故事叙述。但除了我之外,不仅有他、她或他们,还有你和你们。我借这个机会指出:仅仅考虑单数人称是不对的。也有仍然是异故事的复数第二或第三人称叙事。还有情况似乎更复杂的复数第一人称叙事,因为我们＝我＋他,或我＋你(等等……),就是说 ego＋aliquis①,事实并非如此,因为叙事要成为同故事,只需我作为人物在其中出现。如果我单独出现,则为自身故事的绝对形式。礼拜五之前的克鲁索? 瓦尔登湖畔的梭罗? 不确切。《洞穴》中的野兽? 不大够。马龙? 还不是……

_____

① 　拉丁文:我＋某人。

十九

　　或许还需弥补或解释有人常常指责我,尤其是施洛米思·
里蒙曾指责我的两三处缺陷。我说两三处,因为其中之一是里
蒙所称的"叙事的各个方面"(时间、语式、语态)之间缺少关联,
我刚刚勉强弥补了这一疏漏。第二处缺陷涉及将人物从人物本
身考虑的概念,里蒙认为原因在于我单单关心作为叙事主要对
象的情节,而依照亚里士多德派的看法,人物仅仅是情节的工
具。当然这样讲大体上是对的,毕竟不参与行动的人物不大可
能出现在叙事中(但可以出现在肖像、性格等的描绘中);但我要
补充一点,从根本上说,(再一次)正如其标题所示和其引言所证
实的那样,《叙事话语》涉及的是叙述话语而不是叙述对象。人
物属于后一个范畴,即使在虚构中他显然也只是个假对象,和一
切虚构对象一样,完全由声称描写他并转述他的行动、思想和谈
话的话语所构成。想必这是对构成性话语比对被构成对象兴趣
更浓的又一个理由,对象这个"没心没肺的活人"在此(与史学家

或传记作者笔下的对象相反）只是作品的效果。我还看到施洛米思·里蒙以疑问的口气就作为对象的人物写了一章后（《故事：人物》）①，在下文中不得不以更肯定的口气回到话语的题目上来（《文本：特征描绘》）②。特征描绘显然是通过叙述作品构造人物的技巧。我认为对它的研究是严格意义上的叙述学对人物研究所能做出的最大让步。我拒绝做此研究，或毋宁说连想也没有想过，对此我不感到遗憾，因为我觉得给予该研究划分并支配叙述话语分析的特权是对一般的"效果"作过大的退让。我认为相对来说，把"特征描绘"研究分解为对其构成手段（不完全为它所特有）的研究显然更为可取（更属叙述学范围）：命名、描写、聚焦、话语叙事和/或思想叙事、与叙述主体的关系，等等。

第三处"缺陷"要求做出更长的评论。恐怕最好是首先引述施洛米思·里蒙的全文："我认为遗漏（再一次未作解释）'隐含的作者'（implied author）既有损于它本身，也令人遗憾地造成叙述者和受述者间局部的假对称。对称的局部虚假性涉及故事外叙述者/故事外受述者。故事外叙述者是作品中的一个声音，故事外受述者或隐含的读者不是作品的组成部分，而是建立在整部作品上的精神构筑。其实隐含读者与隐含作者相呼应，后者

---

① 原文为英文。
② 同上。

是建立在整部作品上的另一个精神构筑,严格地与热奈特正确地排除于他的研究之外的真实作者区分开来。没有隐含作者很难分析作品的'规范',尤其当该规范有别于叙述者规范的时候。"

大家看到,这不是一条"空洞的"意见:概念十分精确,问题交代得明明白白。简便的回答想必是不仅把真实作者,而且把"隐含"作者,更确切地说把该作者的存在问题(对我而言这是个问题)排除出叙述学的研究领域。既简便又有理由:依我看,叙述学无须超出叙述主体的范围,而隐含作者和隐含读者两个主体明显地处于该范围之外。如果说这个问题对我而言不属于叙述学领域(它也根本不是叙事特有的问题,里蒙在此十分正确地谈到一般的作品),那么它显然属于更广阔的诗学领域,最后也许应当在我们到达的分界线上考虑这个问题。要这样做就不能不把搞乱的线团理出个头绪,我事先请求大家对这个徒劳无益的练习持宽容态度。

我首先指出一个一致点,即不将故事内叙述者和受述者牵涉进来:格里厄与勒依古没有可能干扰作者与读者主体,他们被另外两个主体,即故事外叙述者和故事外受述者隔开(叙述者勒依古和他的叙述接受者);他们被孤立在故事的天地里,我们不要去管他们。据里蒙看来,假对称就是使故事外叙述者和受述者的地位对称化,而如果后者确与"隐含"的读者混同(我更喜欢称其为潜在读者[lecteur virtuel],但我希望这二者至少能合二

为一），前者却不能与隐含的作者混同。这可用下面的示意图来
表示：

故事外叙述者 ──────→ 故事外受述者
≠　隐含作者　　　　　　=　隐含读者

　　第二个一致点是故事外受述者与隐含的或潜在的读者混
同。这样就切除了一个主体，使我们的导师奥卡姆①大为高兴，
在这个年头是不该瞧不起这种省俭的。辩论涉及的是（施洛米
思·里蒙做了而我没有做的）对故事外叙述者和隐含作者的区
分，并仅仅涉及这个区分。（里蒙把作品中的故事外受述者视为
"建立在整部作品上的精神构筑"，对此也许有点小小的意见分
歧；我认为它至少同样建立在位置确定的点状标记网上，普林斯
曾举例作过精彩的说明。与叙述者不一样，受述者不是一副嗓
子，而是一只往往轮廓分明和十分宽容的耳朵。）

　　我要提醒一句，这个概念是 1961 年韦恩·布斯以英语形式
implied author 提出的，我们错误地将它译成法文"auteur
implicite"②，词组中的形容词使英语中的分词更加坚硬，变成一
个实词。布斯的这个概念对立于真实作者概念，在很大程度上
等同于叙述者概念，布斯本人有时就用"隐含叙述者"的概念替
代它。在（真实）作者和叙述者的分离还不大通行的时代，隐含

─────────────

① 　指纪尧姆·德·奥卡姆(1300—1349)，英国哲学家，主张唯名论。

② 　隐含的作者。

作者用于表示二者的区别,比如区分亨利·菲尔丁本人和《汤姆·琼斯》《约瑟夫·安德鲁斯》或《阿梅莉亚》中的各个陈述者。对每个叙事来说基本上有两个主体:真实作者和隐含作者,即从作品出发可以(当然由读者)构筑的这位作者的形象。此后,叙述者的活动得到强调,如果保留隐含作者的主体,就有了三个主体,可以画出下面这张"完整的"表,在查特曼、布朗兹沃尔、施米德、林特维尔特和霍克的著作中找得到这张表的不同变种:

〔真实作者〔隐含作者〔叙述者〔叙事〕受述者〕隐含读者〕真实读者〕

对一篇叙事来说人已经很多了。救救我吧:奥卡姆!

仅从该表的左半部看,问题是:隐含作者是不是叙述者和真实作者之间必不可少并(因而)有效的一个主体呢?

他显然不是有实效的主体;虚构叙事由叙述者虚构产生,实际上由(真实)作者产生;他们之间没有任何人工作,一切作品的成果只能按照采纳的提纲归于二者中的一个。比如《约瑟夫和他的兄弟们》的风格只能(虚构地)归于被认为理所当然讲假圣经语言的上天叙述者,或德语作家、诺贝尔文学奖获得者⋯⋯让叙述者这样讲话的托马斯·曼先生。《局外人》的风格在虚构中是默尔索的表达方式,实际上是作者给他的表达方式,没有任何理由把这位作者与法语作家阿尔贝·加缪先生区别开。这里没有第三者活动的任何余地,没有解除真实作者实际责任(思想、文体、技巧和其他方面)的任何理由,除非从形式主义愚蠢地陷入超凡入圣之中。

现在来看看作为理想主体的情况:隐含作者被它的发明者韦恩·布斯和它的一个诋毁者米克·巴尔界定为由作品构筑并由读者感觉到的(真实)作者的形象。该形象的职能似乎主要在思想方面。我们看到,对施洛米思·里蒙而言,(唯独)它使分析作品"规范"成为可能;对米克·巴尔来说,这个"概念深得人心,因为它(据她看来)答应给出它不能提供的东西,即承受作品的思想体系。这样可以谴责作品而不谴责其作者,反之亦然——对 20 世纪 60 年代的左派来说这是个十分诱人的建议"。

我们一会儿再来看问题的这个侧面。我暂时建议接受隐含作者是作品中作者形象的定义。我认为它符合我的阅读经验,比如我读《约瑟夫和他的兄弟们》,我听到一个声音,虚构叙述者的声音,有什么东西(?)对我说这不是托马斯·曼的声音,我尽量不过多利用作品外的指示,在天真虔诚的叙述者明确的形象后面,勉勉强强构筑了以虚构为前提的作者的形象,我猜想该作者相反头脑清醒,是位"自由思想家"。这是我从作品中归纳出来的作者,是该作品使我联想到的作者的形象。

(仍然)按照严密的逻辑,形象只有在不真实即不正确的时候才有(与其模特儿)不同的特点,因而值得特别提一句。"隐含作者"形象的正确有可能(只)取决于两个与其制造和接受有关的因素。(下面我将十分简略地谈谈。)其中之一是读者的能力。无能或愚笨的读者自然有可能从作品出发,构筑出作者的最不忠实的形象,比如以为阿尔贝·加缪是个惊恐不安、口齿不清的人,或丹尼尔·笛福在荒岛上度过了28年。为了消除这些次要的曲解,我们应该出于方法上的决断假设读者具有完美的能力。请放心,这不一定意味着超人的智力,而只是最起码的平常的洞察力和对有关代码,当然包括语言的精通。我想精通至少意味着作者假设并依赖的精通:请看经典侦探小说是如何行文的。

另一个因素,现在剩下的唯一有关的因素,是(真实)作者的语言行为,我们的问题于是变成:在何种情况下作者可以主动在作品中制造一个不忠实的形象?

据隐含作者的支持者们认为,情况可分两个方面。第一个假设是对一个无意识人格的无意泄露(精神分析法所说的"泄露"笔误)。这里援引两个论据。一个是普鲁斯特的证词,他发表了人人皆知的一段谈话:"书是与我们在习惯、社会、恶癖中表现出来的我不同的另一个我(布斯将说"第二个自我")①的产物……"另一个论据是"马克思主义"的著名分析(1870年由左拉提前做出),根据该分析,巴尔扎克无心地在《人间喜剧》中阐释的政治和社会见解与他在生活中发表的见解相反。林特维尔特引述了1951年卢卡契对这一论点的阐述:"恩格斯指出,巴尔扎克虽然在政治上是正统主义者,但在作品中恰恰揭露了王权主义的和封建的法兰西,以最强有力的、高度文学的形式宣判了

_____

① 原文为英文。

封建秩序的死刑……正统主义者巴尔扎克的矛盾在以下事实中达到了顶点。在他的人物济济的世界里，真正的、名副其实的主人公是反对封建主义和资本主义的坚定斗士：雅各宾党人和街垒战的烈士。"

这段话远远不能说表达得最细腻，最巧妙，但这无关紧要：毫无困难地，巴尔扎克在作品中表现得不如在宣言中那样保守，思想矛盾和恩格斯称作的"现实主义的胜利"可能没有被画成田园牧歌式的图画，无论如何，最简便的办法是假设例证的有效。从普鲁斯特和巴尔扎克的两个例子和心理批评家与社会批评家天天论述的所有例子中能得出什么结论呢？显然是（有能力的）读者构想的作者形象比这位作者对自己的看法更忠实；普鲁斯特也谈到"深层的我"，他必定比意识"表层"的我更真实。所以隐含作者是名副其实的真实作者。为了带点科学性，我们将写成：AI＝AR[①]。在这种情况下，忠实因而透明的形象 AI 当然变成一个无用的主体。AI 退场。

第二个假设是真实作者在作品中故意模拟与其真实个性或与他对此形成的概念（为避免无益地转移话题，让我们假设这个概念是正确的）不同的个性。

自然，在此必须分离出并忽略明显不同的、如布斯所说加以

[①] AI 为 l'auteur impliqué（隐含作者）的缩写，AR 为 l'auteur réel（真实作者）的缩写。

"戏剧化"的同故事叙述者叙事,如《项狄传》《追忆》或《浮士德博士》:一切模拟的努力都集中在叙述者的形象上,作者形象丝毫未受损害,只有巴尔扎克提到、也许恩格斯也做了说明的那类无能读者才有可能把斯特恩看成与特里斯特拉姆·项狄相似,或把托马斯·曼看成与蔡特布洛姆相似(我们知道,对《追忆》而言情况更复杂)。这里有一个明确的同故事和故事外叙述者兼虚构作者(特里斯特拉姆),在他身后是没有任何理由(我还要补充说)也没有任何办法区别于真实作者的隐含作者。因此,这里仍然是 AI＝AR,AI 退场。异故事叙述者的情况更微妙,更有趣,因为叙述者兼作者是匿名的,因而(更)是隐含的,其个性实际上有可能(故意)很清晰,甚至(一般)带讽刺意味,如《汤姆·琼斯》的天真而思想正统的叙述者,《红与白》的"中庸"叙述者或《约瑟夫·安德鲁斯》的虔诚叙述者。这些嘲讽如同一切嘲讽一样,制造出来是为了让(即使不是所有的人)至少是让少数幸运儿辨识的,否则就会失去效果:独自一人不能开怀大笑。这里有两个隐含的主体,一个是故事外叙述者,另一个是读者通过辨认嘲讽从作品中得出的作者形象,我看这个形象没有任何理由是不忠实的。这里仍然 AI＝AR,AI 退场。

　　所以一般来说,我认为 AI 是个有名无实的主体(米克·巴尔称之为"剩余"主体),它由两个互不理睬的区别构成:①AI 不是叙述者,②AI 不是真实作者,但没有看出①中的作者指的是真实作者,②中的作者指的是叙述者,而无论何处都没有既不是叙述者又不是真实作者的第三个主体的位置。

　　不过，我认为该原则并非不允许有任何例外，就是说作品提出的作者形象在构成上不忠实的情况。我决心当魔鬼的（法庭指定的）辩护律师，认真地寻找例子，一开始以为在我所谓的超作品概念范围内（其中由一位作者署名的作品其实是他与另一位或好几位作者无意中合作的产物）找到了好几例。经检验，我不认为超作品性足以孕育不正确的作者形象，因为在绝大多数情况下，超作品情境标志鲜明，读者无论有没有准作品提示的帮助，都受属性契约委托，正确辨出作者（间）的关系。如在滑稽模仿中，他必须在滑稽模仿的作品后面辨认被滑稽模仿的作品及其作者。《脱去帽子的夏普兰》（*Chapelain Décoiffé*）的读者必须同时辨认出次文本《熙德》及其作者高乃依，和滑稽模仿它的改写作品及叫得出或叫不出名字的滑稽模仿者。《乔装的维吉尔》（*Virgile travesti*）的读者应该同时辨出维吉尔和把他的作品改编成滑稽诗的人；《礼拜五或太平洋上的灵薄狱》的最佳读者必须在图尼埃笔下认出笛福；等等。同样，仿作的读者必须识别被模仿的作者（一般得到仿作者的帮助），并因此在仿作中看出仿作者和被模仿的双重存在。在所有这些情况中，作者主体的双重性原则上被读者看得很清楚，而双重的"隐含作者"与双重的真实作者相对应。这里仍然 AI＝AR，AI 退场。

　　我认为例外限于两种情况，而且是两种作伪的情况，就是说恰恰构筑得可以欺骗读者,向他提出作者的不忠实形象,而不带任何纠正迹象。一种情况是伪作,即没有揭发性的准文本的完美模仿:伪作的读者显然被认为没有辨认出作者主体的双重性;在一篇可以乱真的兰波的仿作中,读者被认为看出一个作者,而且只看出一个,当然就是兰波。作品包含一个隐含的作者,说得简单些:作品隐含一个作者即兰波;而真实作者(比方说)是某个我们不知晓的塔唐皮翁;所以终于 AI≠AR。

另一个作伪的情况与第一个对称,法语日常用语给它加了一个带点种族主义的名称。当一位舞台明星或政治明星接受报酬,在一本由埋头苦干的匿名作者写的书上签写自己的大名时,读者又一次被认为没有看出两个作者主体;他只看出一个,这一个不是真的;所以 AI≠AR。

目前只能谈这些,应当承认这些情况很少,是典型的边缘问题。甚至连边缘都够不上,因为人们并不认为存在第二种情况(所以大家会注意到我未举任何例子),而第一种情况只在理想中存在:我不知道有任何真正十全十美、最终获得成功的伪作。不过还有极少数第三种主体分离的情况,即合著作品的情况,如龚古尔兄弟或塔罗兄弟的小说,埃克曼和夏特里昂、布瓦洛和纳尔斯雅克合著的小说。我觉得很难想象这些作品的文本指明或透露了其作者主体的双重性,所以没有得到有关作者姓名的次作品提示的读者会自发地构想单一作者的形象,这里仍然 AI≠AR。这个情况不大令人鼓舞,但它的长处是合法。我的确看不出别的情况,但追踪已经开始。

从某种意义来说,我对"隐含作者"的态度基本是否定的。但在另一种意义上,我情愿说我的态度基本是肯定的。因为一切取决于想给这个概念什么地位。如果这意味着越过叙述者(甚至故事外叙述者),通过各种单一或总体的迹象,叙述作品和别的作品一样归纳出对作者的某种概念(该词总的说来比"形象"更可取,应该赶快取而代之),那么这是明摆着的事,我只能接受甚至要求提出这个事实,从这个意义上来说,我心甘情愿赞同布朗兹沃尔的提法:"叙述理论(我将更谨慎地说:诗学理论)把真实作者排除在外,但把隐含作者包括在内。"隐含作者即作品中能使我们了解作者的一切,诗学家和其他读者一样不该轻视他。但如果想把这个作者概念升格为"叙述主体",我就不敢苟同了,因为我始终认为不应该毫无必要地增加叙述主体,而将这一个作为叙述主体在我看来是没有必要的。在叙事中,或毋宁说在它后面或前面,有个讲述的人,他就是叙述者。在叙述者外边有个写作的人,对他写的一切负责。这个人就是(一条大新闻的)作者(仅此而已),我认为(柏拉图已经讲过)这已经够了。

对于读者我同样只讲寥寥数语:读者或多或少隐含在作品里,在故事外叙述中与受述者混同,并完整地体现在蕴含他、有时表示他的标记中。在同故事叙述里,隐含读者被受述者遮掩,任何点状标记都涉及不到他,格里厄不能向勒依古之外的任何人讲话。但其实,作品为了被人阅读所要求的语言与叙述能力,在整体上将他隐含在内：格里厄只与勒侬古讲话，但勒侬古等待一位读者。这一切当中的不对称是由叙述传播的矢量性造成的。叙事作者与任何作者一样向读者讲话，但这个读者当时还不是读者，也许永远也不会是读者。隐含作者在读者头脑中是个真实的作者，相反，隐含读者在真实作者头脑中是个可能的读者。布朗兹沃尔因而有理由怀疑勒侬古"虽为虚构，仍与卢梭或米什莱一样面向真正的读者大众"。原因不在于（如他所说）虚构的人不能面向真正的读者大众，而在于任何作者，甚至卢梭或米什莱，都不能以书面方式向真实读者讲话，而只能向可能的读者讲话。况且一封信只有在假定收信人读到它的情况下才是写给一位真实和确定的收信人的；然而这位收信人至少可能在这之前死去，我的意思是他收不到信，这种情况天天发生。至此，对于书写中的书写者而言，无论他是多么确定的人，仍然是个潜在的读者。所以也许最好把"隐含读者"改称为潜在读者，并把广为流传的叙述"主体"简表修改如下：

$$AR(AI) \rightarrow Nr \rightarrow Rt \rightarrow Nre \rightarrow (LV)LR$$

其中 LV 指潜在读者，AI 希望（但看不出来）指归纳出的作者。表中的其余部分留给我的 LV 去解释。

与韦恩·布斯的这场讨论，至少关于他提出的一个在我看来被滥用的概念的讨论，使我有机会回答他对《叙事话语》的批评。时机选择得不够恰当，但任何别的机会也不会比它更合适，因为这个批评是概括性的，不特别针对某个章节。它在《小说修辞学》第一版的跋中略具雏形，在稍后的论文中得到发挥。

这篇论文对我非常宽容，在反对布斯的论战，更广泛地说，在芝加哥新亚里士多德批评派与他所说的 Frague school（?）①，或"结构分离派"，再推而广之——在与法国"结构主义和后结构主义"思潮之间的大论战中，说实在，它只是其中的一个组成部分。从奥日河畔的萨维尼观看，这场论战的紧迫性并不一定十分明显。"结构分离派"批评，德里达思想的典型的美国产物，显然使当地那些把它视为批评和文学的毁灭性威胁的人睡不着觉。受了传染，战后受马克思主义、弗洛伊德学说或结构主义影响的整个欧洲批评界在他们看来有热衷诡辩和虚无主义的嫌疑。与这股无政府主义倾向的黑色浪潮相比，《叙事话语》有如一个审慎节制、有条不紊和理性主义的避风港，据布斯讲，是一本"人们几乎在每一页中都学到文学与批评如何搞"的书。

听恭维话总是很受用的，我无须说像韦恩·布斯这样有资格的批评家的赞扬使我感到多么荣幸，也无须说在某些事情上我与他同样兴奋或不快。但毕竟任何一致都部分建立于误解之上，首先"结构主义和后结构主义"这一对词有点使我惊慌：在美国被人们挥舞的后结构主义的后字中我觉察出一种"超越"的语

---

① 指布拉格学派，Frague 为 Prague 之误。

气,使我不能把它与结构主义配成一对。正如后现代主义主要是(请看建筑术)对现代主义的反动和向矫饰的新折中主义的逃遁,后现代主义如果是个什么东西的话,它只能是对结构主义的摒弃——我尚不明白为了什么而摒弃。除非我曾主张的"开放结构主义"是后结构主义的一个变种?

简言之,我的价值观和韦恩·布斯的价值观之间确有不一致之处,至少我们对结构主义的评价有分歧,他对我的保留意见显然起因于《叙事话语》(还不提它的续篇)顶住了被拉入某一派别的企图,布斯本人也表示这是毫无希望的。比如他很吃惊我最后对巴特看重"可写的东西"表示的敬意或我本人对《追忆》的"缺乏协调"的看重。他很恼火我支持反普鲁斯特的形式主义悖论,即"看法也可以是个风格和技巧问题"——其实这是滑稽模仿的很有分寸的颠倒。我在上文明确指出了几个今天被我放弃的先锋派成见,但我不至于投奔到心理主义和劝导说教的旗帜之下。

布斯的主要指责确实属于此类,他指出《叙事话语》说明了普氏叙事是如何写成的,却没说它有什么用,我分别界定的各个手法有什么功能;这又是功能主义的指责,对这种指责,我曾有机会在本书中作答。我还是不能肯定每个特点都有可以确切指定的功能,涉及到《追忆》,我尤其不能同意布斯功能主义的释读观点。因为对他而言,我对《追忆》的释读太重理智,太"科学",过分集中于叙述信息概念和含义概念,我并未努力探索读者与人物,特别是与叙述者之道德和情感上的利害关系,只是在理智上感到好奇:普氏的叙述方式是如何增加我们"对那些应被视为英雄和小人的人物的同情和厌恶,尽管该叙事语调平稳而适度"。

我的确很难把这条善恶二元论的标准应用于《追忆》。这并非因为普鲁斯特没有赋予它以任何价值哲学体系,而恐怕是因为他赋予它好几个体系(道德的、社会的、美学的),这几个体系并非都看重同样的人物或同样的群体,以致在我看来不可能在这个动荡不宁的、万花筒般的、经常颠来倒去的社会缩影中指定"好人"和"坏人"。至于"主人公",直到最后典型的智慧顿悟之前,几乎一直是反面的、时而可笑的实验的对象,他没有激起我的热情,我认为这样说没有违背普鲁斯特的意图。但恐怕这不是主要的问题,我要讲的话同样适用于价值哲学更单一的作品,如司汤达的作品,我丝毫不否认存在这样的作品,而且是伟大的作品,它们运转的动力之一就是读者有选择性的认同,好感与恶感,希望与焦虑,或如我们共同的鼻祖所说,恐惧与怜悯。但我不认为叙述话语的手法大大有助于情感的跌宕起伏。对一个人物的好恶主要取决于作者加给他的心理或道德(或相貌!)特征,派给他的举止言谈,很少取决于他在其中使用的叙事的技巧。上述鼻祖注意到俄狄浦斯的故事讲述起来和在舞台上表演同样动人心弦,因为它的情节本身动人心弦;我只补充说无论以何种(忠实的)方式讲述这个故事都是感人的。大概我有些言过其实，无可争辩地太不注意心理效果，但今天在布斯的鼓动下回到这个问题，我只看到聚焦效果可以做出有效的贡献：奥丽亚娜或圣卢被年轻叙述者天真的眼光观察恐怕大有好处，奥黛特或阿尔贝蒂娜被嫉妒的和如斯万所说"患神经病的"情人窥伺却大有损失。对此我曾提过一句，但我不能肯定这些效果有时会不会反过来损害它们的功能，读者没那么蠢，不会无保留地"采纳"显然不公正的、而且被明确看作不公正的"视点"。推而广之，自福楼拜和詹姆斯开始的现代小说精细的叙述手段，如自由间接叙述体、内心独白或多重聚焦，对读者的参与愿望恐怕施加的是反面效果，有助于搞乱线索，做错"评价"，打消好感和恶感。

最后再重复一遍，《叙事话语》涉及的是叙事和叙述，不是故事，主人公的优缺点和有无风度基本上与叙事或叙述无关，而与故事即内容有关，与故事天地有关——这一次讲得正是时候。指责该书忽略它们，就是指责它的对象选择。我能设想这样的批评：为什么我只对内容感兴趣时你对我讲形式？如果说问题提得有理，那么答案是明摆着的：人人关心他感兴趣的事，如果形式主义者不去研究形式，那么谁愿意替他们去研究呢？总会有足够的心理学家搞心理学，足够的观念学者搞意识形态，足够的道学家教训我们：就让美学家们搞美学吧，别期待他们拿出他们拿不出的成果。有句谚语与此相关，恐怕还有好几个。

我回过头来对"隐含"作者再讲一句。这个酷似作者的挂名的人不知为何使我想起多少经过马克·吐温改写的萧伯纳的、也许是奥斯卡·王尔德的一个故事:大家知道莎士比亚的作品不是莎士比亚写的,而是一个与他同时代的、也叫做莎士比亚的人写的。大家不大清楚的是我认为顶替是在何种情况下发生的;情况如下:莎士比亚有个孪生兄弟。有一天人家在同一个大盆里给他俩洗澡,其中一个滑进盆里淹死了。由于他俩绝对无法被辨别,所以从来没有人知道是哪一个写了《哈姆莱特》,哪一个连同洗澡水给泼了出去:说不定是同一个人。

二十

我不太想评论本身已经是回顾性附言的"后记"。自我陶醉是有限度的,至少有技巧上的限度,我不想看到我在第三度无聊地自己议论自己。况且我已经对在别处未曾言明、在此已加以明确的理由发表了意见,我基本上继续接受这些理由,只有两个或不如说一个半例外,对此我要回过头来再讲(最后)一句。

第一个例外关系到拒绝在时间、语式和语态各范畴间进行"综合",我对它的解释是我拒绝人为地统一普鲁斯特的作品。我始终厌恶强加的"协调",解释性批评掌握了它的简便秘诀,我认为如今发生学对《追忆》文本的研究越来越忠实、亦即越来越不完美的状况,越来越有助于分解自足而完整的作品形象,并使该形象变得不稳定。普氏文本不断在我们眼皮底下被肢解,而叙述学的功能不是重新组织被文本学分解的东西。但正如施洛米思·里蒙注意到的那样,对滥做综合的这种拒绝,过分地成为未把普鲁斯特或其他人作品中各种叙述情境的构成参数必要地联系起来的借口。在一个总表中使这些类别互相交叉不是先验地预断它们有会合能力，也不是做超出该能力的事。我在上文中曾试图弥补该缺陷，指出了这样做的途径，但没有把它完成（列出所有可能交叉的完整图表），因为除去招人奚落而且物质上不可能外，完成的工作恐怕枯燥多于刺激：表格应该始终是开放的。

第二点保留涉及对一部作品（普鲁斯特或其他人的作品）的创新或"颠覆性"的重视。我在上文中摒弃了这一决定所蕴含的对艺术史，或许是对历史的过于简单化的观念，但我看出反对意见在第 271 页[1]已略具雏形，我承认了该观念的"天真"和"浪漫"性。我只需完成这一雏形，但问题并不那样简单，因为我仍然感到十分接近（并非出于对亡者的敬爱）当时正援引的巴特对"可写的东西"的重视[2]。今天我将只给它一个略微不同的含义，当然它只牵涉到我。我不再把"可写的东西"和"可读的东西"的对立视为现代和古典的对立、异端与标准的对立，而视为

---

[1] 即本版第 235 页。——编者注

[2] 巴特在《S/Z》(1970)一书中把文本分成"可读的"和"可写的"两种。前者是按照读者熟悉的"代码"写成的，因此读者能够读懂；后者则不同，作者和读者之间没有达成"默契"，作者虽然写得出来，读者却由于不知道"代码"而无法理解该作品。巴特等形式主义批评家十分重视"可写的文本"，认为它可以使阅读成为十分积极的活动，促使读者与作者一起去探索和创造，达到二者的同一，把"可写的文本"变成"可读的文本"。

潜在与实在的对立,如同一件可能的东西尚未产生,而理论步骤能够指明其位置(著名的空格子)和性质。"可写的东西"不仅是阅读者参与改写的、已写成的东西。它也是未发表过的、未写成的东西,诗学通过普遍的调查,发现并指出其潜在性,而且劝说我们实现这种潜在性。"我们"是谁?只劝说读者,还是诗学家本人应该付诸行动?对此我不大清楚,劝说是否应当始终是劝说,愿望是否不应得到满足,启发是否毫无效果——但这一切不会总是没有影响的:肯定无疑的是,一般的诗学,尤其是叙述学不应当局限于分析现存的形式或主题,还应当探索可能的领域,甚至"不可能"的领域,在这条不该由它划定的边界上不做过分停留。批评家们时至今日只解释了文学,现在应当改造它。自然这不仅仅是诗学家的事,他们的那份工作恐怕是微不足道的,但理论不用来创造实践,其价值何在?

术语译名对照表

变音	altération
初始叙事	récit primaire
纯叙事	diégésis
词源词	étymon
辞格	figure
次文本	hypotexte
单一叙事	récit singulatif
倒叙	analepse
倒叙性预叙	prolepse analeptique
等时	isochronie
对比关系	relation de contraste
二度叙事	récit au second degré
反复集叙	syllepse itérative
反复叙事	récit itératif
非等时	anisochronie
幅度	amplitude
复调式	polymodalité
概要	sommaire

共时性	synchronie
故事层	niveau diégétique
故事段	segment diégétique
故事内层	niveau intradiégétique
故事外层	niveau extradiégétique
合并直叙体	style direct intégré
横组合的	émique
换层讲述	raconter en changeant de niveau
回顾	retour
集叙	syllepse
聚焦	focalisation
可逆性	réversibilité
夸张	hyperbole
跨度	portée
类比关系	relation d'analogie
历时性	diachronie
描写停顿	pause descriptive
明确省略	ellipse explicite
内倒叙	analepse interne
内反复	itération interne
频率	fréquence
破格	licence
潜在读者	lecteur virtuel
省略	ellipse
省叙	paralipse
时间场	champ temporel
时间倒错	anachronisme
时间畸变	déformation temporelle

时间集叙	syllepse temporelle
时距	durée
始动的	inchoatif
受述者	narrataire
同故事的	homodiégétique
同故事的	isodiégétique
头语重复的	anaphorique
投影	perspective
突兀	abruption
推广反复	itération génératisante
外倒叙	analepse externle
外反复	itération externe
完美模仿	mimésis
伪作	apocryphe
伪时间	pseudo-temps
纹心结构	structure en abyme
无时性	achronie
象征全时间性	omnitemporalité-symbolique
写作情境	situation d'écriture
心理上的逐渐消逝	évanescence psychologique
行为主义的	béhaviouriste
叙事话语	discours du récit
叙事偶然性	contingence du récit
叙述层	niveau narratif
叙述化话语	discours narrativisé
叙述话语	discours narratif
叙述情境	situation narrative
叙述投影	perspective narrative

叙述性	narrativité
叙述学	narratologie
异故事的	hétérodiégétique
隐含省略	ellipse implicite
隐含读者	lecteur implicite
用外推法（计算）；推论	extrapoler
有择亲和性	affinité élective
语式	mode
语态	voix
预叙	prolepse
预叙性倒叙	analepse proleptique
元故事的	métadiégétique
增添的文字；文字的增添	interpolation
中间主体	sujet intermédiaire
转换话语	discours transposé
转述话语	discours rapporté
转喻	métalepse
赘叙	paralepse
准内心独白	quasi-monologue intérieur
准文本	paratexte
自身故事的	autodiégétique
纵聚合的	étique
综合反复	itéraiton synthétisante
最终的顿悟	révélation finale